夏樹靜子

NATSUKI SHIZUKO

鍾蕙淳 譯

蒸發

JO HATSU

26

日本推理大師經典

夏樹靜子

蒸發

CONTENTS

出版緣起

日本推理大師，永不墜落的熠熠星團

編輯部

一九二三年，被譽爲「日本推理之父」的江戶川亂步推出〈兩分銅幣〉之後，日本現代推理小說正式宣告成立。若包含亂步之前的黎明期，此一文類經過將近百年的漫長演化，至今已發展出獨步全球的特殊風格與特色，使日本成爲最有實力的推理小說生產國之一，甚至在同類型漫畫、電影與電腦遊戲的推波助瀾之下，日本著名暢銷作家如桐野夏生、宮部美幸等也已躋進亞洲、歐美市場，在國際文壇上展露光芒，聲譽扶搖直上。

我們不禁要問，在新一代推理作家於日本本國以及臺灣甚或全球取得絕大成功的背後，有哪些強大力量的支持、經過哪些營養素的吸取與轉化，能夠在競爭激烈的國際舞臺上掙得一席之地？在這些作家之前，曾有哪些重要的作家精耕此一文類、獨領當時風騷，無論在形式的創新或銷售實績上都睥睨群雄、立下典範、影響至鉅？而他們的努力對此一文類長期發展的貢獻爲何？此外，日本推理小說的體系是如何建立的？爲何這番歷史傳承得以一代又一代地開發出一批批忠心耿耿的讀者，並因此吸引無數優秀的創作者傾注心血，人才輩出？

爲嘗試回答這個問題，商周出版在經過縝密的籌備和規畫之後，於二〇〇六年年初推出全新書系「日本推理大師經典」系列，以曾經開創流派、對於後輩作家擁有莫大影響力的作家為中心，由本格推理大師、名偵探金田一耕助及由利麟太郎的創作者橫溝正史，以及社會派創始者、日本文壇巨匠松本清張領軍，帶領讀者重新閱讀並認識在日本推理史上留下重要足跡的作家，如森村誠一、阿刀田高、逢坂剛等不同創作風格的重量級巨星。

日本推理百年歷史，從本格派到社會派，到新本格、新新本格的宣言及開創，眾星雲集，但跨越世代、擁有不朽魅力的巨匠們，永遠宛如夜空中璀璨耀眼的星團熠熠發亮，炫目不墜。

獨步文化編輯部期待能透過「日本推理大師經典」系列的出版，讓所有熱愛或即將親近日本推理小說的讀者，親炙大師風采，不僅對於日本推理小說的歷史淵源有全盤而深入的理解，更能從經典中讀出門道、讀出無窮無盡的趣味。

是新社會派？還是寫實本格？
——帶著性別之眼走上第三條路的夏樹靜子

一九三八年出生於東京的夏樹靜子，本名五十嵐靜子，婚後冠夫姓為出光靜子。畢業於慶應義塾大學英文系的她，大學時期便加入校內的推理小說同好會，並開始創作推理小說；這時她已展現在推理小說創作上的才華，但在得獎上總欠缺臨門一腳。她參加過兩次江戶川亂步獎，第一次是大學在學期間，以《擦身而過的死亡》入圍決選；第二次是一九七〇年，因結婚從電視台推理劇編劇工作引退的七年後，再度以《天使已消失》入圍決選，可惜最後仍敗給森村誠一的《高層的死角》。她得到的第一個肯定，要直到一九七三年，以《蒸發》和森村誠一的《腐蝕的構造》共獲第二十六屆日本推理作家協會獎。

夏樹靜子和森村誠一有如遭命運的葛藤牢牢綑綁，在相當接近的時間於日本推理文壇崛起。且他們的作品都融合社會派與本格派的特點，因此被譽為「新社會派」，也有人稱之為「寫實本格」。

熟知日本推理小說脈絡的讀者都清楚，社會派是日本土生土長的推理小說派別，其出現與松本清張密不可分。一九五八年松本清張在光文社出版《點與線》及《眼之壁》，這兩部長篇小說觸及國家機器的黑幕和金融犯罪的眞相等極具現代感的題材，為推理小說帶來新的視野與風格，震撼日本推理文壇。一如評論家權田萬治所指出的（註），日本民間戰前在天皇制的絕對支配下，沒有批評政治的權力，戰後由於美軍的占領才逐漸民主化，進一步獲得批判政府的言論自由，社會派便是歷經此背景誕生的。而其最大特色，即在於「作品題材的犯罪本身及犯罪動機中，充滿豐富的社會性」。權田萬治更引述松本清張在〈推理小說的魅力〉裡對「動機」的觀點加以說明：

我認為，動機直接與人性描寫相關聯。因為犯罪動機是人類置身極限狀態時的心理所產生的。另外，過往的動機都聚焦在個人的關係——像金錢糾紛、愛慾糾葛方面，但這些都極度類型，毫無獨創性，令人不滿。我主張在動機上附加社會性，如此，推理小說的範圍將更寬廣亦更有深度，有時也能在作品中提出問題，不是嗎？

社會派這種將問題核心直指國家機器的運作，透過政治、外交、經濟等層面觀覽社會扭曲現象的創作方式，其實是相當強烈男性中心的「大敘事」（grand narrative）書寫。所以，松本清張的《眼之壁》、《球形的荒野》，或森村誠一的《人性的證明》中，便充滿這樣的關懷與觀看視角。

因此，在此時代氛圍中出道的夏樹靜子，雖然承襲松本清張建構的社會性、人性的推理小說理念，但較之松本清張與森村誠一，夏樹靜子加入女性觀點，開創相當不同性別視野的小敘事（little narrative）。這自然跟她生長在日本高度父權社會中的深刻體認有關，不過，即使在推理文壇，女性作家當時仍屬弱勢。然而，這卻成為夏樹靜子的優勢，透過一種高度眞實的女性眼光，呈現女性的心靈圖景，大膽觸及女性的愛情、慾望題材，對女性與家庭、母親身分下母愛與男女情愛產生的衝突，有著更多的思考，一切從她出道以來的代表作《天使已消失》、《蒸發》、《W的悲劇》等都看得到；她甚至創造兩個因電視劇化而膾炙人口的「女檢察官霞夕子」和「女律師朝吹里矢子」系列，前者還在臺灣播映過。

除此之外，夏樹靜子也非常重視本格推理小說的要素，就像她在〈我的推理小說作法〉中所說的：

在新的idea上，如添加做爲小說要素應有的感動，便能獲致成功。一般小說評論普遍以所謂「是否深切描寫人性」爲標準，但若只談打出推理小說名號的作品，創新性與嚴密性這種推理要素，必須視爲重大前提。聽到「我對詭計沒興趣，不過小說很有趣」這類意見，我並不覺得開心。……漂亮的詭計是感動讀者的一種方法。作者若非醉心於詭計，是無法持續寫本格推理小說的吧。

這樣的發言，相當程度推翻許多臺灣推理讀者的既定認知，夏樹靜子原來不僅以新社會派的旗手自居，更認爲本格推理重視的詭計，亦是她創作的思考重點。

但其實這對眞正了解夏樹靜子與其作品的人來說，一點都不奇怪。夏樹靜子是日本少數

註——詳細的論述，請參見權田萬治於獨步文化「日本推理大師經典」書系中，所撰寫的松本清張作品系列的導讀〈清張推理小說的魅力〉一文。

活躍於世界推理文壇的小說家，因為她的英文流利，曾代表日本推理作家協會前往瑞典和美國參加會議。她也受到美國古典解謎派的大師艾勒里．昆恩（Ellery Queen）這對表兄弟作家賞識，更與其中的佛列德瑞克．丹奈（Frederic Dannay）交好。而她的作品中，亦多處可印證她對本格解謎要素的重視。比方她在《蒸發》中，不僅安排從東京到札幌的波音七二七飛機的乘客消失詭計，也穿插火車的時刻表詭計，及製造不在場證明的時間詭計，可謂琳瑯滿目。更看得出，她為明瞭空服員的服務流程與工作狀況做足功課，才能眞實呈現這麼獨特且專業的詭計。

同是推理小說家的佐野洋在夏樹靜子《黑白的旅途》的解說中，特別讚譽其取材能力之周密。佐野洋提到曾在銀座的酒吧巧遇撰寫《蒸發》中的夏樹靜子，當時她正為陌生的企業內部運作方式苦惱。原本佐野洋勸她跟責任編輯不必放棄擅長的家庭題材，硬要碰觸社會性題材，不料《蒸發》出版後，看到書中描寫的鋼鐵企業間的利益衝突，及相關的運銷問題及數字時，佐野洋非常驚訝。因為夏樹靜子刻畫得十分到位深入，充分展現取材能力，及處理現實的筆力。這可說是夏樹靜子不容忽視的才能，也是她被定位為「寫實本格」的原因。

身為執筆至今超過四十年的推理作家，到二〇一〇年仍有小說被改編成電視特別劇，確實有其屹立不搖的魅力。綜觀夏樹靜子的寫作歷程及風格，那結合女性視點的現實觀察，不僅扭轉社會派較趨單一的男性視野，更涵涉女性心靈圖景及家庭、夫妻、愛情等議題，豐富社會派所能處理的人性問題層次。不僅成功地融合解謎與社會關懷，也往往能夠結合當下的社會問題，轉化爲創新的謎團與詭計，開闢出專屬她的創作之路。因此她在繼承松本清張理念的同時，亦能銜接上日本戰前推理的解謎傳統，讓她在日本推理小說史中，擁有不可取代的地位。

作者簡介

陳國偉，筆名遊唱，新世代小說家、推理評論家、MLR推理文學研究會成員，現爲國立中興大學臺灣文學與跨國文化研究所助理教授暨「亞洲大眾文化與新興媒介研究室」主持人，並執行多個有關臺灣與亞洲推理小說發展的學術研究計畫。

序章

新世紀航空第五八五次東京飛札幌的波音七二七班機平穩飛行著。

六月二十日下午九點五十分——

送咖啡至駕駛艙的空服員田淵久子返回客艙中央的備餐室，爲釐清心神不寧的原因，她不動聲色地環視機艙內部。

熄燈的機艙內一片寂靜。稀稀落落的閱讀燈意味著少數乘客在看雜誌等刊物，客滿的座艙內，大部分的乘客靠躺在椅背上閉目休息。

這班飛機延遲五分鐘才從雨霧瀰漫的東京機場起飛。而後依飛航路線順利航行，此刻來到盛岡上空。再過二十分鐘左右，飛機即將降落在千歲機場。

但田淵久子自前一刻起——正確來說是此前的十五分鐘，也就是發送完飲料，回收紙杯的服務也告一段落時，忽然感受到一陣觸動神經、莫名所以的不安，心緒平靜不下來。所幸這與飛機機械或聲音異常等飛安問題並無直接關聯，只是隱約察覺客艙內某處似乎有些不對勁，究竟是什麼？

田淵久子現年二十九歲，大學畢業即進入這家航空公司服務，如今已有七年飛行經驗。她明年將停止飛行，轉任地勤，並指導新進人員。在今天服勤的三名空服員中，由最資深的她擔任座艙長。只要機艙內有任何風吹草動，一定會立刻觸動經驗豐富的她心中的偵測雷達。

然而，此刻她卻不清楚內心不安的緣由。

於是，久子重新審視機艙內部，一眼便望見走道前方另外兩名空服員——菊佃敏江與重松三千代的身影。位於機艙後方的菊佃敏江正從置物櫃取出毛毯遞給乘客，重松三千代則在和前座的乘客交談。

這時，「繫好安全帶」的指示燈亮起，駕駛艙傳來信號聲。久子見狀馬上拿起掛在備餐室入口的對講機。

「即將進入積雨雲區域，請大家繫好安全帶。」副駕駛小久保清晰的話聲傳入耳裡。

「了解。」

久子掛上對講機，順勢拿起一旁的廣播器。此時，菊佃敏江亦回到備餐室。她微動嘴唇，似乎有話要說，但見到久子手持廣播器，便直接走回客艙。二十八歲的敏江也是名資深空服員，預定下個月離職結婚。

久子透過廣播提醒乘客繫好安全帶，緊接著以英文重複一次。然而，她輕柔的聲調根本喚不醒沉睡中的乘客。每遇上這種情形，空服員總是靜靜地到座艙，協助熟睡中的乘客一一繫好安全帶。

廣播完，久子首先來到座艙最後方，確認23D座位的六歲女童情況。這名獨自搭機的小女孩叫向坂雪子，是航空公司人員口中的「無件幼童」。最近這種提供三到十二歲小孩單獨搭機旅遊的制度頗受好評，除父母因故無法同行外，爲培養孩子的獨立精神，有些家長甚至特地讓孩子一個人搭飛機。由於飛行途中委託航空公司負責照顧，在父母眼中或許比勉強找其他人同行放心得多。因此這些無件幼童的座位通常安排在最前排或最後排，較靠近空服員的座位。

向坂雪子看來相當習慣搭飛機，一臉平靜地端坐，且在久子伸手前，已自動繫好安全帶。

「快到嘍！」聽到久子這麼說，雪子露出小犬齒微笑點頭。

接著，久子往前巡視走道兩側三列並排的座位。菊佃敏江與重松三千代則分別在備餐室附近及前方的座艙服務、照顧乘客。

久子來到座艙正中央時，赫然驚覺方才一直忐忑莫名的原因。面朝飛機前方的走道左側，從前方數過來第十二排靠走道的12C座位上竟然空著，不見隨身行李，徒留一只喝過的柳橙汁紙杯在腳踏板上。

菊佃敏江見狀靠過來輕拍久子肩膀。連體型高大的敏江那一向稚氣開朗的臉龐，都帶著一抹疑惑的陰影。

「剛才一直沒看見這位子的乘客。」敏江低語。「我原想問您，不巧繫安全帶的燈號亮起……」

「會不會在洗手間？」

乘客上洗手間可說是空服員看到空位時最直覺的反應。這架波音七二七—一〇〇型飛機在機艙前後分別設有一間和兩間洗手間，若是使用中，門口上方的燈會亮起，等候的人便一目瞭然，可是目前三個燈號皆為熄燈狀態。

「我們還是確認一下比較好吧？」

敏江這麼說，久子點頭贊同。由於繫好安全帶的指示燈亮起，原則上所有乘客都必須回到座位上，空服員即便在洗手間外敲門問話，也不致失禮。

與此同時，在機艙前方來回巡視的重松三千代亦發現情況有異，便走近兩人身旁。敏江扼要說明後，請三千代查看前方的洗手間，她自己則快步走向機艙後方。

不知是否撞上不穩定的氣流，機身忽然微微搖晃。

趁兩人在檢查洗手間，久子仔細環顧12C座位周圍。原本把椅背後倒小憩的乘客，也聽從空服員的指示將椅背立起。其中也有人繫好安全帶後再度闔眼休息。似乎沒有人注意到那空著的座位。

於是，久子詢問坐在12B上正專注看書的中年男子。

「不好意思，打擾一下……」

男人抬起微黑的臉龐看著久子。

「請問這座位上的乘客與您同行嗎？」

「不是。」男人輕輕搖頭。

久子目光旋即投向走道前後方，菊佃敏江與重松三千代恰好分頭返回。從兩人的神情就可看出洗手間裡沒有任何乘客。

「不好意思，」久子再次詢問12B座位的乘客：「您知道這位乘客在哪裡嗎？」

「不知道。」對方略顯不耐。

「您記不記得這位乘客什麼時候離開座位的？」

「這個嘛……我一上飛機就睡著了，直到前一刻才醒來查資料，完全沒注意。」

與此同時，另外兩名空服員紛紛來到久子身旁。

「前面的洗手間裡沒人。」重松三千代說道。菊佃敏江的回答也相同。

三人不約而同地環顧客艙。

若遇上乘客少空位多的班次時，有些乘客會任意換到其他空位。可是這次班機客滿，一百二十九個座位在起飛之際確實是滿座的。有時即便客滿，一些因優惠機票而占有座位的三歲以上兒童，往往途中便在父母懷裡睡著，以致客艙內乍看出現空位。而這班飛機上，除最後一排的「無伴幼童」外，並無其他購買優惠機票的孩子。只有備餐室旁的座位上，一名六個月大的嬰兒一直由母親抱著。

三人重新分頭仔細查看整個客艙。除了12C，其他一百二十八個座位均無異狀，乘客皆待在原位。當然沒有站立的客人，而且座位之外的地方也沒有人影。

奇怪……

原本隱隱盤踞在田淵久子心頭一隅的不安，此刻化爲具體的疑惑。

近來隨著客機的設計愈來愈寬敞，乘客人數也相對增加。就算是資深空服員，也很難一一掌握每位乘客的動向。倘若這天不是客滿狀態，久子也不會發現異狀吧。然而今晚的班機正好客滿，導致久子一開始就認定所有座位上都應該伴隨乘客的身影。不料，好一段時間久子似有若無地覺得備餐室斜後的12C座位沒有人，一股異樣感油然而生。

回到備餐室，三人面面相覷。

「起飛時確實是坐滿的吧？」久子詢問方才站在後方機艙出入口協助旅客登機的重松三千代。

「是啊。一般乘客一百二十九人，包括無伴幼童一人。另外加上嬰孩（未滿三歲的幼兒）一人，共計一百三十人。這數字和機場櫃檯傳來的資料吻合。」就空服員的體型而言略顯嬌小且性情溫順的三千代，以充滿自信的語調回答。

一般來說，乘客在起飛前二十分鐘開始登機。此時，以這架波音七二七—一〇〇型飛機爲例，資歷最深和最淺的兩名空服員分別站在前後機艙門口迎接乘客。第三名空服員則待在機艙內導引乘客入座。

這班飛機當然也遵循慣例，由田淵久子站在前方入口，重松三千代站在後方入口，不停按壓掌中的計數器，累算經過眼前的乘客人數。加總後得知，一百三十名乘客裡，包括一名無伴幼童和一名嬰兒。誠如三千代剛才所言，班機的確客滿，搭乘人數完全符合機場櫃檯傳來的數據。確認後，久子便回報飛機空橋外側的櫃檯地勤人員，據此完成起飛前的準備，當然沒有登機後又跑到機艙外的乘客。久子首先檢視記憶，同時詢問三千代以示愼重。

「絕不可能。」三千代答得斬釘截鐵。

回報乘客人數後，機艙門立即關閉。約經過五分鐘，飛機緩緩移動，起飛十分順利⋯⋯

令人不解的是，12C究竟何時變成空位？

「到底是誰坐這裡……」久子試圖回溯當時的情景，卻找不出蛛絲馬跡。

「印象中似乎是名女性。」菊佃敏江充滿理性的深色眼眸凝視遠處。她在工作上一向以機靈敏銳著稱，並深獲讚賞。「好像留著一頭棗紅長髮……是不是身穿藍色系衣服？」

「嗯……」

久子總算有點印象。乘客登機時，站在前機艙門口的久子似乎曾看見一名留著帶點紅色的深咖啡光澤垂肩長髮、身穿藍大衣的女人，對方略低著頭，經過她面前。對了，那女人戴著大鏡框的深色太陽眼鏡，才會瞬間吸引久子的目光。當時，對方彷彿刻意避人耳目似地低頭前進，久子猶記她確實在12B附近坐下……一旦開啓記憶，這段短暫的影像便在久子眼前反覆重播。此時此刻，那女人居然憑空消失在機艙內！

不過，那女人究竟什麼時候離席？又上哪去了？

久子逐漸感受到難以言喻的詭譎氣氛。

「分送濕手巾時，那名乘客明明在座位上啊。」菊佃敏江注視著空位輕聲說，表情更顯僵硬。

出發前，從關上機艙門到起飛的這段時間，空服員必須完成的工作之一，就是分發濕手巾給乘客。適才菊佃敏江負責機艙前半部，後半部則由重松三千代負責。

敏江不安地看著久子，強調她記得很清楚，當時捧著裝滿濕手巾的托盤分送時，12C座上的女人邊伸手取手巾，邊說「謝謝」。約五分鐘後，敏江開始回收使用過的手巾，對方也還在，而當時飛機早已離地升空。

接著，大概十五分鐘後，開始供應飲料。這次輪到久子和三千代推著備有咖啡、紅茶和果汁三種飲料的手推車，分別沿走道右側及左側，根據乘客指定分送飲料。

久子於是進一步詢問三千代，那時女人是否還坐在12C座位上？沒想到三千代略偏著頭表示無法確定，因繫安全帶和禁菸燈號熄滅後，機艙內瀰漫著輕鬆的氣氛，有人起身上洗手間，不時出現空位，就算12C沒人也不突兀。

配送飲料時，若碰巧乘客不在，空服員會先服務其他乘客，回頭再提供飲料。久子就這點詢問敏江和三千代，兩人皆不記得曾補拿飲料給12C的乘客。然而，從座位腳踏墊旁放著一只彩色紙杯研判，對方應該是喝完飲料後才起身離開。

回想至此，總算有些眉目。但無論怎麼仔細環視周遭，客艙內就是不見女人身影，也絕不可能在洗手間。

只剩駕駛艙。不過依照規定，乘客嚴禁進入駕駛艙，尤其發生劫機事故後，航空公司更是小心謹慎。只要敲門暗號不符各航班的預定規則，駕駛絕不會打開門鎖。何況稍早久子送咖啡過去時，只見到包括機長在內的三名機組人員……

慎重起見，久子決定再去一趟駕駛艙，順便向機長報告這件事。

「要不要重新算算乘客人數？」敏江首先提議。

「那就拜託妳們了。」久子立刻頷首同意。

於是，重松三千代握著計數器走到機艙後方，久子則朝駕駛艙前進。

依規定的暗號敲門後，飛航機械員水谷打開艙門。

駕駛艙內悄然無聲。駕駛座左側是機長，右側是副機長，飛航機械員坐在門邊，三人各就其位。雖然還有兩張備用座椅，但都空無一人。狹窄空間內只有三名機組人員，一目瞭然。

副機長小久保詫異地回頭看著沉默不語、兀自站立的久子。

「打擾一下……」久子驚覺失神，連忙問：「有一名女性乘客失蹤……」

「不見了？」小久保語帶戲謔，誇張地挑起貴公子般俊俏的濃眉回道。

「是的。她不在座位上……也不在機艙裡的任何角落。雖然起飛時是客滿的。」

「怎麼可能？不會是搞錯了吧？」

「可是我們三個都記得很清楚。那是名束紅頭髮，身穿藍大衣的女人。配送濕手巾時，她確實在位子上。」

「妳的意思是，她後來突然蒸發不見？」

小久保半開玩笑的話語揪動久子的內心深處。沒錯，那個女人果真是蒸發了……

「這簡直是現代怪談。」

小久保說著，一旁傳來機長穩重的嗓音。

「飛機即將降落。」

機長隨即以英文聯絡塔臺，注意力集中準備著陸，小久保亦調整坐姿，神情嚴肅地望著前方。

不得已，久子只好關上駕駛艙門，返回客艙。駕駛員已開啓指示繫安全帶及禁菸的警示燈，而12C上依舊空無一人。

重松三千代碎步跑近，「共一百二十八名乘客，外加一名嬰兒……眞的少了一人！」

久子點點頭，要求她們先進行降落準備。所幸沒乘客發現機上有人失蹤，因此並未衍生任何混亂的場面。總之，飛機安全著陸前，空服員必須全專注於分內工作。

久子順勢拿起前門旁的廣播器，沉穩通知乘客即將抵達目的地。

約莫五分鐘後，即晚間十點五分，飛機順利降落在燈火通明的千歲機場滑行跑道上。

久子與登機時一樣，站在前艙門出口處目送乘客下機。她加倍留意每位乘客的長相及服飾，可惜就是沒看見那名烙印在久子腦中、散發神祕氣質的女人。

現代怪談——

送走最後一名乘客後，小久保方才隨口說出的話，竟然伴隨著難以形容的恐懼，在久子心中甦醒……

I CHAPTER 第一章

玻璃薔薇

1

昭和四十六年（一九七一）五月二十一日，全國性大報《每朝新聞》早報社會版以三段標題刊登以下報導。

日本記者在越南殉職？

攝影師亦身負重傷　美國記者慘死

金甌角市（Cau Mau Point）西部遭受攻擊

〔本報西貢分社二十日特訊〕南越政府軍發言人二十日宣布，當日清晨在金甌角市西北二十公里處的運河附近，發現遭槍殺的美國記者和重傷的日本攝影師，及一輛全毀的日產汽車。根據該發言人的說法，死者是美國USP通訊社的J・哈特曼記者（二十八歲）。另一名遭短槍擊中，子彈貫穿腹部而意識陷入昏迷的是同一通信社的攝影師瀧田昭廣（三十五歲，日本青森縣人）。

在金甌角野戰醫院恢復意識後，瀧田攝影師回憶同行的《日本日報》外國通訊部的臨時特派員冬木悟郎（三十三歲），中彈摔落運河。他們一行結束搭直升機深入前線採訪的任務，十九日傍晚返回金甌角市途中遇襲，座車嚴重毀損，陷於運河畔，兩人倒臥在離車二十公尺左右的岸邊。

南越政府軍立即派員搜救冬木記者，但礙於河流湍急，附近無人清楚冬木記者的行蹤，研判生存希望渺茫。

* * *

冬木悟郎記者任職於《日本日報》外國通訊部，昭和十三年出生於金澤，目前居住在東京都世田谷區深澤一丁目X號。昭和三十六年自東京外語大學法文系畢業後便進入《日本日報》。歷任千葉總社、多摩分社、總社社會部警政部門，四十三年二月調派至外國通訊部。爲披露越戰晚期當地「只剩可口可樂和女人」的實情，從四月十六日起進行爲期一個月的採訪。不料，完成預定採訪行程、準備返國之際，竟發生這起悲劇。留守東京家中的郁子夫人（二十九歲）和長女由嘉莉（五歲）對生死未卜的冬木記者感到憂心忡忡。《日本日報》的豐島辰巳外訊部部長已於二十日傍晚啓程前往出事現場。

這則報導旁邊同時刊載冬木悟郎的近照。與實際年齡相比，戴黑框眼鏡的冬木表情略顯成熟而穩重。

報導刊登後九天，也就是五月三十日，各大報上揭載另一項消息。金甌角市北方運河沿岸鬧區，發現一具疑似日本男性的屍體。幾近赤裸的屍體已開始腐爛，難以辨認其確切身分。但根據年齡、體型和槍傷痕跡來看，幾乎可判定是冬木悟郎。

接下來的十天裡，沒有任何有進一步的情報，大部分親朋好友不得不接受冬木的死訊。

令人意外的是，六月十日傳出冬木記者生還的消息。新聞媒體首先指出，稍早有關屍體的報導是南越政府軍誤報，而後描述起冬木生還的經緯。

這消息當然也刊登在日本各大平面媒體。但僅《日本日報》特別使用三段標題，其餘平面媒體皆視爲次要新聞塞在版面一角。這意味著媒體對越戰的關注逐漸退燒中。

2

梅雨季節厚重的雲霾略散，清澄的藍天難得乍現。溢洩而下的陽光雖然沒有夏日耀眼光亮，迎面吹來的風卻分外乾爽，全身肌膚一陣清爽舒暢。

六月十三日下午，冬木悟郎駐足步道旁，眺望澀谷車站前稍微和緩的人潮。黑框眼鏡後微瞇的眸中，依舊滿溢著難以言喻的感慨。

眞像場夢……

雖然是平凡無奇的形容，卻最能貼切表達他當下的心境。因爲就在三天前，他還身陷越南北部不知名的小叢林中，一處隨意搭建的野戰醫院裡。樹叢後方只見一望無際的赭紅泥沼三角洲，細窄的灌溉河渠如白色織網般川流其間……

即使此刻置身在摩天大樓和車水馬龍交錯的繁華市區，冬木依然沉浸在一個月前歷經的那起槍擊案的種種回憶中。

尤其是五月十九日下午，搭直升機飛往前線採訪後，冬木駕駛小客車，載USP通訊社的哈特曼記者及瀧田攝影師一起返回金甌角基地。行駛二十公里左右，陰暗處冷不防傳來槍響，其中一發擊中輪胎。冬木立即抓緊方向盤，眼看整輛車就要衝進運河，千鈞一髮之際，他拉住煞車、跳出車外。只見一陣槍林彈雨猛然朝車身掃射而來。

衝向運河堤防斜坡暗處時，他右肩轟然中彈，整個人直接摔落運河。水流意外湍急，冬木一度奮力將頭伸出水面，不幸鞋子陷入河底泥濘，最後失去意識。

甦醒時，冬木發現自己躺在農舍裡一張鋪著毛巾的木板上。紫紅晨曦自木牆縫隙射進屋內。上身襯衫、下身圍裙，一身農夫裝扮的衛生兵正在處理冬木肩上的傷口，冬木才隱約察覺自己可能被越共救起。一問之下，原來他們驚見冬木在運河上載浮載沉，便伸出援手救他一命。冬木身體雖仍灼熱，但傷口的疼痛倒還能忍受。

午後，來了一位位階較高的軍人，告知「這裡情勢危險，等你恢復體力後，會立刻將你送往後方」。冬木順勢詢問這是什麼地方，對方卻冷漠地回答「無可奉告」。

那幾天冬木表現得相當沉著穩定，或許是萬念俱灰、意志消沉，只能隨遇而安，但仍惦記著同行記者和攝影師的安危，接著想起遠在東京的妻小。好在他馬上揮開此念，想念只會徒增疲累。

只不過……心頭旋即浮上一道身影，迅速刺入冬木胸口。身陷極限的環境下，他的思緒已完全脫離一切社會規範的制約。

之後，他們搭乘舢板渡過運河，或步行，或以擔架搬送冬木進叢林。

五月二十五日清晨，一行人抵達不知名叢林裡，小屋零散分布的中等規模基地。

這天起，冬木連續十七天留在此處的野戰醫院，傷口順利癒合。由於治療及時且得宜，很幸運地，體力或傷口都沒有想像得那麼虛弱嚴重。

無奈共軍禁止他與外界聯繫。冬木當然曾主動表明是來自日本的記者，卻無法判斷對方究竟是否相信他，也不曉得他們是否質疑他的身分，抑或懷疑他爲間諜。

所幸只要保持低調，這裡的生活可說是簡單而相對安全，且補給品豐富，營養足夠。即便有時會對他進行調查審訊，也未見嚴酷的拷問。

冬木只能竭力壓抑體內源源湧出的不安與焦躁。他費盡心思以無用瑣事塡滿腦袋，刻意忽視心底的忐忑。唯獨偶爾飄然浮現眼前的影像打亂平靜，冬木赫然驚覺這道影像在他心中的分量。只有這道影像出現之際，冬木才會極度渴望早日返回日本。

因此，六月九日下午，當那名第一次審問他的軍人乍然前來，粗魯地通知已確認他的身分，明天就能釋放他時，難以形容的喜悅頓時自他體內泉湧而出，盤旋腦中的那道影像益發鮮活。剎那間，他暗暗做了一個決定。

翌日清晨，他告別野戰營區，在解放軍的戒護下，步行至離西貢約四十公里之處，完全獲得自由。

接著，冬木獨自搭乘公車，在看得見南越政府軍駐軍營的地點下車，再坐上政府軍派出的車輛，前往位於西貢的美軍司令部。

此後，時鐘的指針彷彿倍速轉動，時間電轍風馳地流逝，令人眼花撩亂。

冬木一到報社西貢分社，立刻電致東京總社自己生還的消息。隔天，他便搭乘經由香港的民航機回日本。

抵達東京機場時雖然已是深夜時分，但部長、辦公室的數名同事，及牽著長女由嘉莉小手的妻子郁子都前來接機。

隨後，冬木在《日本日報》總社附近的日比谷飯店整整待了一天半，因為他奉命把從西貢致電時曾簡單說明的生還報告，整理成詳盡的歷險報導。

雖然幾位部長很能體諒冬木的健康狀態，他卻絲毫未感疲憊，一鼓作氣地完成手邊工作，希望能從近一個月難以置信的囚犯生活中獲得解放，重返屬於自己的世界。

如今，他正踏在這條歸途上。冬木家位在駒澤奧林匹克公園附近，一處相對幽靜的小型住宅區。車子行經澀谷鬧區時，他猝地改變心意，要求司機停車，隨即邁步跨出車外。除了想用力將久違的澀谷街道氣味吸進肺腑的單純懷念外，冬木心中充斥著更多的猶豫。

在北越野戰醫院裡得知可獲釋，除瞬間鬆口氣，他當下所做的決定，在抵達東京機場與妻女重逢的幾個小時裡，仍悄然潛伏於他內心褶縫的陰暗處。

一旦和她們分開，單獨禁閉在市中心飯店，期間那決定竟汩汩泉湧，靜謐而確實地浸潤冬木的心房。他深信即使同妻子再次相聚，決心也不會動搖。

冬木仰望著懸掛在百貨公司牆面上的報時燈板，一點二十三分。

時間正好，那女人此刻應該獨自在家吧……

冬木打電話報平安後，報社立即將這個消息通知他的家人，不過當然不可能將消息轉告那女人。身處國外的冬木也沒有任何立場寫信給她。回國後，他忙於工作與應付關心的電話，根本無法趁白天她一個人在家時，抽空與她聯絡。

她或許已從媒體的報導得知冬木生還的消息，但一定無法確定冬木何時才會回到她身邊。現下，冬木總算跨出第一步，直接前往她的住處。他打算突然出現在她眼前，大膽向她告白。

正要橫越十字路口時，道玄坂方向傳來慷慨激昂、參差不齊，吟誦般的女人叫喊聲，他不由得望向聲源。他身旁及十字路口對側的路人，也不約而同地停下腳步關切。

「女人！解放、鬥爭、勝利！」

「女人！解放、鬥爭、勝利！」

冬木好不容易才聽懂七零八落的口號。不久，一群人數不足二十的年輕女子，走向等待紅燈的車流與步道之間。

未曾鬈燙的筆直秀髮散貼在這群女學生臉頰上，看起來像少女似的。她們大多穿著牛仔褲和襟口敞開的襯衫，費力地高舉沉重的示威標語牌。牌子上以美術字體寫著「反對禁止墮胎」、「結婚不是隸屬」、「公開想爲人母的心情」等。

這是近來流行的婦女解放風潮嗎？

冬木疑惑地望著這群表情嚴肅認眞的示威女性。冬木當然很清楚從美國傳來的女性解放運動，在日本正以各種形式廣爲人知。自去年國際反戰日示威遊行以來，各地時有小規模的示威活動。然而，剛從越南戰場歷劫歸來，首度在東京街頭目睹這樣的光景，即便是冬木也明顯感到這與日本街景的格格不入。

聚集在十字路口周邊的人們，雖然一時對這些女子投以好奇的眼光，不過馬上就失去興趣，一臉索然地移開視線，各自離去。

見號誌燈轉變，示威群眾再次高喊口號，朝宮益坂邁進，十字路口周圍的人們也動了起來。冬木決定先往閃綠燈的方向前進，於是邁步穿越馬路。

即將通過十字路口時，冬木不期然地瞧見兩、三公尺遠的人行道上，一名男子在川流不息的人群中兀自佇立，他不禁心頭一懍，停下腳步。

對方略顯神經質，但膚色白皙，臉型瘦窄端正。分線清楚、梳成七三分的西裝頭，與輪廓突出的五官很是相襯。他約莫三十七、八歲，樸素的灰西裝包覆著瘦削結實的上半身，散發著無可挑剔、認眞老實又乾淨清爽的純白氣氛。

男人姓朝岡，名字應該叫隆人。在首屈一指的光陽銀行總行擔任課長，冬木對他的了解甚深。

冬木見到他之所以大吃一驚，理由當然很多。不過眼前最引起冬木注意的是籠罩在朝岡全身的頹喪氛圍。細長銳利的眼睛帶著陰沉的情緒，向示威女性背影投以無言的憎恨。英挺端正的臉龐滲露出的黯淡疲憊之色，招惹冬木的目光。

朝岡牽著一名年約五、六歲的男孩。不，其實冬木知道男孩今年五歲，名叫勉，就讀冬木家附近的幼稚園。容貌高雅的勉，與其說酷似朝岡，不如說更得自他母親的遺傳。細長的睫毛與黑白分明的大眼，帶著刻骨銘心的透明感……

勉不解地仰望駐足凝神、渾然忘我的父親，接著一言不發地牽著父親的手，轉頭眺望十字路口。

冬木原打算不動聲色地走過去。儘管在這裡遇見朝岡父子簡直是諷刺的偶然，冬木依舊強自鎮定，並竭力說服自己這種巧遇不具任何意義。

然而，勉卻一眼瞧見冬木，眸中瞬間閃耀天眞開朗的神采，迫使冬木無法輕易迴避。

「嗨。」冬木停下腳步，浮現一抹尷尬的微笑。

「您好！」勉發出清脆的童音，活潑地鞠躬。朝岡這才回過神，仍帶著恍惚的眼神望著冬木。

「你好。」冬木低頭致意。

「好久不見。」朝岡也低聲打招呼。

就世俗而言，兩人不過是點頭之交。朝岡是冬木住家社區邊上一棟精緻住宅的一家之主。由於冬木的公寓正好位於朝岡住處附近，兩人有時會在路上偶遇。加上去年因爲路邊停車的問題，居民和社區管理單位開會協商時，冬木也與朝岡比鄰而座。社區周邊空地極少，附近沒有車庫的人家大多會把車子停放在社區裡。朝岡也是其中一人。當時，冬木和朝岡聊了很多。

走近一看，朝岡憂鬱的表情益發加深冬木內心的懷疑。朝岡可說是近乎憔悴。他向來給人皮膚白皙、帶著書卷氣息的印象，現下膚色卻顯得乾燥暗沉，兩頰也凹陷一大塊。充血的眼睛混雜滿是虛脫和焦躁的異樣混濁感……這些不對勁驅使冬木不住開口：

「不好意思，請問發生什麼事嗎？」

朝岡瞥向冬木，不發一語，一副欲言又止的模樣。遺憾的是，他終究什麼也沒說，落寞無神的目光呆然落在勉戴的那頂咖啡色鹿皮帽上。反倒是勉抬起頭，直勾勾地注視著冬木。

「媽媽不曉得跑去哪裡。」

朝岡慌忙制止他，仍遲了一步。

「什麼？」冬木望向朝岡。

只見朝岡露出哭笑不得表情。半晌，他無奈地沉聲回答：

「所謂家醜不外揚，我實在不想對外張揚這種事……其實，十天前，內人留下一封信離家出走，至今音訊全無。」

美那子離家出走？冬木及時嚥下差點脫口喊出的話，胸口頓時感到一陣刻骨寒心的冷冽。

朝岡垂眼繼續道：

「我完全想不透她究竟爲什麼要離家，只能期待或許哪天她會突然回來……」

冬木驚訝得說不出話，好不容易強迫自己看著勉。

「你們這陣子是怎麼過的啊？」

「這個……因爲家人不住這附近，一時找不到信賴的人幫傭，所以勉從幼稚園放學後，只好先委託安親班照顧。我也盡量抽空帶他出門走走……但總覺得孩子可憐……」

朝岡雙眼益發通紅，潸然淚下。冬木察覺，連忙移開視線，凝望著勉。

勉抿著唇，瞪著冬木胸前。那對澄眸竟不見一絲淚光，但他挺著瘦削肩膀，默然面對冬木的姿態，比任何言語和淚水都震撼冬木。

「女人！解放、鬥爭、勝利！」

「女人！解放、鬥爭、勝利！」

女權運動的示威口號再次順風飄蕩而來。她們在宮益坂中途轉向，打算彎進山手通大道。

那激昂高亢的呼喊，和朝岡父子的落寞身影形成鮮明對比，景象滑稽。的確，倘使誠如字面所述，他們單純只是冬木的鄰居，或許他會覺得可笑。然而，事實上冬木認識朝岡的妻子。無論在越南冒著生命危險採訪之際，抑或待在野戰醫院令人窒息的密閉空間時，經常在冬木眼前乍現的身影，正是朝岡美那子。

歷經生死關頭，冬木徹底明白自己對美那子的愛意。因此得知能平安返回日本的那一刻起，他便暗下決心，要克服一切困難和美那子結婚。

3

冬木悟郎和朝岡美那子是今年三月初認識的，也就是他出發前往越南的一個半月前。當時的情景，冬木至今仍歷歷在目，記憶猶新。兩人的相遇沒有任何戲劇化的情節，不過是起無足輕重的意外。

那是個寒氣逼人的陰雨天，中午過後，彷若重返寒冬，凜冽刺骨的冰風伴隨陣陣細雪吹吼著。

接近傍晚五點時分，冬木開著日產小轎車回到駒澤的社區。他所屬的外國通訊部是二十四小時輪三班勤務。由於時差，華盛頓中午剛好是日本下午兩點，因此接收外電的部裡，隨時都要有人在辦公室待命。這天，冬木值早晨八點到下午兩點的「早班」，下班後又留在公司處理兩三件事才返家。

他一如往常，將車子停靠在鄰近社區的幼稚園旁的路邊後，開門下車。平常到處洋溢著孩子歡笑聲的幼稚園操場或社區遊樂場中，此時完全見不到人影，附近猶如提早降下黑幕。

打算轉彎回到公寓時，冬木倏地感到背後有些異狀，便停下腳步。不同於一般的風吹草動，反而像是打鬥般急迫的喘息聲。

他一回頭，立刻清楚聽到低沉的咆吠聲。只見介於幼稚園圍牆和社區圍欄間的狹窄空地上，一隻明顯是野狗的咖啡色瘦削大型犬，正撲倒一個年約五、六歲的男孩。

那狗完全壓住男孩的身體，凶猛的低吼著，眼看就要咧嘴咬下。小男孩拚命掙扎，試圖避開銳利的犬齒。他沒有哀號，只是無助地斷斷續續喊叫著。

千鈞一髮之際，野狗猛然離開男孩，卻未停止攻擊。牠拉開兩公尺左右的距離後，壓低頭，似乎打算再次展開攻勢。

冬木見狀，旋即拔腿朝男孩跑去。

他好不容易爬上圍欄，正要躍下時，發生令人難以置信的事。

一身淺紫和服的女人出現在空地另一側，交互看了男孩和野狗一眼，當下明白是何狀況。於是她張開手臂，纖軀面向野狗，竭力擺出恫嚇的姿態。

野狗旋即變換凶狠的戰鬥姿勢，準備迎戰新敵人。牠三兩下就把女人撲倒在地。女人和服下襬敞開，白嫩小腿在草叢中掙扎。冬木奮不顧身地抓住野狗的頸部。

冬木記不太清楚接下來的過程。只記得一撿起腳邊的棍棒，野狗隨即瞬間喪失戰意，象徵性地晃動軀體威嚇幾下，發出低吼後，便轉身鑽出圍欄，跑向空無一人的社區街道上。

冬木先伸手扶起離他較近的女人。只見女人嚇得一臉蒼白，全身僵硬，不過似乎沒受什麼傷。

「謝謝。」女人的語氣餘悸猶存，旋即趕到小男孩身旁。

小男孩動也不動地側躺著，但意識應該還清楚。

「小勉！」女人不安地呼喚，抱起男孩。左臉頰和短褲底下的膝頭淌著鮮血，清晰可見抓痕，毛衣的手肘部分亦滲出血跡。勉發出陣陣啜泣聲。

「總之，馬上請醫師檢查比較好。」

女人聽了冬木的建議，點頭贊成。

冬木將勉抱到柵欄另一側，讓勉站在人行道上，接著拉起女人的手協助她爬過柵欄。但由於和服裙襬纏繞，始終不太順利。無奈之下，冬木只好打橫抱起她。跨越柵欄時，女人柔軟的肉體壓在冬木的胳臂上，剎那間的感觸，不知怎地，竟然深深烙印在他心底，久久無法忘懷。

冬木讓兩人坐在後座，開車前往社區出口處的外科醫院。

所幸勉的傷勢不嚴重。野狗只是輕輕玩弄幼小的勉，並非真的深咬攻擊他。有些年歲的院長直說，類似意外中這算非常幸運的。雖然必須等一星期後的狂犬病檢驗報告出爐才能確定，但大概不會有問題。

不到十五分鐘就進行完所有治療及檢查，於是冬木順道送兩人回社區。

短暫的路途中，他得知女人名叫朝岡美那子，住所正好鄰近社區。小男孩是她的獨生子。勉今年五歲，目前就讀剛才發生意外的空地旁那所幼稚園大班。冬木回說勉和自己的女兒一樣大。

勉已恢復平靜。雖然依舊沒什麼精神，卻對冬木有問必答。而且他並未癱軟地依偎在母親身上，美那子也不再多關心傷口的狀況。冬木心想，要是換成總是大驚小怪的女兒，一定整個頭埋在母親胸口撒嬌，哭鬧個不停，兩人實在不像同齡的孩子。他當下感慨男孩和女孩果眞不一樣。

冬木將他倆送回朝岡家門前。樹叢環繞的紅瓦平房飄散著丁香花幽香。

美那子走近駕駛座的車窗，禮數周到地深深鞠躬致謝。在夜色降臨的冷冽寒氣中，美那子的臉蛋顯得特別白皙。這一瞬間，冬木第一次爲美那子的美貌怦然心動。說美貌有點不妥。當然以世俗標準而言，美那子毋庸置疑是個美人，白淨無瑕的肌膚、充滿智慧的清澄眼眸、挺直的鼻梁、穿著和服時端莊的站姿……，但此刻掠獲冬木內心的，是她渾身散發的那股奇異的透明感。

冬木深覺無論多美的女人，一旦成爲母親，難免顯現老媽子的息氣。這種身分的轉變會增添慈祥柔和的氣質，相對地，也容易因鎮日操持家務失去女人味。然而，美那子絲毫沒有那種息氣。也許是由於她的智慧，也可能是富裕的生活致使她身上嗅聞不到柴米油鹽的世俗味。但是，就算綜合以上所有原因也無法說明，何以那不可思議的透明感始終包覆著美那子。冬木赫然聯想到淡紫色的玻璃薔薇。

這天晚餐後，冬木向妻子郁子提起傍晚發生的事情。他語氣平常地聊起美那子，期待著若勉和女兒由嘉莉就讀同一所幼稚園，或許能探知有關美那子的事。

果不其然，原本在收拾碗筷的郁子停下手邊的工作，仔細聆聽冬木的敘述。冬木才一說完，郁子的細眼便閃著瞭然於心的目光，滔滔不絕地開口：

「小勉的媽媽在這附近風評不錯。聽說她對小勉的管教很嚴格，所以小勉非常懂事，絕不會黏著媽媽。眞不愧是小勉的媽媽，竟然有膽量和野狗正面對峙。」

「換成是妳會有什麼反應？」冬木望著臉上長著雀斑，身材明顯發福的妻子，揶揄地問。

「這個嘛……要是我，可能只會沒命地抱起孩子趕快逃走。不過要是這麼做，我們兩人都會遭殃。看來，知道要先做勢嚇跑野狗的小勉媽媽，表現果然很鎮定。」郁子一臉嚴肅地不斷點頭稱是。「關於朝岡太太，還有很多小道消息。」

「怎麼說？」

「我是從井口眼科的醫師娘那裡聽到的……」

嗜好串門子閒聊的郁子情報來源相當廣泛。

「小勉三歲或四歲的時候，一隻眼睛曾感染角膜炎之類的病，角膜混濁變白。」

「看不見嗎？」

「那隻眼睛好像看不見了，據說只能從死者身上移植角膜。雖然角膜完好的人很多，但是願意捐贈的卻少之又少，不知道什麼時候才等得到捐贈。」

「是嘛。」

「沒想到，朝岡太太一點也不著急。她似乎早決定萬一等不到，就直接把自己的角膜移植給小勉。當角膜銀行告知無法提供，她立刻向醫師表達意願，不料此舉於法無據。法律規定僅限遺體捐贈角膜，朝岡太太得知後非常震驚，苦苦哀求醫師暗中幫忙動手術。守法的井口醫師堅持原則，當場回絕，並解釋雖然能夠理解她的苦衷，但絕不可能違法。朝岡太太失望欲絕，居然嚎啕大哭。井口太太還說連她都不禁流下淚來。」

「噢，可是看不出小勉哪隻眼睛有問題啊。」

「大概半年後，原本不見好轉的眼疾竟奇蹟地逐漸恢復，如今幾乎完全康復。或許是母愛感動上天吧，不過……」

冬木驀然站起，一副想打斷妻子繼續說下去的樣子。他點燃一根菸，走向北面的窗前。窗外暮色暗沉，冷風依舊夾帶細雪，搖晃著社區樓房間一棵棵細瘦的樹木。

由於從這扇窗無法望見美那子家，冬木略感遺憾。他幻想著，在黑暗中描繪美那子的臉龐。

有關美那子的傳聞——剛才妻子轉述的角膜移植一事，竟深深嵌入冬木心中。但不知爲何，情感上始終無法認同。他暗自企望能讓美那子脫離包覆全身的令人窒息的「慈母事蹟」，而永遠保有他所發掘的那層透明感。

思及此，他頓時感受到睽違已久的興奮之情。

4

次日一早，冬木於九點多離開家門。雖說輪早班的第二天是中班，下午兩點前抵達報社即可，未料他想到昨天美那子在外科醫院提及今天要帶小勉回診，就坐立不安地無法待在家中。

冬木刻意放慢速度，以不確定的期待眼神張望道路兩側，開車經過社區。昨天惡劣的天候一夕驟變，和煦春陽照映著一棟棟慘白的社區公寓。

他在接近社區出口的人行步道上，尋覓到夾雜在稀疏通勤上班族中的美那子背影。苗條的她穿著合身的青瓷色和服，獨自碎步急向前走。

冬木將車停靠在等著過三叉路口的美那子身旁。美那子驚訝地轉頭，認出是冬木後，立即露出皓齒微笑。在清澈的晨曦照耀下，美那子的皮膚剔透發光。

「昨天眞謝謝您。」她愼重地彎腰鞠躬。

「小勉還好嗎？」

「託您的福，並無大礙。今天我先帶他回診，才送他到幼稚園。」

「那麼……妳有事外出嗎？」

「是的，我要去三軒茶屋附近的牙醫診所。」

「我載妳過去吧。」

「這……」面帶微笑的美那子略顯遲疑。冬木連忙表示恰巧順路，並主動打開後座車門，美那子只好懷著謝意上車。

牙醫診所面向連接三軒茶屋到澀谷的寬闊馬路。不到十分鐘的路程中，兩人沒有交談。冬木原本就不多話，美那子看來也是沉默寡言。由於診所門口不能停車，待美那子下車，冬木便驅車離去。

翌日早晨，冬木也去載美那子。他盡量不刻意推算美那子送小勉到幼稚園後單獨步上社區道路的時間，但仍不自覺地計算著。

第三天，走在人行道左側的美那子主動打開前座車門。這一切發生得極其自然，一旦並排而坐，兩人也就打開話匣子。冬木因此得知美那子的丈夫朝岡隆人在光陽銀行總行擔任外匯部門的課長，家中只有美那子夫婦和小勉三人。

不知不覺地，十天過去。除了必須清早出門上班和過夜未歸的日子，冬木大都會順道搭載美那子。短暫的車程中，兩人始終不多話，也從未深入交談，不可思議的是，飄蕩在兩人之間的氣氛，猶如認識多年的老友般恬適而放鬆。當時冬木三十三歲，美那子二十八歲。或許是美那子沉穩而成熟的氣質，令冬木油生彼此年齡相仿的感覺。有時冬木甚至會陷入錯覺，誤以為遇見長大成人的青梅竹馬，致使他彷彿感受到重回青春年少的悸動，及難以言喻的泰然自若。

三月中旬，勉的傷勢幾乎痊癒。這天也是美那子牙齒療程的最後一天。可是一如往常打算在診所前下車的美那子，卻輕輕「咦」一聲。原來大門上懸掛著「臨時休診」的木牌。旁邊貼著一張告示，寫著因喪臨時休診，明日即恢復看診。

「休診就沒轍了。開車繞繞好嗎？」

冬木自然地提出邀約。他心中閃過一絲遺憾，看來能載美那子的日子到明天爲止。由於昨天值夜班，今天冬木不必上班。美那子盯著冬木側臉一會兒，略顯僵硬地回答「好啊」。

提到開車兜風，冬木便不免聯想起海邊。生於金澤的冬木，歷經戰時到戰後，直至小學畢業的這些年，都在能登半島西海岸度過。久而久之，他心中常溢滿戀海鄉愁。此刻和他心儀的女人首次出遊，當然非海邊莫屬。

從橫濱匝道口行經藤澤綠意盎然的住宅區，相模灣出現在陰霾的天空下。車子奔馳在鵠沼通往平塚的海岸公路上好一會兒，兩旁已不見海邊小屋及得來速餐廳。接著，冬木把車子停進綿延不絕的稀疏松林裡。

「下來散散步吧。」

「好啊。」美那子仍僵硬地微笑點頭。

步出車外，肌膚立即感到一陣寒意。順著和緩蜿蜒的海岸線望去，左側是江之島，右側海岬則閉鎖在厚重雲層中。此處距對岸僅咫尺，然而春寒料峭的陰天裡，海岸邊連個人影也沒有。

冬木慢慢走向海岸，美那子緩緩跟在後面。一旦遠離馬路，周圍便陷入寂靜。或許是夏天的印記，隨處遺留在海邊的蘆葦間傳來陣陣波浪聲。

穿過一整片稀疏松林，只見高約一公尺的不規則石垣，下方沙地蘊含海水。前方數公尺，可愛的細碎浪花拍打岸邊。

冬木率先走下石垣，等待後頭的美那子。美那子原本想自行跳下，卻因懼高而退縮。冬木索性伸出援手，美那子稍稍猶豫，才併攏五指搭上。她另一手壓住膝頭和服一躍而下，步履搖晃之際，及時抓緊冬木。冬木握著美那子的手，抱住她。美那子「啊」地輕喊一聲，反射性地抵抗一會兒後，身體仍順從地靠了過去。女人白皙的臉蛋映入冬木眼瞳，他輕輕吻上美那子冰冷僵硬的唇……

一週後的某個黃昏，冬木在橫濱港附近的小旅館裡得到美那子。她就和允許他接吻時一樣自然純眞，且感受不到一絲淫念。倘若她生性浪蕩，反而會僞裝羞恥或故做抵抗吧。

冬木心中竟也毫無猶豫或顧忌。即便這是結婚六年以來，第一次和妻子之外的女人發生關係，卻覺得是命中注定的。

美那子的皮膚細緻、輪廓分明，加上身材修長，看起來十分纖瘦，難以想像隱藏在和服底下的軀體竟渾圓而成熟。她溫柔地等待冬木，並未主動媚惑，身體卻是濕潤的，猶如期盼著他的進入。冬木察覺到這點，一種久違而新鮮的激情貫穿全身。他預感到自己將從此無法自拔。

每隔五天或一週，趁小勉幼稚園放學前的空檔，配合冬木不用輪班的日子，兩人便相聚在一起。冬木夜間輪班的隔日，通常會有一天的休假，他們總是一早開車外出，且一定前往海邊。車行東名高速公路，有時到大磯海岸，有時甚至開到眞鶴岬。渺無人影的早春海濱，三十三歲的冬木和二十八歲的美那子宛若二十歲不到的年輕人，並肩坐在沙地上，冬木偶爾還會衝動地壓倒美那子。再不然，兩人就是望著波濤，閒話家常。

他們閒聊的話題經常在各自的家庭上打轉。冬木覺得，就算了解美那子家中的事情也無插足的餘地，倒不如盡量避開。可惜美那子終究是女人，有些話要說出來心裡才會舒坦。

「我和我先生沒交集，無法感動彼此。」美那子目光專注，彷彿字斟句酌。

她和朝岡是相親結婚。美那子生於九州福岡市，在她二十歲和朝岡結婚之前一直住在福岡。

由於美那子的伯父與朝岡在光陽銀行的上司有交情，在伯父的積極促成下，縱使兩人分處東京和福岡，有地理上的隔閡，美那子卻在僅止相親一次，沒有深交的情況下，毅然嫁給東京的朝岡。

「朝岡大我九歲的事實讓我有些忐忑，但不論人品或條件都無可挑剔……再說短大畢業後，我整天無所事事。」

「妳眞單純，沒想到女人能如此輕易地把一生託付給認識不深的男人。」冬木語帶嘲弄，其實內心也很意外，看似聰明的美那子竟這般被動地與朝岡結婚。

「我的雙親早逝，從小過繼給膝下無子的伯父扶養。伯父和伯母管教嚴格，如今兩人都已去世。我總覺得不該拂逆伯父，何況……」美那子臉頰不期然地一片潮紅，流露嬌羞的神情。冬木頭一次見到她這樣的反應。

「看來另有隱情，難道是失戀？」

「不，倒也不是……」美那子微笑，「短大畢業後，我便去學習其他才藝。通勤的公車上，有個男生對我非常著迷，每天都遞給我一封信，還在回家途中等我，我不禁心生恐懼……」於是思緒一轉，決定藉結婚搬到東京。

「噢，原來是讓別人失戀啊。」與美那子的家庭生活相比，冬木似乎對這類話題較感興趣。「後來呢？對方沒自殺吧？」

「怎麼可能。不過丹野先生……那個人叫丹野靖久，聽說好長一段時間都維持單身……」

美那子抬起摻雜羞赧與懷念的明亮雙眸，凝望遠方天際。被人癡心愛戀的回憶，對天底下所有女人而言都是甜美的。

「妳丈夫曉得這件事嗎？」

「不，福岡市沒人知道。再說，就算提起，他也不會有任何感覺。」

於是話題又轉回家庭。

從美那子含蓄的表達方式，冬木想像得出，朝岡應該是個標準的好丈夫。做事認眞、個性溫和、從不酗酒，每天準時下班。美那子卻不斷強調打一開始，兩人就毫無交集。

「不過你們的家庭眞是很美滿。」

冬木的語氣不帶任何諷刺，他只是擷取美那子談話中的美好部分。一旦講起家裡的事，兩人總顯得拘謹見外。

「妳先生爲人正派，兒子又乖巧，稱得上是無可挑剔的幸福家庭。」

「才不是這樣！」美那子倏地激動抬眼睨視冬木，眸中充滿懾人的嚴肅，隨即蒙上一層陰影。「我是個糟糕的女人……欠缺很重要的東西……」話聲愈來愈孱弱，美那子撇過頭。

冬木不禁感到詫異，他攙扶般抱住美那子削斜的肩膀，注視著美那子低垂的臉龐。她抿著嘴唇，淚水從緊閉的眼角流淌臉頰。冬木這才體認到，原來美那子一直壓抑著內心深處的煩惱。見她如此痛苦，冬木反而不知如何啓齒。與此同時，他決心不再過問小勉的事情。他隱約察覺，美那子似乎認爲紅杏出牆背叛小勉更甚於丈夫。

出發到越南的前兩天，冬木邀請美那子重遊首次約會的鵠沼海岸。他們已相識約一個半月，距初次發生親密關係也有二十多天。

風和日麗的春日下午，兩人海邊散步後，走進包圍在幾棟別墅間的茶室風格旅館。

這天，冬木對美那子表現出前所未有的飢渴，美那子也大膽回應。

兩情繾綣後，浸淫於滿足與虛脫交錯的奇妙平靜時，冬木油然升起即將離別的眞實感，一去不回的恐懼在內心隱隱作痛。他想再和美那子溫存，才發覺她睜大雙眸，吸附似地凝視著某處。那是冥思苦索的眼神。

「妳在想什麼?」

美那子慢吞吞地轉過頭，盯著身旁的冬木。

「這就像夢境。」

「夢?」

「或許你能填補我欠缺的東西。」

美那子歌唱似的茫然低語。然而，那雙望著虛無的眼眸中，一如先前每每提起類似話題時一樣，顯露出極其苦惱的神色。

「妳究竟欠缺什麼?」冬木按捺不住坐起身，略顯焦急地問道。

美那子也坐起來，滿是倚賴的眼神投向冬木，嘴唇微弱地顫抖。可惜她什麼都沒說，只整張臉埋入冬木懷裡。

「一定要平安回來。」

「別擔心。」

冬木用力摟住美那子，兩人面頰緊貼。美那子始終淚流不停，卻沒發出一絲抽泣聲，如此反而讓人心疼她的傷悲。冬木了解強將淚水往肚裡吞更像美那子的作風，第一次遇見美那子時感受到的那股奇異透明感，再次浮現冬木心底。

或許自己最愛的正是美那子身上散發出的那股透明感，也就是無時無刻維持透明感的美那子吧……

美那子臉頰的觸感鮮活地浮上記憶時，冬木倏地回到現實。美那子爲什麼……？

朝岡依舊瞠著無神的雙眼，凝望十字路口的人潮。

「你說你太太是十天前離家出走的嗎？」

「是啊。記得是六月三日晚上。」

朝岡瞄了冬木一眼，視線轉回熙來攘往的人群，彷彿不想錯過一分一秒找出美那子的可能。

六月三日是日本媒體報導冬木發生意外後的第十三天，且就在四天前正好發現一具疑似冬木的屍體，新聞報導幾乎一面倒地確信冬木已身亡。難道是冬木的「死」陷美那子於絕望，促使她做出衝動的決定？不過冬木總覺得不對勁，而他馬上明白原因爲何，那就是站在眼前的小勉。

美那子不可能拋下最疼愛的小勉不顧。

然而，朝岡卻說美那子十天前離家出走，如今行蹤不明。

爲什麼？找不到答案的疑問，致使冬木陷入混亂與焦躁的情緒。

5

次日下午，冬木前往距離住家社區約一公里遠的玉川警署。由於正值梅雨季，綿延不絕的紛飛細雨把柏油路面染成黑色。玉川警署附近的商店街道上，往來的大型公車與撐傘走動的主婦身影，令人備感倉皇、匆忙。

對久違東京兩個月的冬木而言，即便是這種平凡的街景，也應當深感懷念。可惜眼下失蹤的美那子占滿他全部心思。

他想不透美那子離家出走的原因。若要說得更明確些，他覺得「離家出走」這種衝動無謀的行爲，實在沒理由發生在美那子身上……聽完朝岡的描述，原先冬木只覺得腦中一片混亂，緊接著這層混亂逐漸轉變成心中的疑惑。美那子眞的是出於本意離家出走的嗎？其中是否隱含遭人以暴力強行擄走的可能？

無奈他絞盡腦汁也不知所以然，而他對這件事的了解，也僅止於昨天朝岡在路邊簡單描述的經過。美那子是在從昨天回算起的十天前，意即六月三日這天，留下一封信後離家出走的。據說離家的時間是在晚上……但冬木根本難以想像朝岡如何能一口斷定是晚上離家的？且他對那封信的內容也一無所悉。

再者，冬木確實沒有立場追問朝岡更多關於美那子的事情。何況朝岡必須顧及社會形象，不得步盡量粉飾太平，避免對外張揚。連對住家周圍動靜向來知之甚詳的冬木太太，好像也尚未聽聞美那子失蹤的消息。

可是再怎麼保密，朝岡仍會報警尋求協助吧。只要向轄區警署打探，或多或少能獲知更詳細的情形。

這一帶是玉川署的轄區。所幸冬木在三年前調任嚮往的外國通訊部前，待過社會部，常在警署走動以建立關係，多少和轄區員警有交情。加上和玉川署的白井刑事部長住得近，兩人交情匪淺。即便調往外國通訊部，冬木還是不時來署裡閒話家常。而且聽說這位白井部長最近剛從搜查一課升任犯罪防範課長。

玉川署與消防署及郵局並列，是棟米黃色的老舊建築物。

由於出門前曾先致電告知，冬木一到，白井立刻招待他進入以屏風隨意隔間的簡單會客室。白井約四十多歲，寬廣的額頭和靈活有神的大眼睛，讓他看起來總是精神充沛、和藹可親。

兩人聊了好一陣子越南的情勢後，冬木終於切入正題。

「我想也許他們曾來報案……」

冬木談及朝岡美那子離家出走的事。同時，他附帶表示自己和美那子的丈夫朝岡隆人熟識，卻只無意間聽小勉提起，朝岡先生始終避而不談，反倒令他擔心，才會來署裡打探究竟。

「噢，他們報案啦。」

白井馬上想起似地不住點頭，順勢從抽屜取出厚重的檔案夾翻閱，沒多久他停下手，視線落在攤開的那一頁說：

「可是他們希望搜查不公開。」

「能讓我看一下嗎？」

白井瞥了冬木一眼，默默將檔案放在桌上。

印在檔案左上方、名片大小的美那子照片，倏然映入冬木眼簾。她一身冬木熟悉的和服打扮，秀髮挽成髮髻，垂眼微笑著，然而，整體卻呈現出異常晦暗的氛圍。或許是印刷的緣故，不論人物或背景都略顯陰暗，模糊的表情輪廓覆蓋著濃厚的陰影。美那子離家出走的事實忽地轉變成真實的切身之痛，刺進冬木胸膛。無法迴避的預感，朝著不祥的方向發展。

照片上方大大寫著「失蹤人口協尋申請書」，旁邊蓋有「非公開」的印記。

冬木很清楚協尋申請書分爲「一般公開」和「非公開」。即使目的相同，但這兩種被稱爲「失蹤人口布告」的表格最大的差別在於，「一般公開」除市區各警分局外，也會分送給失蹤者可能出現的場所，例如酒吧、美容院等，並張貼在公園或大眾澡堂裡。相對地，若是「非公開」，則只將照片資料傳至警察機關。這是顧慮失蹤者和其家屬的社會地位，不便家醜公開於世的緣故。因此非公開的協尋申請書，非警方人士，第三者理應沒有機會過目，這次是白井特別通融。

冬木將視線自美那子的照片上移開，閱讀起記載事項。

離家人

朝岡美那子。生於昭和十七年十二月一日（二十八歲）

户籍　東京都目黑區中目黑五丁目XX

現居地　東京都世田谷區深澤一丁目XX

離家日期　昭和四十六年六月三日晚間八點半

相貌特徵　身高一六一公分。豐潤適中的鵝蛋臉。皮膚白皙、鼻梁高挺。說話速度慢，遣詞用字謹愼有禮。

服裝　細紋藍和服，同色系夾腳和服鞋。

攜帶物品　黑提包。黑行李箱。

籍貫爲福岡縣福岡市。如有右述人士的消息，請即刻與本署聯絡。

申請人

東京都市田谷區深澤一丁目XX　朝岡隆人（七〇一—八三五X）

受理警署

玉川警署（七〇一—五一一X）

「那麼……」冬木把檔案還給白井，「這份協尋申請書是何時塡寫的？」

「六月四日傍晚，也就是她離家出走第二天。聽說報案前一天，她丈夫問遍所有相關人士，卻完全沒消息。」

「原來如此。不過他怎麼確定時間是晚上八點半？」

「有人目睹她獨自離開社區。」

六月三日晚上八點半左右，附近藥局的老闆目擊到身穿藍色和服的美那子，拎行李箱，沿亮著街燈的社區道路，低頭走向公車站牌。

這是朝岡先生打聽到的消息。後來白井直接詢問過藥房老闆，確認證詞無誤。

「他們家的孩子一向八點多就寢。朝岡先生平常都七點多回家。當天早上出門前，他曾提醒妻子因公司開會，下班時間較晚。由此判斷朝岡美那子是在小孩入睡、丈夫尚未返家的期間出走的。」

白井和往常一樣睜著大眼盯著冬木解釋。

「聽說有留下一封信？」

「嗯。」

「內容是什麼？」

「寫得很簡單。大致是希望丈夫照顧孩子，並將她忘記之類的話。」

冬木停頓一下，問道：「是她本人的筆跡吧？」

「嗯。」白井淺淺一笑，彷彿看穿冬木的想法。冬木頓時憶起當年負責社會新聞時的感覺。

「通常這種離家出走的案子，警方的調查就到此爲止。萬一是像最近流行的所謂人間蒸發，我們可就忙不過來了。警方會積極搜查的對象，只有離家者精神異常，或極可能引發自殺、事故的情形。再來便是有遭誘拐或綁架的具體線索時，也會介入。」

「換言之，朝岡美那子的狀況不符合這些條件嘍？」

「嗯，沒錯。」

「不過……儘管如此，搞不好其實是被綁架，或一樁找不到屍體的凶殺案？」

「這自然不無可能。」在冬木咄咄逼人的目光下，白井不得不頷首同意。「也有起初找不到任何線索，而視爲一般離家通報處理的例子，最後當事人竟變成凶殺案的被害者。總歸只能憑警方的第六感判斷案件的嚴重性。至於這起案子，不僅有目擊者看見朝岡美那子獨自提著行李走在街頭，她還留下親筆信……」

「確定是她親筆寫的嗎？」冬木回到剛才的質疑。

「這個啊……原本不需要進行筆跡鑑定，可是朝岡家社會地位較高，當事人又是短大畢業，受過高等教育，一般來說較不會無緣無故不負責任地離家出走，所以我認眞調查了一下。」

「……」

「我比對過當事人家裡的帳簿和函件，確定那封信的確出自她本人之手。美那子似乎與周遭鄰居交往不深，不過沒有壞風評。加上她把孩子教育得很好，稱得上是賢妻良母。」

白井也曾在朝岡隆人任職的光陽銀行，針對他進行簡單的調查，但並未發現他有任何素行不良的問題。他工作勤奮認眞，很少喝酒，更沒傳過緋聞。

「總之，不論是朝岡美那子還是她丈夫，根本找不到非得離家出走的理由，也嗅不到一絲出事的味道。或許這就是近年流行的典型失蹤案吧。」白井些許無奈地笑著。

「今天已是第十一天，意思就是這十天裡沒搜尋到任何蛛絲馬跡嗎？」

「沒有。朝岡先生也很令人同情，爲顧及顏面不願案件曝光，又非要早日找到朝岡太太。聽說他每晚拿著妻子的照片，到鬧區的酒吧一間間尋訪。」

「酒吧？」

「嗯。其實最近發生不少類似案件。有些是年輕的母親拋棄幼童，堂而皇之地跟男人私奔；有些母親則是厭倦在家教養孩子的生活，但缺乏一技之長，於是下海陪酒。」

「……」

「朝岡先生壓根想不透太太離家出走的原因。首先她沒有另結新歡的跡象，且既沒到朋友家叨擾，身上也沒帶太多錢。朝岡先生認爲，如此她生活一定會遇上瓶頸，極可能淪落到夜店工作。他每天一下班就立刻前往幼稚園接孩子回家，吃過晚餐哄孩子睡著後，便帶著照片到娛樂場所四處尋覓。若市區毫無所獲，他似乎打算到他太太的故鄉福岡徹底搜查。」

冬木想起昨天在澀谷十字路口的巧遇，朝岡渾身散發著深沉的疲憊，雙眼呆滯無神。他內心對朝岡先生的隱隱懷疑頓時打消。

「事實上，母愛本能逐漸淡薄的現象，似乎不限人類的女性。」白井將檔案夾放回桌上，點燃菸，一副閒話家常的口氣。「記得週刊曾刊登一則報導，市區內某間動物園裡的袋鼠媽媽，變得不喜歡把寶寶放進腹袋養育。即使飼養員勉強塞入，袋鼠媽媽也會故意抖出寶寶。據說，袋鼠寶寶這時期沒在腹袋裡接受哺育，就會發育不良。」

「那怎麼辦？」

「不得已，園方只好拿布巾做成袋子的形狀吊掛在柱子上，然後放進袋鼠寶寶，由飼養員代為照顧。」

「噢……」

「這篇報導形容喪失母性的狀況為『文明公害』，甚至認定今非昔比，『女人變強人，母親變弱者』。」白井不自覺地乾笑。

冬木驀然想起淪為戰場的越南貧窮農村的景象。觸目所及之處，面對生死一線間的生活環境，眾多母親不惜犧牲生命以保護幼小孩子。

相較之下，在這受到高度文明保護的世界，無論人類或動物都對生命安危及覓食困難的現象感到麻木，難道所謂生物情感根源的母愛，在文明母親身上已退化殆盡？

然而，美那子理當沒遭這種「公害」侵蝕。她張開纖細臂膀面對野狗的姿態，依然鮮活地烙印在冬木眼底。

既然如此，美那子究竟為什麼離家出走？思索間，白井的話倏地打斷冬木的思緒。

「我無法確定這算不算文明公害，可是最近家庭主婦的生活未免太輕鬆。在這點上，職業婦女反而了解社會競爭的激烈。前些日子，我經常光顧的那家酒吧的媽媽桑還語重心長地說，女人不能孤獨一生，只有窩在深愛自己的男人懷裡才是最幸福的。」

這番話忽地喚起冬木內心一隅的記憶。曾經有個男人深愛著美那子，但既非朝岡也非冬木。美那子只提過對方的名字一次，叫做「丹野靖久」。

美那子的失蹤和「丹野靖久」有關嗎？

不斷滋長的疑問喚醒嶄新的想像。

美那子不期然失蹤的背後，是否隱藏著超乎想像、不爲人知的祕密？

冬木心中再次浮現不祥的預感。

2 CHAPTER

第二章

第五八五次飛札幌班機

冬木悟郎即將以意想不到的形式再次見到朝岡美那子——

六月二十日晚上八點半，冬木來到東京機場國內線的出境大廳。

進入六月梅雨季節後，大廳反而比平常更顯紊亂雜沓。接連幾天，數對新婚夫婦搭機前往度蜜月的目的地，送行的親友擠得整座大廳異常喧鬧。由此似乎可窺見「六月新娘」這傳自國外的形容詞，比想像中更深植於日本年輕男女的心。新人度蜜月的地點大多選在北海道，因爲六月是沒有梅雨的北海道的觀光季節。

縱然已入夜，機場大廳依舊人聲鼎沸。排隊後補的旅客聚集在登機櫃檯前。自從發生劫機事件後，身穿制服的保全人員形影益發醒目，而機場大廳裡亦不時瀰漫著行色匆匆的氛圍。

這天一早就陰雨綿綿，大廳裡聚集一股群眾潮濕的體熱。

播音員廣播著飛航班次。「搭乘新世紀航空第五八五次二十點四十五分往札幌班機的旅客，請至第二出境大廳搭機。」

第二大廳的登機門入口上方，五八五次班機的顯示燈適時閃爍起來。大批旅客排成一列縱隊，依序向三名安檢人員出示登機證，陸續通過登機處入口，搭電扶梯上二樓。

冬木悟郎原本在遠處眺望出境的人群，此刻轉頭望向眼前新世紀航空的登機櫃檯。掛有「大阪」、「福岡」等降落地名的櫃檯前，提著行李的旅客大排長龍。經大阪飛福岡的班機，將於往札幌的班機起飛的十五分鐘後出發。

冬木站在橫亙細長的國內線大廳中央、通往國際線大廳的樓梯旁，已快三十分鐘。一旁甫自大學畢業的藝文部記者桐島，和經驗老到的攝影師黑木，帶著更勝冬木的緊張神情，關注飛往大阪班機的報到櫃檯附近。

從越南返國後，冬木獲准在家休息兩週。約兩個鐘頭前，突然接到來自報社的電話，希望他能擔任藝文部記者的法語口譯。至於採訪的目標，則是近年在流行樂團裡始終保持世界第一的人氣法國美聲樂團「Oiseau Blue」男主唱喬治．西蒙。他獨自祕密前來日本的傳言，最近在八卦週刊和報紙娛樂版上甚囂塵上。西蒙前陣子因與販毒組織過從甚密而遭法國警方調查，後來和法國政治家夫人間的緋聞又引起軒然大波，約一個月前忽然行蹤成謎。據聞他跟日本爵士鋼琴家小林陽子關係匪淺，所以他的一舉一動亦是日本演藝圈的熱門話題。

報社藝文部接獲飯店人員密報，得知西蒙將於今晚九點搭機前往大阪，隨即派記者至機場企圖近身採訪。無奈眾所周知，西蒙只會說法語，不諳英語。姑且不論這是否爲防堵媒體的障眼法，總之不懂法語便難以採訪是事實，於是藝文部主管決定請託冬木隨行。

冬木的法語不算流利，但至少曾在外語大學主修法文，何況外國通訊部目前也找不到其他法語流利的記者。

冬木倚著樓梯扶手，重新點燃一根香菸。事實上，不僅冬木，外訊部記者都常被派到其他部門權充採訪時的口譯人員。面對這樣的情形，他非但提不起勁，甚至認爲這簡直是吃力不討好的差事。

心不在焉地站在一旁，冬木不知不覺又想起美那子。距上次前往玉川警署打探消息快過一個星期了，今天是美那子離家後的第十七天，她依舊音訊全無。

此時廣播聲再度響起。「搭乘新世紀航空第七三八次二十一點經大阪往福岡的班機即將起飛，尚未完成登機手續的旅客，請盡速至櫃檯辦理。」

傳聞西蒙將坐上這班飛機。

時針指向八點三十五分。起飛前二十分鐘停止辦理登機報到手續，往福岡班機的報到時間僅剩五分鐘。

就在這時，身旁的桐島抓住冬木的手腕，悄聲說「來了」。

只見一名頂著及肩褐長髮、黝黑消瘦的臉上戴著深色墨鏡，身披駱駝色皮大衣的矮小外國人，快步走向航空公司的登機櫃檯，似乎沒攜伴。

「就是他。拜託你了。」年輕的桐島緊張話聲僵硬。

冬木大步邁向辦完登機手續，正往第一出境大廳前進的西蒙。另外兩個貌似記者的男人也同時靠攏包圍西蒙。

從他們胸前的徽章可知是《每朝新聞》的記者與攝影師。

「我們是報社記者。您是喬治・西蒙先生吧。」冬木首先開口。

西蒙面頰一陣抽搐，蹙緊眉頭，看了看圍繞身邊的記者，不發一語。

兩名攝影師猛按快門。

「請問何時來日本的呢？」冬木進一步提出事前和桐島討論過的問題。對方不停迴避鎂光燈，沉默半晌，彷彿死心般，以鼻音濃重的法語簡單回答：「最近。」

「您都待在哪裡？」

「東京……」

「到東京的目的是？」

「我一向對東洋文化很感興趣。」

西蒙冷著張臉猛盯著手表，有意避開冬木似地向前走。這時，一股獨特的香味撲鼻而來。手表的時針正要指向八點四十分。或許是往札幌的旅客大都進入登機處，第二大廳空空蕩蕩，只有兩、三組送行的親友。玻璃牆另一側的第一大廳，已開始辦理晚上九點往福岡的登機作業。

幾名記者團團圍住西蒙，擠過人潮，往第一大廳的方向移動。

「這次去大阪有什麼目的嗎？」《每朝新聞》的記者提問。

「處理私事。」

冬木流利地翻譯對話，桐島當下振筆疾書。

「到大阪後會住在哪裡？」

西蒙聳聳肩不予回應。

「請問和小林陽子見過面嗎？」《每朝新聞》的記者直接切入重點。西蒙猛地略顯神經質地瞅記者一眼。

此時，一名踩著小碎步，從分隔兩座大廳的玻璃牆邊直趨第二大廳後方的女人，牢牢攫住冬木的視線。雖然沒能看清楚女人的容貌，但不知怎地，剎那間，他猶如觸電般渾身顫抖。

冬木視線緊追著那道身影。女人離開玻璃牆邊，穿越第二大廳，匆忙走向登機處。及肩的棗紅頭髮，披著藍大衣的背影相當苗條。

時鐘即將指向八點四十二分。若要搭乘八點四十五分飛往札幌的班機，時間上非常緊迫。女人急促的步伐正好說明這個狀況。

女人出示登機證後，不經意回頭一望，約莫三分之二的白皙臉龐映入冬木眼裡。

冬木驀地屏息呑聲。美那子！果然是美那子。一向整齊挽起的漆黑秀髮，眼下卻變成棗紅披肩鬈髮。那始終穿著和服的女人，竟然一身藍大衣和黑色寬長褲……不過，有著挺直鼻梁的輪廓上，瞬間微瞇起的清澄大眼，猶如凝視遠方某一點。毫無疑問，她就是朝岡美那子。

女人，不，美那子很快轉身背對冬木，迅速通過登機處。冬木按捺不住想立刻追過去。只是他倏地回神，發現《每朝新聞》記者暫停採訪，一旁的桐島則帶著催促的眼神看著他。

此刻，耳邊傳來開始二十一點往福岡的班機登機作業的廣播。

「隨便再問些其他的事。」

桐島連忙向冬木耳語。他們很清楚，類似這種採訪，受訪者根本不會認眞回答問題，所以只能攔住受訪者，趁機多交談、多拍照，目的就算達成。

「打算在待大阪幾天？」冬木趕緊提問。

「不一定。」

「預定何時回法國？」

「不知道。」

「聽說『Oiseau Blue』即將解散？」

西蒙皺起眉頭又是一驚，卻僅輕輕搖頭說「不」。

《每朝》的記者陸續提出兩、三個問題。瞧見桐島認眞的神情，冬木明白暫時無法離開現場。他只好迅速翻譯，以便桐島記錄。

「你和貝蒙特夫人最近一次見面是在什麼時候？」

《每朝》的記者終於脫口詢問緋聞對象的名字。催促登機的廣播聲，再次傳來。西蒙猛地光火地睨視對方，冷不防推開記者的肩膀邁步前進。他出示登機證，經過安檢人員面前，穿越人群，大步走進登機口。

冬木交代依舊緊張目送西蒙的桐島先回報社，便轉身走向第二大廳登機處。時間恰好是八點五十分。雖然原定飛往札幌的班機起飛時刻已過五分鐘，但近來航班過度密集，班機往往不會按照既定行程出發。

冬木神色地匆匆地打算通過空蕩蕩的登機處時，一旁的安檢人員上前攔阻。

「請出示登機證。」

「我不是要搭機，只是想找人。」

「根據規定，沒登機證不得擅闖。」

「這我知道……可是在工作上，有個人非見不可。」冬木連忙從上衣暗袋掏出記者證。

「不會花太多時間，絕不會給你們帶來困擾的。」

安檢人員來回對照冬木本人和記者證，轉頭與背後的同事交換眼色。重新打量冬木後，其中一人不情願地回答「請便」。

冬木直奔上升的電扶梯。

樓上意外寬廣，搭乘其他班機的旅客三三兩兩地坐在整齊排列椅子上，卻不見美那子的身影。

冬木走向遠處的另一個登機口。穿航空公司制服的地勤正準備關閉低矮的鐵柵欄門。

「等一下。」冬木開口阻止。

「往札幌班機的旅客都登機了嗎？」

「是的。」

「當中是否有一名身穿藍大衣的年輕女子？她一頭棗紅長髮，身材苗條……」

「不太清楚，因爲登機人數眾多……」稚氣未脫的地勤人員有些詫異地望著冬木。

「班機起飛了嗎？」

「大概還沒……」

「我能進去一下嗎？」

地勤人員連忙搖頭，「若非乘客，必須有通行證……」

冬木當然知道這個規定，他索性亮出一直拿在手上的記者證。

「由於事出突然，來不及申請。眞的只要一會兒就好。」

「但這是規定……」地勤人員一臉爲難。

這時，同樣穿著新世紀航空制服的中年男職員經過登機口後方。他見狀走過來，地勤人員告知事情原委。

「你說的那名旅客，」職員目光移向冬木，「確實是搭乘五八五次飛札幌的班機嗎？」

原想回答「也許」的冬木，瞬間改變語氣：「絕對沒錯，我找她有急事。」

「意思是希望她下機？」

「對，假如能夠。」

「不過五八五次班機剛剛起飛。」

「離陸了？」

「不，或許還在跑道前端。可是一旦開始滑行，就不可能讓旅客下機。」

說時遲那時快，室外傳來噴射機起飛瞬間的震撼爆音。職員走至走廊那一端，透過玻璃窗望向滑行道。

「好像升空了。」他走回來，帶著些許同情的口吻說。

懷著彷彿緊綳的氣力頓時洩氣似的失望感，冬木步下電梯旁的階梯，返回一樓。與方才相比，登機櫃檯附近的人潮明顯減少。往札幌和福岡的班機截止報到後，新世紀航空今天僅剩五十分鐘後南下的最後一個班次。

冬木走近豎有「往札幌」看板的櫃檯。

「不好意思，想麻煩你……」

冬木拜託年輕的地勤人員查詢剛起飛的五八五次班機上，有沒有一名叫「朝岡美那子」的乘客。他想確認美那子是否搭乘那班往札幌的飛機。雖不曉得她是否使用眞名，仍有必要調查一下。

「請問有什麼特別的事嗎？」地勤人員反問。

「這……嗯，我是她的家人，札幌那邊的親友要我問清楚她搭乘的飛機班次，以便到機場接機。」

「噢，原來如此……」地勤人員和旁邊的同事竊竊討論後應道：「請稍候。」

接著他便縮進後面的門板內。約莫五分鐘後，他左手拿著一疊厚重的機票回來。那是撕下一半的登機證，是地勤人員在旅客登機前，於登機口回收的票根。票根上記有以片假名標示的乘客姓名。

原本在櫃檯裡翻查票根的地勤人員忽然停手。

「是朝岡美那子小姐嗎？」他望著冬木。

「對。找到了嗎？」

「嗯。」

地勤人員抽出一張黃色票根，遞到冬木面前。

「確實已搭上五八五次班機。」

冬木仔細確認原子筆寫下姓名後，向地勤人員致謝，轉身便離開櫃檯，前往國際線大廈五樓的記者休息室。

休息室裡不見《日本日報》的記者，僅一個別著電視臺徽章的男子，邊抽菸邊翻閱雜誌。打過招呼後，冬木拿起電話。

札幌的千歲機場裡同樣設有記者休息室。冬木撥轉即時通話的撥號鍵，不斷祈禱有同事在那邊，否則便得從札幌分社派人過去。但到千歲機場需耗費一小時以上，不見得能趕上那班飛機降落的時刻……

好在有個叫武藤的同事恰巧在休息室。武藤比冬木晚五年進報社，曾和冬木同屬社會部，彼此相當熟識。

聽見話筒那端傳來武藤年輕的嗓音，冬木立即興奮地說：

「剛才八點五十五分新世紀航空第五八五次東京飛札幌的班機上，有名女性乘客，請幫我攔住她。」

冬木鉅細靡遺地描述美那子的姓名、容貌和服裝等。美那子通過登機處時，冬木不過是驚鴻一瞥，很難想像她的倩影竟如此鮮明地烙印在冬木眼底。

「對方或許會想迴避他人的目光，無論如何請盡量攔下她。報出我的名字也沒關係。」

武藤並未追究原因，只問：「攔下她後，該怎麼辦？」

「嗯……先打電話到公司聯絡我好嗎？今晚已無班機，我會搭明天一早的頭班飛機過去。在此之前，請務必盯著她，別讓她逃走。拜託。」

無意識說出的「逃走」字眼，霎時成爲冰冷的聲響，殘留在冬木胸口。

3 CHAPTER

第三章

第二名失蹤者

1

西福岡警署搜查一課警部補中川圭吾突然接到丹野怜子的報案電話時，恰好是七月十三日上午十點。直到昨日依舊陰沉的天氣也在這天結束梅雨季節，一早晴空萬里，燦爛的南國陽光普照。

中川雖然年僅四十歲，斑白後梳的頭髮已相當醒目。他左手習慣性地搔著頭，順勢從年輕警員手上接過電話。將聽筒拿近耳邊時，他頓時想起丹野怜子不就是丹野靖久的妹妹？今年元旦曾巧遇她和丹野一起逛街散步。

中川對少女時期的怜子印象深刻。只是長大後，當時是第一次碰面，若未經介紹，還差點認不出她呢。怜子原來已是個皮膚白皙、樸實開朗的女性了。

「這麼突然麻煩您，眞不好意思。」聽筒彼端傳來怜子的話聲。尖銳急促的語調，與中川印象中有些差異，或許是因怜子目前任職於西部日本電視臺的製作部門……

「其實我想跟您談談哥哥的事……」怜子道出中川內心隱約料到的事。

丹野靖久和中川曾是福岡市以歷史悠久著稱的修猷館高中同屆生。畢業後，中川直接就讀警察學校，丹野則考上九州大學。丹野大學畢業後，進入日本首屈一指的大企業東洋製鐵的關係企業九州鋼鐵公司任職。丹野努力工作十年後，三十三歲便自行創業，成立丹野鋼材公司。

如今他依然是這家公司的社長。公司規模雖小，卻經營得有聲有色。即便面臨最近這波不景氣，業務仍蒸蒸日上。

這名工作勤奮的男人，從學生時代就有其固執的一面，向來少有親近的摯友，在班上也總是孤零零的，至多和中川比較談得來。或許是中川溫和有耐心的個性，經常會退一步看待事物，令丹野不自覺有種安全感吧。

畢業後兩人從事的領域南轅北轍，不過住在同一座城市，每年至少有一、兩次不期而遇的機會。每每巧遇時，只要時間允許，兩人必定一起小酌敘舊。

「想談妳哥哥的事……丹野怎麼了？」

「這個……還不太清楚……」怜子怯生生地停頓一下，所幸沒隔多久便恢復先前有些咄咄逼人的口氣。「其實，哥哥自七月九日起就行蹤不明。」

十五分鐘後，中川在警署後方一家店面縱深細長的咖啡店裡，和怜子面對面坐著。

怜子身穿白底藍點的樸素洋裝，襯托出她清純的容貌。由於長相可愛，即使已屆二十五、六歲，看起來依然年輕。中川忽地憶起高中時期，丹野便非常疼愛這個年紀小他一輪的妹妹，不管去哪裡都會帶著她。然而，此刻伶子的表情卻遠比中川想像得平靜許多。

「妳剛才說七月九日早上就不見丹野，今天是第五天了啊。」

「是的……誠如您所知，除了我，哥哥沒有其他家人，性格又孤僻。他有時心血來潮會出其不意地一個人去爬山，兩、三天後才回來。不過，公司業務日漸繁忙，近幾年他根本抽不出時間爬山。所以這次他沒告知任何人，加上一連五天沒消息，也沒一通電話，我便隱約感到有些不安。」

「他一直住在西新町嗎？」

「嗯，他開車通勤。」

丹野鋼材位於市區西北部的濱町，爲中川所屬的西區警署轄區。由於是博多灣沿岸的新開發地帶，工廠和社區建設相對寬闊。

根據怜子的描述，七月九日早上八點左右，丹野靖久駕駛自用車（日產七〇年型灰黑色CEDRIC），從距公司東邊兩公里處的住所出發。他一如往常在家用過早餐，未見異常行爲。加上外出時間和平常沒什麼不同，送他出門的女傭理所當然認爲是前往公司。

沒想到，丹野並未到公司。

直到翌日，也就是十日中午過後，丹野的轎車才被人發現停放在博多車站前的收費停車場。他於九日上午十一點左右來到停車場，向管理員表示要停一小時，之後卻整天沒有聯絡。由於管理員認識丹野，第二天中午便趕忙打電話向公司詢問。

當然，在此之前，公司方面已打過好幾通電話到丹野居所。那名女傭是住在附近的主婦，只有早晚會來幫忙。她也只知道丹野約於早上八點如常出門，其餘一概不清楚。女傭十點鐘返家後，公司同事曾前往丹野家查看情況，只見門窗緊閉，丹野看來不在。

這名同事雖然打電話到北九州市的東洋製鐵、東洋製鐵與丹野鋼材的中游廠商三新商事，及素有業務往來的鐵工廠等丹野可能造訪之處詢問，卻始終遍尋不著丹野的行蹤。在音訊全無的態勢下，丹野這天終究徹夜未歸。直到隔天中午，公司才接到停車場的電話。

「公司派人取回車子後，並未發現可疑物品。而且哥哥到停車場時，神色自若，看不出任何異狀。」

「那麼，至今依然音訊全無嘍？」

「是的。」

「聽說妳報警了？」

「不，還沒有。」怜子帶著深切的憂慮望著中川，緩緩搖頭。

「眞奇怪，身爲一家頗具規模的公司的社長，丹野竟然五天行蹤成謎……難道沒人起疑嗎？」

「目前尙未走漏風聲，僅兩、三名核心幹部知情。」

「妳對這件事有什麼看法？」中川口吻嚴肅，窺探著怜子細長的眼眸。

「老實說，哥哥失蹤兩天後我才得知這件事。」

「意思是，你們沒住一起？」

「三年前我還住在哥哥現今的居所。後來因爲工作繁忙，經常晚歸，索性搬到電視臺附近的公寓。」

「那麼，丹野一直單獨住在那間房子嘍？」

「是的。」怜子垂下雙眼，嘴角露出淡淡苦笑。

中川則對這情形感到非常意外。

丹野的住所，就是他自小居住的家。幾年前，他同樣服務於鋼鐵相關產業的父母尚未相繼病逝，一家四口在這裡過著幸福的生活。而丹野和怜子兄妹感情之融洽，更是令中川印象深刻。

然而，雙親過世後，怜子何以留下沒有家室的丹野，決定搬出去？說是通勤不便，但從丹野住處到怜子工作的電視公司，車程頂多只要三、四十分鐘。

不過，現下追問這些緣由算是介入太深，且即使開了口，怜子也不見得會吐露實情。因此中川問起其他事。

「我記得丹野結過婚。」

「沒錯，他在五年前結婚。可是兩年後，大嫂便車禍喪生。」

「小孩呢……」

「他們沒有孩子。」

「那麼，妳在丹野失聯兩天後，才曉得他下落不明嗎？」

「是的。九日早上，我剛好到大阪出差，十日深夜回來。十一日一早，倉橋——公司的倉橋先生打電話給我，我才知道出事了。他原想去電我出差的地方，但怕我擔心，決定等我回東京再通知……」

從怜子談到「他」的特殊語調中，中川隱約察覺兩人的關係。

「這位倉橋先生和妳很熟嗎？」

「他是丹野鋼材的專務，可說是哥哥最得力的左右手。他也是我們的親戚。」

「親戚？」

「嗯，倉橋先生是過世的大嫂的堂兄。雖是靠這層關係進公司的，不過哥哥賞識他的能力，近來幾乎凡事都和他商量，且……」怜子再次低頭垂眼，旋即沉穩而清晰地說：「我們預定在今年十月結婚。」

「原來如此……」

中川由此逐漸釐清丹野靖久周圍的人際關係，看來和丹野有血緣關係的，應該只有怜子一人。

「妳對丹野行蹤不明一事有什麼想法？」中川回歸正題。

「先前提過，哥哥以往常隻身登山。儘管近年因工作繁忙無暇上山，可是有時候愈忙碌，反而會愈期望拋開一切煩擾瑣事，湧現獨自偷空清靜一下的欲望。此外，我想不出其他理由。」

「公司方面呢？社長忽然不見，員工想必不知如何是好吧？」

「似乎暫時沒什麼影響。這家公司名義上由哥哥獨資經營，但倉橋先生相當了解業務內容。」

「公司最近營運順利嗎？」

「聽說還不錯。」

「這麼說來，工作上也找不到造成丹野失蹤的原因嘍？」

「嗯……」

「確實不尋常。」

中川再次屈指計算，從九日早上至今已整整五天。中川腦海浮現丹野那雙銳利的眼睛，和下顎突出、精力充沛的面容。總在發生這類事故時，中川才會對周遭人事物產生前所未有的親近感。而眼前的伶子再度憂心忡忡地說：

「雖然我忍著多等一、兩天，可是實在放心不下，所以今天毅然決然地來找中川先生商量。」

「不如向防犯課申請失蹤協尋？」

「是……但顧及哥哥的社會地位……」

「可要求協尋不公開，便不至於走漏消息，然後我們再思考下一步。」

伶子表示同意後，中川拿帳單站起身。伶子卻依舊慢條斯理地提過包包，離開座位。中川看在眼裡，不由得焦急萬分。雖然花了好些時間和伶子討論案情，卻有種完全未觸及問題核心的感覺。

「妳……眞的沒有任何線索?」

「是，不過……」怜子避開中川的視線，由暈暗的店內望向陽光普照的道路一端。「我總覺得哥哥心中一直藏著一個女人的身影……」

2

根據福岡縣警的統計，單昭和四十五年，縣裡申報失蹤協尋的就有三千九百三十九人，比前一年增加二十一人，平均每天有十一人失蹤。其中約百分之五十七會自動返家，百分之三十六的人則由警方尋獲。而涉及犯罪或自殺身亡的，也僅占百分之四。

（當然，這些是指有提出申請的情況下計算出的數字，然而從少年輔導紀錄和各種社會案件發生的結果推敲，實際上失蹤或離家出走的人數超出官方公布的四倍。不難想像，未通報的案子遠比登記有案的尋獲機率更低。此外，昭和四十五年全國提報的失蹤協尋共十一萬件，而未報案的情形預估達三倍之多，合計四十四萬人次離家出走。由於數目超乎想像的龐大，「蒸發」一詞不脛而走。）

總之，警方僅就提出失蹤協尋的案子調查，破案率相對較高，發生意外的風險也低。大眾普遍認爲，警方向來消極處理失蹤案，或許是安於這項統計數據。

然而，「失蹤」背後往往隱藏著各式各樣的可能，甚至牽扯出謀殺或其他窮凶惡極的犯罪。形容得更極端一些，在警方眼底，沒發現屍體就不算「案件」。且警方人力不足的情況下，根本無暇在僅止於可能犯案的階段進行縝密的調查。

身為偵辦的第一線人員，中川對現實狀況可謂瞭若指掌。他總能在「失蹤」與「案件」的落差間，嗅出成為偵查盲點的危險味道。

最近發生在群馬縣的年輕女性連續謀殺案，就明顯浮現這種辦案盲點。犯人一再引誘路過的女性，不僅施暴還加以殺害，可說是犯罪史上罕見的凶暴精神異常罪犯。遺憾的是，實情尚未明朗化前，多數年輕女性的失蹤申報都被視為單純的離家出走，以至於喪失偵查的先機，導致罪行一發不可收拾。當時經手的員警，如今才在報紙上聲明「考量到凶殺案漸增的可能性，今後將主動搜查離家出走的人口」。

遺憾的是，要徹底實現這道宣示，恐怕來日方長……

和丹野怜子碰面後的次日，中川圭吾益發覺得事態有異，於是萌生親自造訪丹野鋼材的念頭。簡單地說，他直覺丹野靖久的失蹤似乎另有隱情。

在中川的認知裡，丹野靖久絕非那種會突然消失，毫無責任感、意志薄弱的人，反而應該是極具責任感的拚命三郎。為貫徹信念，他必定會不屈不撓地克服一切困難。這種性格在創業上也發揮得淋漓盡致，公司成立不過七個年頭，丹野鋼材的業務已有飛躍性的擴展。

丹野鋼材位於國道二〇二線，經福岡往唐津方面轉入沿海新開發區一帶。一些小規模社區與新設廠的中小型企業，互相間隔林立，當中以完工不到一年的丹野鋼材的鋼筋建材辦公室最引人注目。那是棟占地不大的雙層樓房，光亮無瑕的乳白牆壁，搭配黑磁磚鑲嵌成的公司名稱，彰顯其小而美的特質。主要建築後面矗立著兩座比辦公室大三倍的廠房，吊車和切割機的轟隆聲響鎮日不絕於耳。

由門口望去，廠房內部幾乎一目瞭然。森然排列的工作檯旁，身穿襯衫、西裝或工作服等不同服裝的職員到處走動，埋首於各自的業務。這裡依然保存著「地方工廠」的氣氛。

中川遞給身旁披著藍外套的女職員一張名片，要求與「倉橋」見面。片刻後，職員帶領中川踏上狹窄的樓梯，走進二樓會客室。

簡單的會客室內擺放著淡褐合成皮沙發，與貼著合成樹脂外皮的桌子。櫥櫃上的有田燒花瓶裡插著幾枝白菊花。

女職員離開五分鐘後，傳來敲門聲響。

中川原以爲是倉橋，不料推門進來的卻是一名穿淡紫毛織套裝，約二十二、三歲的女人。她身材嬌小、體態豐滿，小麥色的肌膚和一身紫色服裝很是相襯。不論是勾勒清楚的閃亮美眸，抑或微翹的豐潤朱唇，在在襯托出她渾身所散發的嬌滴柔媚。只是這看似溫柔的女性生硬地向中川鞠躬行禮，並將茶水放在桌上。

「倉橋馬上過來。」對方以略帶沙啞的嗓音說完，再次恭敬鞠躬，正要離開之際，中川總算想起她是誰。

「妳是丹野的祕書吧？」

一年多前，中川到東中洲的酒店查案時巧遇丹野。當時他帶著這個女人，還特地向中川介紹她是祕書「高見小姐」。

「沒錯。」女人彆扭地停下腳步，垂著眼點點頭。

「記得是……高見小姐？」

「高見由理枝。」

「我今天有事找丹野，聽說他不在公司？」中川詢問的語氣淡然卻透露著強硬。

「是的，他到東京出差。」由理枝起頭看著中川，毫不遲疑地回答。

「這樣啊。什麼時候回來？」

「這……他說這次會待比較久。」

「這種時候，妳難道不用跟去嗎？」

「不必。」由理枝微微一笑，趁中川沉默不語的當下，趕緊低頭走出會客室。

由理枝的態度堪稱自然，反倒是有備而來的表現讓中川印象深刻。根據怜子的說法，丹野失蹤的消息在公司裡並未公開，僅兩、三名核心幹部知情。說不定由理枝就是其中之一，中川頓悟。

這時，會客室的門伴隨敲門聲中打開，一名身材高大魁梧的三十多歲男性走進來。他的面孔微黑端正，兩道粗眉下的深邃眼眸不時閃見銳光，上下打量著中川。

「不好意思，讓您久等。我是倉橋。」

聲如其人，倉橋穩重而略顯老成地打過招呼後，便在中川面前坐下，接著遞上名片。

名片上印有「丹野鋼材股份有限公司 專務董事 倉橋滿男」的字樣。

中川邊掏出名片，邊盯著倉橋，暗想他和怜子果然很登對。

簡單寒暄後，中川立即切入正題。

「昨天丹野怜子向我說明過事情原委。我直截了當地請教，公司方面打算如何處理這棘手的狀況？」

倉橋輕輕頷首，似乎早料到對方會有此一問。

「老實說，我們也不曉得該怎麼辦。只能暫時對公司內部聲稱社長到東京出差，可是應該已有部分職員感到不尋常。倘使消息走漏，恐怕會影響公司的信譽。但放手不管，萬一發生意外就更難挽回。有鑑於此，昨天才請怜子小姐向警方報案。」

「公司方面是否清楚失蹤的可能原因？」

「嗯，目前還沒有頭緒。」倉橋帶著困惑的神情不再多言。

「我想不通的是，為什麼不盡早商量如何搜尋丹野先生？竟然拖延五天不報警……」

倉橋僅逕自盯著桌角，微微點頭。

「您會有所質疑也是人之常情，只是我們的立場有些微妙。」

「……」

「若當時我們判斷社長可能是遇險而行蹤不明，自然會立刻報警處理。可是，這次卻有種社長自己想從人前消失的感覺。」

「這究竟怎麼回事？」

「例如，社長習慣預先規畫前半個月的行程。像是拜訪廠商、同業聚會、巡視有往來的鐵工廠等，每天或多或少他都會安排幾場。沒想到，從七月九日失蹤那天起，幾乎沒預排任何行程。而公司業務方面，其實進出貨皆有長期計畫，員工也謹愼執行分內工作。當然，社長不期然離開的主要原因或許不止如此。但總之，我們認爲社長一定有他的考量，才會決定消失一陣子。思及公司對外形象，還必須麻煩警方，總覺得過意不去……我們眞的相當惶恐，不知如何是好。」

「猜得出丹野先生爲何想暫時離開的嗎？」

「知道的話就不用擔心了。幸好至少公司經營上，目前並未遇到迫在眉睫的大問題，內部也很穩定。」倉橋說著口氣轉趨強硬，接著抬起頭。「其實我們也試想過各種狀況，就是釐不出任何可能的理由。然而，我們始終無法拋開對社長有計畫失蹤的想像。或許社長身邊發生難以啓齒的問題，打算迴避一段時間。我們只能這麼認定……」

倉橋望著中川，一副希望能從他口中獲得不同看法的模樣。即使是客套，倉橋的眼神仍流露出誠懇直率的態度。

「原來如此。我們這一行的職業病，就是老喜歡把事情往壞處想。」中川回視倉橋，「儘管丹野鋼材內部沒有問題，可是和製造商、客戶，乃至於競爭對手之間，難道都沒發生過糾紛嗎？」

倉橋的表情再次轉爲陰沉，他輕輕點頭回答：

「這是難免的。尤其在鋼鐵業界，像我們這種稱爲二次盤商的鋼材批發商比比皆是，過度競爭的環境下，導致鋼鐵市場激烈波動。所幸，在爭取製造商或客戶的激戰中，我們依然處於相對優勢。」

「怎麼說？」

「接下來的解釋比較專業。」倉橋於是翹起腿，表情略爲放鬆道：「目前北九州地區，東洋製鐵只指定敝社生產稱作軋製鋼構的特殊鋼材。簡單地講，這種軋製鋼構是種組合屋建材，過往建設公司皆向批發商購買鋼材，而後在工地現場依建築需要再裁製加工。這種軋製鋼構，一開始就製成一定規格，接下來只需進一步組合安裝即可。換言之，能省下加工的成本，所以最近愈來愈多建商都改用軋製鋼構。」

「原來如此。」

「其實，早在四年前，敝社就取得軋製鋼構的專利權。」

「這麼說來，是丹野研發的嘍？」

「是的。」倉橋定睛不動。「正是如此。」他首次語帶保留地回答，隨即恢復神色。

「不過，中小企業就算握有專利，也很難有所發揮。社長便將專利賣給東洋製鐵，換取成爲本區獨家生產代工的廠商。發展至今，軋製鋼構約占敝社生產線的百分之六十。日後需求量還會繼續增加，製造商也積極促銷，導致其他批發商無法搶食這塊市場。」

「原來是這麼回事啊。」

七年前，丹野鋼材以類似分家的形式，自東洋製鐵在西日本數一數二的關係企業九州鋼鐵中獨立出來時，只是一間資本額五百萬左右的小型地方工廠。短短幾年，丹野鋼材已搖身成爲月營業額十億圓的鋼材批發商。中川總算明白這家公司發跡的過程。豈料業績穩定成長的情況下，社長竟然失蹤，實在令人百思不解。

中川竭盡思考時，倉橋卻望向窗外，臉上浮現靦腆的微笑。

「這也許是在刑警面前班門弄斧……」

「什麼?」

「推理小說裡，經常出現企業競爭導致關係人慘遭謀害或綁架的情節。不過，我覺得現實生活中不可能發生這類犯罪。」

「唔……」

「譬如，藉由殺害某企業的核心人物，獲得所有利益。我認爲實際上肯定不會這麼單純。固然偶爾會發生類似情形，但各種因素牽連甚廣，難以事前計畫周全。換言之，像殺害公司重要人士這種賭博般的行爲，絕不可能一開始就成爲對等利益交換的條件，且公司規模愈大，愈是如此，連我這種在小型鋼材公司工作的人都有深刻體悟。」

原本帶著苦笑的語氣，現下竟能說出一番見解，倉橋果眞是名推理迷。

中川微笑表示同意。以在搜查一課累積十五年的經驗來看，無論案件背景如何，大多是因個人利益或感情糾葛所引起的。

「我說太多了。」倉橋又露出潔白的牙齒苦笑，「就算一併考量這些狀況和敝社在業界的立場，我仍堅信社長絕不可能因商業競爭慘遭不測。」

「貴公司和九州鋼鐵的關係如何？」

中川猛地提出一個相當敏感的問題。中川曾聽丹野提起當年離開九州鋼鐵自立門戶的經過，從丹野的口氣中，可察覺他對九州鋼鐵的社長充滿感激之情。

確實，若說丹野能有今天，皆歸功於九州鋼鐵社長郡司祥平，大概也不為過。郡司是位基層勞工出身的企業家。大戰結束後，他把向美軍購得的戰車重新改造成挖土機，從中大賺一筆，掙得日後創立九州鋼鐵的資金。而後因韓戰爆發，軍備需求量大，期間甚至發展為西日本鋼材生產販賣首屈一指的企業。據說郡司社長在待人方面亦有其獨到之處。他好惡分明，凡是中意的人，他就會掏心挖肺似地提拔。反之，遇到他不欣賞的人，連話都不願多說。在這新開發地區，約百分之六十以上的鐵工廠老闆都是黑手起家，大多具備這種草莽性格。

郡司社長視丹野為兒子般厚愛，或許是發覺縱使兩人的出生和學歷有著天壤之別，丹野孤僻的性格卻和自己如出一轍。

七年前，三十三歲的丹野向郡司借得資金，並請製造商東洋鋼鐵出面保證而取得其特約商（大盤商）三新商事的同意，順利獲得中盤商的資格，甚至還瓜分若干客源自立門戶。當時各行各業景氣大好，鋼鐵業更是恭逢其盛，業績一飛沖天。

沒人料想得到，如今卻遭遇鋼鐵業史上罕見的不景氣。對不景氣的徵兆極其敏感的各行各業，紛紛降低設備投資，嚴重打擊鋼鐵需求。加上批發商之間的惡性競爭，除了像丹野鋼材這種具備特殊生存條件的企業外，一般鋼材批發商無不叫苦連天，爲調度資金，只能賠本求售，靜待市場回春。

特別是九州鋼鐵嚴重經營不善的消息，中川也早有耳聞。其中主要原因在於郡司社長固執老舊的經營方針，早無法應付現今激烈的競爭環境。鋼鐵的利潤不過百分之三點三，一旦無法達到銷售目標，立即會面臨虧損的窘境，即便是大型企業也無法避免暫時陷入財務赤字。最近中川從認識的記者口中得知，九州鋼鐵已瀕臨破產邊緣。

九州鋼鐵的經營危機和丹野的失蹤是否有連帶關係？

倉橋盯著鞋尖沉思好一會兒，旋而抬起頭，斬釘截鐵地應道：

「我們和九州鋼鐵的確有淵源。雙方社長的交情固然深厚，但公司之間既無任何借貸關係，也無直接業務往來。我不認爲九州鋼鐵和社長的問題有任何關聯。」

中川察覺，一提到九州鋼鐵，倉橋的表情頓顯僵硬。就公司規模而言，和九州鋼鐵相較，丹野鋼材簡直是小巫見大巫。可是一對照營業額的消長，自然明瞭兩家公司未來的展望。姑且不論丹野鋼材社長曾受九州鋼鐵多少恩惠，眼前這名年輕專務出於自尊心，似乎不希望公司始終被外界視爲九州鋼鐵的子公司。

待了一會兒，中川便離開丹野鋼材。

中川爲調查丹野失蹤一事，和倉橋滿男會面所得到的印象，與跟怜子見面時的印象差不多。兩人一方面因揣測不安而慌亂得直接吐露擔憂，另一方面又竭力壓抑心中不欲人知的忐忑，不時欲言又止。中川雖對這點難以釋懷，卻無計可施。

這種焦躁的感覺漸次膨脹成強烈的恐懼，始終縈繞在中川腦中揮之不去。

沒多久，事態果然發生變化。

中川造訪丹野鋼材的兩天後，也就是七月十六日這天，當地報紙刊載九州鋼鐵破產的新聞。

緊接著兩天後，丹野怜子再度造訪西福岡警署，要求變更丹野靖久的失蹤協尋爲一般公開，並告訴中川她下定決心找出哥哥。怜子的神情和五天前首度求見中川時簡直判若兩人，充滿焦急與不安。

3

這天早晨，冬木悟郎結束「夜班」準備離開報社。

外國通訊部所謂的夜班，是指晚上八點半到隔日早晨八點的輪班。其他部門雖然也有留宿公司的情況，但以外訊部的工作性質而言，夜班的工作量幾乎與日班相當，甚至較白天重。這當然是由於時差的關係，歐美新聞大多在深夜傳送過來。

基於此，位在西銀座的《日本日報》總社的外訊部，總徹夜聚集兩名編輯和數名記者。首先，由工讀生將通訊衛星傳來的新聞電傳裁剪成適當長度送到編輯手上，經編輯分門別類後再發給負責的記者。記者翻譯後，再傳給另一名編輯過目。

一整晚持續著相同的作業流程。靜謐的報社大樓辦公室裡，僅電傳機喀嚓喀嚓的機械聲響不絕於耳。

外訊部記者不分晝夜，幾乎馬不停蹄地翻譯外電，工作性質比外人想像的更加單調而孤獨，以致身上看不到如社會部記者的熱情。外訊部記者的形象，向來較一般記者來得冷漠，帶點學者般的個人主義色彩。

冬木既不像學者，亦非個人主義者，卻很喜歡外訊部安靜的氣氛。即便如此，一旦接到政變或暗殺等重大新聞時，辦公室裡立即充滿肅殺之氣。若「夜班」當晚正好發生大事件，第二天一早交班時，一種從漫長的緊張中解脫的痛快充實感便煥然而起。

冬木照例在早上八點交班，約莫八點半離開報社。時值七月二十日，梅雨季節卻還沒結束，厚重雲層覆蓋著早晨的天空。

冬木穿越往來車輛漸增的街道，走進對側大樓正面一家有片大玻璃窗的咖啡店。長久以來，冬木養成在值夜班後的清晨，來這裡喝咖啡的習慣。店內多半擠滿在上班前享用熱狗、牛奶等早餐的通勤族。冬木坐在其間品嘗咖啡，享受著工作結束後的解放感。

這天，店內難得空閒。

冬木在中央的座位坐定後，點了一杯咖啡，茫茫然地望著牆上電視播放的廣告特寫。

冬木啜飲一口剛送上來的咖啡，只見廣告結束，螢幕赫然流洩出熱鬧的音樂，或許是下一個節目正要開始。這時畫面正中打出的節目標題倏地逼近眼前，攫住冬木的注意力。

「水澤豐早安——人間蒸發特輯」

蒼勁有力的「人間蒸發」四個毛筆大字，牽引冬木一陣戰慄般的心痛。

今天已是七月二十日，自六月二十日夜晚，朝岡美那子身影消失在東京機場國內線出境大廳，整整一個月過去了。

那天晚上，冬木在登機櫃檯確認美那子搭上那班往札幌的飛機後，連忙打電話到千歲機場的記者休息室，拜託分社的武藤攔截美那子。

返回報社靜待消息的冬木，約在班機預定抵達札幌的時刻的二十分鐘後，接到武藤的來電。

武藤遺憾地向他報告，並未見到冬木形容的女性走出甫降落的飛機。武藤確定所有旅客都下機後，甚至請機場播音員代爲尋找「朝岡美那子」，可惜無人回應。期間他還到提運行李櫃檯、計程車招呼站等處來回奔走，尋覓冬木描述的女性，但終究是徒勞。

自那一刻起，便再也沒有美那子的消息。

縱使是罕見的偶然，也不能排除當天旅客中有同名同姓的人。只是，一想起那天他目睹的情景，就更堅相信美那子的確搭上晚間八點四十五分往札幌的班機。

令人難以置信的是，武藤卻說未見美那子下機。武藤是絕不可能錯看的。果眞如此，或許是美那子在機上換了套服裝？這麼一想，在大廳瞧見的美那子，簡直和冬木認識的她判若兩人。一向整齊挽起烏黑秀髮，喜愛穿著簡潔和服的美那子，竟留著一頭華麗的束紅長髮，身穿藍大衣和漆皮皮鞋……

冬木實在不明白，既然美那子以眞名購買機票，又何必大費周章地在機上換裝？

經過那晚，冬木暗自認定美那子的「離家出走」爲「失蹤」。失蹤一詞隱含著未知的謎團。電視螢幕上驚見的「蒸發」一詞，喚醒沉睡在冬木胸口的各種複雜情感，著實令他感到心痛。

螢幕上緊接著出現都市紛紜雜沓的背景，並播放起標題字幕。

蒸發……

恐怕是沉溺在現今這個時代的底層

無法滿足的自我主張吧

捨棄一切

某天消失

留下來的人們

悲痛的嘶喊與煩惱——

如今
我們或許該突破閉鎖的心扉
開啓嶄新的交流之門
……

鏡頭切換至攝影棚後，三名像是節目主持人的男女出現在螢幕上。他們後方的階梯座位上，坐著二十名家庭主婦模樣的來賓。

「感謝全國觀眾持續在每個月第三個星期三播出的人間蒸發系列特輯，提供寶貴的意見。我們在此致上最深的謝意。」

主持人水澤豐是個和善穩健的四十多歲男子，他語調清晰地說：

「託大家的福，透過本節目獲知消息並取得聯繫，而平安返家或回歸職場的朋友，至今已超過兩百多人，尋獲率高達百分之九十八點七，遠遠超出預期。這樣的成果，有賴各位溫情相助，同時也讓我們重新發現電視媒體的力量無限。本節目乃是邀請家中有去向不明親友的家屬前來東京攝影棚，透過全國協尋網絡，請求觀眾提供相關線索。今天，現場與札幌ＴＮＣ電視臺、福岡ＳＢＣ電視臺進行即時聯播，全國同步協尋，也懇請各位電視機前的觀眾朋友全力協助。」

經主持人的說明，即便第一次觀看節目的冬木也能了解節目內容。他不禁暗暗讚歎，透過電視尋找警力難以涵蓋的龐大失蹤人口，不愧是一種運用民間力量、警民合作的好方法。不知不覺中，咖啡店裡湧進不少客人，他嚼著土司、啜飲牛奶，邊盯著電視畫面。

「這節目很受歡迎，電視公司還因此擠滿想報名參加的人。」站在冬木後方的中年上班族和同伴交頭接耳。「好像只要上這個節目，大多能在短時間內找到失蹤的家人。」

「這樣啊……」

「據說節目工作人員會先調查失蹤者的身家背景，考量當事人的前途和搜索的迫切性後，選出適合上節目的人選。」

東京攝影棚裡出現六十歲左右的女性、五十歲左右的男性和國中少女三人。水澤豐目光落在手中的紙片，詢問起事情的原委——

「這位是神奈川縣湯河原町的樋口太太。去年十二月，二十一歲的長子丈仁離開東京居處後便下落不明。聽說丈仁當時住在下北澤，就讀某經堂附設大學的傳教系。」

「是的，他就快畢業了……」母親哽咽回答。

「丈仁的父親生前是湯河原歷史悠久的光臨寺住持，丈仁大學畢業後，原打算立即返家繼承亡父衣缽，擔任寺廟住持。」

失蹤者的背景在一往一來的交談中逐漸清晰。這時，螢幕上出現一名身穿袈裟的十七、八歲少男的照片，理著光頭的瘦削臉龐帶著一抹陰沉。

接著，畫面顯示另一張照片，是同一名少年身穿學生服的近照。

「丈仁身高約一百七十二公分，身材清瘦，額頭右側有道一點五公分長的傷疤。走路時左腳微跛。」

詳述失蹤者的特徵和嗜好後，畫面再次回到攝影棚裡，主持人的手輕放在母親肩上。母親面向鏡頭，啞聲呼喊：

「丈仁，你在什麼地方？至少要讓我知道你住哪呀……」母親布滿細小魚尾紋的眼角落下斗大的淚。「自從你失蹤後，媽媽每天仍幫你準備菜飯，還向佛祖乞求。可是……」

螢幕上的母親結束冗長的傾訴後，輪到約莫五十歲的舅舅，一臉沉痛地呼籲外甥趕緊回家。

攝影棚內的主婦裡，已有人拿出手帕拭淚。

最後是丈仁的妹妹含淚呼喚「哥哥，你現在好嗎」，觀眾席上的主婦哽咽抽鼻聲益發清楚。

水澤豐環抱少女的肩膀說：

「電視機前的觀眾朋友，若曉得樋口丈仁先生的行蹤，煩請打電話到NBS電視臺。我們在節目結束後也會接聽您的來電。電話號碼是區碼〇三……」

畫面上反覆顯示電話號碼，數字也特寫放大後，攝影棚內傳出電話鈴響。一名節目助理連忙抓起聽筒，打進來的男人話聲傳入現場。

「我在墨田區的錦系町經營小餐館，有個偶爾來店裡吃飯的卡車司機長得很像……」

母親旋即飛奔至電話旁，助理則趕緊詢問對方地址。此時，螢幕上再次出現少年的近照，並呼籲這位觀眾仔細確認。攝影棚裡忽地瀰漫著既期待又緊張的氣氛……

助理接聽電話之際，鏡頭切換到札幌TNC電視臺。

這裡的攝影棚同樣上演著相同的流程。

這邊協尋的是年僅十八歲的農家少女，三年前她留下一封渴望到城市工作的信後離家出走，至今杳無音訊。

札幌的主持人表示，近年來除了這個例子外，還持續發生許多農夫懷著夢想前往都市賺錢，卻從此無消無息的情形，致使留在家鄉的親屬苦不堪言。畫面同時登出這些男人的照片與特徵，和東京攝影棚裡播出的順序一樣，主持人提供電視公司的電話號碼，並請有印象的觀眾朋友跟電視公司聯絡。

令冬木略感驚訝的是，告知專線號碼後，攝影棚的電話也即時響起。兩支電話一前一後響起，一通來自東京，對方通報見過那名離家少女。另一通則表示在新瀉市礦場宿舍工作的勞工裡，有個和照片神似的人。兩者態度皆誠懇老實，聽來像本於善意的通知，而非出於好事。

冬木對他們詳盡的觀察很是佩服，亦感受到日本的狹小。依這種協尋方式繼續找下去，百分之九十八的尋獲率絕非虛構。

最後是福岡的報導。

咖啡廳裡的客人又換上另一批，冬木卻始終坐在相同位置緊盯電視螢幕。不論札幌或福岡，都是他無法聽而不聞的地名。因爲札幌是美那子失蹤的延伸地，福岡則是她的故鄉。

緊接著，電視畫面上播出失蹤男性的照片，冬木不禁心頭一驚。粗眉、閃著銳光的細長雙眼、額頭凸出的大臉，是個性格頑強堅韌，令人不由得聯想到螃蟹的中年男子。冬木從未見過此人，但出現在螢幕下方的名字緊緊抓住他的目光。

——丹野靖久先生，四十歲。

「丹野靖久……」

冬木叨念兩、三次，猶如反問著自己的記憶。是的，這與美那子說過的男人姓名相同。除了朝岡和冬木外，這是美那子唯一提過的男人姓名。

美那子年輕時住在福岡，通勤學習才藝的公車上有個男人熱烈追求她，不但每天寫情書，還埋伏在她回家途中，頗令她恐懼。聽說美那子結婚之後好長一段時間，對方一直保持單身。

那男人就叫「ㄉㄢ ㄧㄝˇ ㄐㄧㄥˋ ㄐㄧㄡˇ」。雖然美那子並未詳述漢字寫法，可是冬木直覺認爲應該是「丹野靖久」，隨之這幾個字便烙印在他的腦海中。

是同一人嗎？

冬木再次瞅著照片時，螢幕切換到福岡ＳＢＣ電視臺的攝影棚。

不同於前者，福岡的攝影棚內一片靜默。現場沒有來賓，亦不見失蹤者的家屬到場，只有男女主持人分別站在麥克風前面。

男主持人開口道：

「丹野靖久先生現年四十歲，爲福岡市丹野鋼材公司的負責人。自七月九日離家後下落不明。他的近親只有妹妹丹野怜子小姐一人，而丹野小姐正好任職於SBC電視臺製作部。她非常擔憂兄長，毅然決定利用今天這個機會，請求全國觀眾朋友協尋。」

冬木原以爲是主持人之一的女性，原來是失蹤者的家屬。由於對方沉穩地站在男主持人身旁，難怪冬木會誤認。大概是任職於同一家電視公司，她早習慣攝影棚的氣氛。簡單的藍洋裝與修長的身材很是相稱，外表相當清新。但與柔和輪廓全然衝突的犀利丹鳳眼，及渾潤的嘴唇，卻神似丹野靖久。

男主持人接著描述起丹野靖久的特徵。身高一百六十五公分，寬肩魁梧的體型，略顯肥胖。右手指甲上依稀可見燒傷的痕跡。不多話，但多年商場上的歷練，使得他待人向來和氣。

雖然傾耳恭聽，可惜美那子未曾詳述「丹野」的背景，以致冬木難以分辨是否爲同一人。只是，螢幕上丹野靖久強悍的外表，及主持人最後強調的「單身」，莫名引起冬木不注意。

原本低頭聆聽的丹野怜子，在主持人的慫恿下抬頭盯著鏡頭。

「哥哥，雖然不清楚發生什麼事，不過請盡快通知我，你在哪裡。若不方便向公司同仁透露行蹤，至少要和我聯絡。假如平安無事，請一定要盡速跟我聯繫，求求你。」

丹野怜子的呼喚，與先前東京或札幌攝影棚裡的失蹤者家屬的表現方式相去甚遠。從她的言談間感受不到無奈的嘆息或失控的情緒，且由她無意說出「至少要和我聯絡」、「假如平安無事」的話語看來，她似乎已有最壞的打算。那透露堅毅決心的沉著語調，反而使得她的請求更添魄力。

最後播出SBC電視臺的電話號碼。「區域號碼○九二……」

過了幾秒，電話鈴響。打來提供情報的是名年長的男人。

「我在市內田隈區賣菸……」男人帶著濃厚的九州口音。「七月九日傍晚看見一個很像丹野先生的人。他單獨走在天色漸暗的山路上，朝油山方向前進……」

對方話還沒完，螢幕又轉回東京的攝影棚。主持人水澤豐不斷感謝全國觀眾朋友的鼎力相助，並表示節目結束後依然會持續接聽來電。

冬木站起身。

櫃檯一端擺放著一臺紅色電話。冬木告訴站在旁邊的老闆福岡SBC的號碼，請他撥打長途電話。

節目最後的那來自福岡的通報，觸動他的決心。獨自走進薄暮時分的山徑，丹野靖久的背影彷彿浮現謎樣的陰影，令他不自覺聯想到朝岡美那子的身影。

這一瞬間，冬木預感丹野與美那子的失蹤，或許隱藏著命定的關聯。

4 CHAPTER

第四章

望鄉莊十五號房

1

搭乘上午十一點的班機由東京出發的冬木悟郎，不到下午一點就抵達福岡機場大廳。福岡雖遠在九州，但自從發明噴射客機後，東京和福岡間的距離已縮短爲一小時三十五分鐘。

肌膚接觸到的空氣品質與東京有著明顯差別。福岡早過梅雨季節，飛機跑道上一望無際的碧藍青空，加上乾熱刺膚的耀眼陽光，在在顯現南國特有的景象。

冬木搭上計程車，直奔ＳＢＣ電視臺。

今早的晨間節目結束後，他立刻和ＳＢＣ攝影棚裡的丹野怜子通過電話。冬木告訴怜子，雖然沒有丹野靖久的第一手消息，但自己正在尋找的女性似乎與這件事有關，請求務必答應碰面以交換意見。怜子的回覆，讓冬木彷彿溺水者奮力攀抓住稻草般，萌生一線生機，感覺好似眞能得到相關線索。

恰巧冬木有兩天假，便直接前往機場。早上八點結束「夜班」當天稱爲「休一」，空檔的次日還有一天休假。

計程車穿越植滿整排茂密棕櫚樹的道路後，隨即進入市區。冬木六年前來過一次，和當時相比，福岡已蛻變成令人刮目相看的大都會。在車流穿梭的道路兩側，全國知名銀行與大企業的分公司入駐的近代建築物引人注目，彰顯出被稱爲「分公司經濟都市」的福岡市現況。即使如此，在所有的街道盡頭，無論自哪一個方向都可見到平緩的山脈連綿，平添鄉村都市的風格。

ＳＢＣ西日本電視臺遠離市中心天神區，位於博多灣沿海一帶。冬木站在以蘇鐵樹分隔的人行道上，帶著淡淡海潮味的海風輕撫他沁汗的臉頰。

冬木依今早的約定，先請服務臺人員以電話通知，並得到怜子隨即下來的回答。

不到三分鐘，一名穿著連身藍洋裝、身材苗條的女性，低著頭走下正面樓梯。

冬木見到她，心中略爲一驚。她確實是今早透過電視螢幕看到的丹野怜子，但那與美那子相似的身材，令冬木備感震撼。或許是在東京機場時，美那子也一身亮麗藍色系衣服的緣故吧。

在冬木面前，美那子的形影與指尖滑過扶手、微晃身子輕盈下樓的怜子重疊，轉眼又立刻消失。因爲面帶微笑走來的怜子，和美那子是截然不同典型的人。美那子有著輪廓深邃的鵝蛋臉，怜子則是一臉圓滾滾地，猶帶稚氣。

「請問是冬木先生嗎？」

「今天早上麻煩妳了。」

雙方簡短打過招呼後，怜子帶著冬木走進大廳旁的咖啡廳。

在冷氣效果極佳的咖啡廳後方，兩人面對面坐下，互換名片。

「令兄的境況眞讓人擔憂。」冬木首先切入正題。

「嗯。」怜子表情僵硬地垂下目光，隨即抬頭直視他。「聽說你也在尋找某位女性的下落？」

怜子一開口，稚嫩的身影瞬間消失，轉眼變成符合名片頭銜「製作部主任」身分的理智女性。

「是。冒昧請問，妳是否曾聽令兄提過朝岡美那子這個名字？」

「ㄓㄠ ㄍㄤ ㄇㄟˇ ㄋㄚˋ ㄗˇ……」

冬木在自己的名片背後寫下美那子姓名的漢字，心中忽然一懍。他驚覺朝岡是美那子婚後所冠的夫姓，而她與「丹野靖久」則是婚前認識的，應該會使用原來的姓氏。可是，冬木不知道她的舊姓。男人婚後大多不改姓，也就鮮少注意別人婚前的姓氏。這點冬木的確過於疏忽大意。

「我猜，八年前她或許曾和令兄有過某些接觸，無奈我不清楚當時她姓什麼，只知道她叫美那子。」

怜子盯著寫在名片上的名字半晌，考慮再三後以沉重口吻回答：

「我沒印象。她和哥哥是不是有什麼特別的關係？」

「由於不清楚那個對象是否為令兄，才專程找妳談……」

接著，冬木述說起美那子的過往。八年前，住在福岡的美那子，通勤學習才藝期間，同車一名叫「ㄉㄢ ㄧㄝˇ ㄐㄧㄥˋ ㄐㄧㄡˇ」的男子對她展開熱烈追求，不但送情書，還埋伏在她回家途中。冬木謊稱美那子是他的遠親後，繼續道：

「這事發生不久，美那子嫁到東京。約一個半月前的六月三日，她離家出走，至今去向不明。今天早上無意間在電視上得知令兄的情況，發現不僅姓名一樣、同爲福岡人且仍單身，我不由得推測兩人的失蹤或許有所關聯，於是立即打電話給妳。」

怜子略略偏頭，認眞聆聽。

「我哥哥並非沒結過婚。五年前他聽從旁人的勸告，有過婚約。可是嫂嫂兩年前過世後，他就一直單身至今。」

「……」

「八年前哥哥的確單身，他每天從西新町的住處搭公車到東區堅粕町的九州鋼鐵工作。不過，無論是那段時間還是日後，我都不記得曾從哥哥口中聽聞『美那子』這個名字。可是，哥哥是個下定決心就義無反顧勇往直前的人。且決心或熱情愈堅定激烈，他就愈深藏心中，絕不輕易說出口，性格十分拗扭。」

「……」

「根據你方才的描述，我覺得很可能是哥哥。況且……」怜子歇口氣，「其實，我不止一次感到哥哥心底始終有個念念不忘的女性。他非但年過三十還不想結婚，嫂嫂過世後，他更一心專注在工作上，完全不考慮再婚……可惜，我們沒有明確的證據，這些事也只有問他本人才能獲得解答。」怜子說完，落寞地露出苦笑。

「關於令兄的行蹤，有沒有接到任何具體的消息？」

冬木想起打到SBC攝影棚的那通電話。怜子此時也轉而嚴肅地回答：

「有。早上那個節目結束後，一名住在山腳下賣香菸的先生，打電話通報曾在哥哥失蹤當天傍晚，見到貌似他的男人。」

「然後呢？」

「我打算下午和那位先生碰面。因爲晨間報導後播放的正好是我負責的節目，實在無法抽身。」

冬木當下便決定陪原想獨自前往的怜子一道前往。即使和怜子見面，冬木依舊無法確認失蹤的丹野與美那子之間是否有關聯。美那子是六月三日離家出走的，而丹野失蹤的日期是七月九日。就算連結兩起失蹤案，當中將近一個月的時間差仍令人費解。總之，冬木迫切地想親自察明丹野失蹤的經緯。

趁怜子準備的空檔，冬木在電視臺後方的餐廳再次享用一頓早午餐。

冬木兩點鐘和怜子約在電視公司大廳。

兩人搭乘的計程車，通過今早冬木經過的天神十字路口前轉向西行。車子駛離市中心鬧區後，橫越福岡城遺址中心。如今僅殘存石垣與濠溝的城郭遺址上，已興建棒球場和公園。

計程車駛離公園，在往西南筆直延伸的國道上奔馳二十多分鐘後，周遭景色頓時轉變成農田和菜園。縱然房舍稀少，在寬廣的農田盡頭，卻可見一簇簇嶄新的社區建築物泛著白色亮光。社區後方層層相疊的平緩山脈，浮現蓊蓊鬱鬱的夏季山巒風情。

「福岡市西南方有座高六百公尺的油山。打電話來的，是在油山西側山麓賣香菸的福江先生。」怜子說道。「油山東側是露營區和青年之家，如今發展得相當熱鬧，而油山西側則相對荒涼。」

車子愈靠近山邊，怜子的表情愈顯緊張。

離開國道，行駛在塵土飛揚的田間道路上的計程車忽地放慢速度。仔細一看，左前方有座布滿白色塵埃，看似商店的房舍。一眼望去，四下幾乎不見其他屋瓦。商店遠處的道路倏而急陡，延迤至深山。

「應該就是這裡。」出發前便獲知詳細目的地的司機，緩緩開著車子說。

兩人確認雨遮上「福江商店」的招牌後才下車。

這間商店與其說是菸草店，不如說是雜貨店。角落旁的玻璃櫃裡確實排列著香菸，一旁隔著一處三平方公尺大小、僅鋪水泥的狹窄空間，其中除擺放刷子、肥皀、蠟燭等日用品外，甚至陳列有麵包和蒟蒻等食品。

怜子首先開口喊了兩聲，只見一名身體硬朗、剃平頭的六十歲老人，扯開後方的紙拉門走出來。

「我是SBC電視臺的丹野，非常感謝您今早的來電。」怜子誠懇地鞠躬。

老人恍然大悟般走到水泥地。他的臉上雖然沒有笑容，卻以堆滿皺紋的細小眼睛和氣地打量著兩人。

「聽說您見過一名很像家兄的人……」

「噢，是電視裡那張照片上的……對啊，實在很像。」老人帶著九州口音嚷嚷。

怜子從手提袋取出照片。除在螢光幕前公開的那張，還有另一張攝影角度略微不同的大尺寸證件照。

老人見到這張照片，立即信心滿滿地說：「而且，瞧，這裡有燒傷的痕跡嘛！」他搓搓右手指甲。

「是的，有一道約五公分長的明顯疤痕。」

「他拿菸時我曾瞥見那道傷痕，記得很清楚。」

「他向你買菸？」

「對。」

「他說了些什麼？」

「沒有。只因從未看過這個人，感覺又像都市來的，我才會有印象。」

「你是七月九日傍晚看見他的？」怜子瞠大眼注視著老人。

「對。當時天色很暗，大概是六點半到七點左右。」

老人如此肯定是七月九日，主要是因這天他剛好受邀參加附近農家舉行的法會，回店裡後，丹野剛好來買香菸。

「你記得對方的衣著嗎？」

「這個嘛……他穿著普通的西裝，不過還拎著黑波士頓包和一只大紙袋。」

這名可能是丹野的男人，將波士頓包擱在陳列架上，買了三包菸。打開其中一包，抽出一根菸點火後，又拿起提包慢步離去。

「他往哪個方向走？」

「走這條路，往山裡頭去。」老人指著消失在樹叢裡的上坡道。

怜子旋而不安地瞄冬木一眼，又馬上轉頭望著老人。

「這通往山區嗎？」

「嗯。可是路上有一尊地藏神像，再往上走，還有一棟半年前蓋好的山莊。」

「在這山裡啊？」

「沒錯。我原以爲山莊蓋在這兒很不方便，不過聽說有錢人都租來當度假別墅，且經常客滿。或許這附近會因此漸漸繁榮起來吧。」老人感慨地凝望自己的店面。

「過那棟山莊後，仍繼續通往山裡嗎？」怜子問道。

「倒也不是。因爲接下來就分成兩條岔路，爬上右側可到油山，往左側下去可通西里社區後方。那邊比較熱鬧。」

老人印象所及似乎到此爲止，怜子於是愼重致謝。

步出商店，冬木和怜子默默朝疑似丹野消失的山路前進。

此時剛過下午三點，兩人走進山路，忽地感覺四周變得昏暗。西側長滿高聳茂密的板栗樹和橡木樹叢，厚實的藤蔓纏繞樹林間，彷彿形成一彎拱門覆蓋在頭頂上。飄落紅土的葉片盈潤潮濕，滑溜的觸感緊緊沾黏在鞋底。

眼前路幅只容一輛中型轎車通過的寬度，看來鮮有車輛經過。

兩人依舊沉悶凝重地並肩前行。

冬木覺得福江老人看見的男人，極有可能就是怜子的哥哥丹野靖久。而且丹野看來並非遭遇意外或暴力誘拐，而是自願上山。只是，難以想像過去這十一天，他究竟在哪裡生活？難道他爬過油山遠走他鄉？抑或藏身附近？他是一個人，還是……？

冬木總不自覺地想起美那子。

怜子抬起原本凝望腳尖的雙眼，看著冬木。透過她的眼神，察覺得出她正想著同一件事。

「那位朝岡美那子小姐……」怜子面色凝重地緩緩問道。

「她婚後依舊和名叫丹野的男人保持聯繫嗎？」

「好像沒有，至少我不曾聽說。」

「……」

「這麼講可能太過突然，不過，說不定令兄的失蹤和她完全無關。」

怜子沉默不語。一會兒，忽地開口問：「她有孩子嗎？」

「有個五歲的兒子。」

「五歲這年紀還很黏媽媽啊。她怎麼捨得丟下兒子離家出走？」

「就是不清楚原因……」

怜子又沉默半晌，繼續往前走。

「最近發生很多母親拋家棄子的情形……我只要聽到這種事就忍不住生氣，這些媽媽眞不知足！」

「不知足？」

「對。那些離家出走的母親當然不乏理由或藉口，但她們可曾想過，母子能住在一起共享天倫是多麼幸福啊。聽說大戰時，難以數計的親子被迫分離。即便是現今，許多人仍無法順利懷孕生子，或親自照顧小孩。對這些人而言，完全無法想像居然有人會拋棄兒女，自私地追求個人的人生。或許打孩子出生就有能力獨自撫養的母親，早忘記這是女人最大的幸福，所以我認爲她們根本是身在福中不知福。」

怜子思緒泉湧地娓娓道來。透過她的話語，隱約感受得到埋藏在鏗鏘有力言談背後深刻的哀愁。

美那子也是因「不知足」才離家出走嗎？

冬木思忖著。

即便如此，美那子究竟是爲了追求什麼？冬木完全摸不著頭緒。說起來，冬木對美那子根本所知不多。想到這點，他不禁焦躁萬分。

對冬木而言，二十幾歲未婚的怜子竟然有這種成熟想法，令他相當意外。

這時，兩人行經一尊小巧的地藏神像前。不知走多久了？

倏地眼前豁然開朗。山路兩側恣意叢生的雜樹林頓時消失，只見如小學操場大小的遼闊草原延伸在他們面前。草原後方倚著另一座山，夏日炙烈的陽光照射其上。

原野外側，可望見新蓋的雙層登山小屋風格的建築物。造型雖像登山小屋，但格局十分寬敞。那是幢以圓木組裝的L型山莊，屋頂和牆面漆成巧克力色，對比鮮明的白窗框與扶手尤其醒目。前方相同圓木材的立牌上，標示著圖案化的「望鄉莊」三個大字。想必這就是適才福江老人口中的山莊。

冬木問怜子：「進去問問看吧？」

「好。」怜子點頭贊成。

兩人橫越草原，走近望鄉莊。鋪石板的前院旁，停放著一輛灰色小型轎車，四周不見人影。

冬木正要一腳跨進前院，玄關那扇敞開的對開玻璃門裡，走出一名矮小的男人。身穿色彩顯眼的米色馬球衫和綠長褲的男人，外表看起來比實際歲數年輕。他頭髮稀疏，皺紋密布的臉頰毫無生氣。

「這裡提供租賃服務嗎？」冬木頷首致意後，詢問對方。

「嗯，有吧。」男人面無表情地瞥兩人一眼，無精打采地回答。

「管理員在嗎？」

「我就是。不過我很少待在這裡。」

男人一派愛理不理的模樣。

「不瞞您說，有點事想請教。」

冬木說話之際，怜子取出不久前給福江商店老人看過的兩張照片。

「七月九日前後，您是否在這附近見過這個人？」冬木問道。

男人很快地瞄過照片，隨即抬起頭，小心翼翼地窺探冬木與怜子。他絕非毫無印象，冬木很清楚他一眼就認出照片上的人。

「您有印象嗎？」

男人依舊無言地望著冬木，看似正拿捏是否要告訴冬木。不一會兒，男人總算遲疑地回答：「這個人租下十五號房。」

「什麼？何時租的？」

「記得是上個月二十五日簽約，七月九日左右住進來。不過最近這四天好像都沒看到人。」

他們問起房間位置，男人便指著二樓從邊間數起的第二扇窗說「就是那間」。拉上棗紅簾子的窗戶緊閉，西斜的夕陽反射在玻璃窗上，顯得異常刺眼。

冬木謝過男人後，便與怜子快步走進公寓。男人欲言又止地跟在兩人後面。

望鄉莊裡冷清寂靜，四下無聲。走廊和玄關筆直相連，好幾道一模一樣的房門並排在右側。自左邊淨透的玻璃窗望出去，截角的青山斜坡彷彿近逼眼前。

樓梯正好在L型建築物的轉角。二樓的隔間與一樓完全相同，第二間房門上貼著黑色數字「十五」。

怜子和冬木輪流敲門，卻得不到回應。房裡悄然無聲。

「他不在啦。」管理員在兩人背後怒喊。「我每隔三天會巡視一次。四天前過來時，這間房的窗簾就和今天一樣是放下的。」

直瞪著管理員的怜子情急問道：「有沒有備用鑰匙？」

「沒有。」男人冷淡回答。

「那麼請你破壞門鎖讓我們進去。」

「什麼？」男人不可置信地瞅著怜子，她則帶著不容妥協的僵硬表情逼視男人。

「請破門而入吧，我覺得哥哥就在門後。」

2

西福岡警署在那天，也就是七月二十日下午四點半接獲線報，市內西油山的出租山莊望鄉莊十五號房內，發現慘遭殺害的丹野靖久屍體。本案由緊鄰命案現場的田隈派出所員警通報。

當時西福岡警署搜查一課的課長不巧外出，而前往縣警本部洽公的警部補中川圭吾則剛好回到署裡。

中川立即命令部下聯絡鑑識課與法醫，並偕同在場的三名刑警火速趕往現場。

剛接到派出所來電的飛田刑警，首先在車上簡短報告發現死者遺體的經過。飛田從少年組轉調搜查課不久，資歷尚淺。不過，不愧是大學畢業的年輕人，他很快便能以邏輯的思維，簡潔扼要地說明案情。

根據他得到的消息——

下午三點半左右，一對男女前往命案現場的望鄉莊，詢問管理員須藤二三夫是否清楚「丹野靖久」的下落。

須藤瞧見出示的照片，便告訴他們這位「丹野」先生於六月二十五日簽下十五號房的租賃契約，並在七月九日入住。兩人的臉色當下丕變，旋即衝向十五號房。

可惜房門深鎖，怎麼敲都沒回應。窗簾亦是拉上的狀況。

由於望鄉莊具備出租型別墅的特性，承租後不久住的情形很常見。須藤幾天不見「正田」（丹野使用的假名），僅單純以爲他回家了。豈料，自稱死者妹妹的女性，要求以備鑰打開房門求。一得知沒備鑰，居然主張破門而入。

最後，須藤被迫請附近派出所的員警會同破壞門鎖，竟意外發現死者。

死者妹妹一眼認出那是兄長丹野靖久，因此死者身分第一時間便得到確認。

痛的悔恨。

聽見「丹野靖久遇害屍體」的瞬間，中川心中不禁猛然一震。果然！他內心湧現一股刺

早在一週前，首次和丹野怜子見面時，中川就直覺認為丹野的失蹤內情不單純，才會在第二天拜訪丹野鋼材專務倉橋滿男。五天後，怜子也提出一般公開協尋的申請。

遺憾的是，終究白忙一個星期，案情毫無進展。倘若一開始接獲協尋申請時，立即展開全面深入調查（或至少進行初步調查），丹野的「失蹤」或許就不會以「案件」收場。這麼說來，根本是中川明知事態不尋常，卻在「失蹤」和「案件」之間猶疑不定、裹足不前……

中川等人的座車抵達命案現場時，望鄉莊前的草原上已停著兩輛警車。即便在市區也感受得到的強烈南風，在山區更顯強勁。強風吹起的落葉，橫掃過警車車頂。

二樓十五號房前，兩名巡邏大隊的刑警負責守衛。兩人都是中川熟識的資深刑警，只見他們皺著臉，一副噁心欲嘔的模樣。

打過招呼後，中川站在遭破壞的房門旁，驟然恍然大悟。陳屍現場太過悽慘恐怖，難怪禁不住想吐。

瀰漫整間房的濃烈腐臭首先撲鼻而來。中川接觸屍臭的經驗難以數計，依現場環境和屍體狀態的差異，有時會遇到不太嗆鼻的情形。然而，這次因長時間密閉在蒸籠似的房裡，腐敗的血肉加上大量蛆蟲所散發的濃烈惡臭一股腦湧出。

陳屍地點是五坪大的西式客廳。地上鋪著樹脂灰地磚，左側設有簡易廚房，右側前方是

間小格局的和室。客廳中央放著一張桌子，左邊有沙發，右邊是張搖椅。所有家具盡皆東倒西歪，靠窗的椅背甚至翻倒在地。身穿白長褲和馬球衫的男人彷彿攀著地上的椅背似地橫臥。

不用說，這正是發出惡臭的屍體。

巡邏員警已在樹脂地磚上鋪好踏板，以防止破壞腳印和血跡。中川小心翼翼地走近屍體，其他刑警尾隨在後。

丹野靖久面目全非。整張臉呈現紫紅色，顯得異常腫大。半睜的雙眸猶如腐魚眼睛般鬆垮深陷眼窩底，混濁到難以分辨眼球和眼白。難以數計的生蛆在眼窩下、鼻翼邊和嘴唇上蠕動。慘狀至此，但他確實是丹野。下顎寬廣的國字臉、厚實的耳朵、粗短的脖子……一條略顯骯髒的手巾，纏住後腦的頭髮，緊緊勒住脖子，並在左耳後方結實地打了個死結。

中川忍不住闔眼默禱。隨後，他再次仔細查看屍體。

在髮旋位置稍低的後腦上，有個長約五公分的挫傷。看似遭鈍器毆打的傷口皮開肉綻，湧出的大量鮮血早已凝固，猶如紅黑色黏土沾附其上，光憑肉眼根本無法測量傷得多深。究竟這是丹野的致命傷？抑或手巾勒頸才是直接死因？

判別絞死及勒斃，首先要調查眼瞼上有無淤血點。可惜死亡太久的腐敗屍體，眼瞼已混濁，根本無從辨識。

中川決定待鑑識課人員抵達接手後續工作，於是移轉注意力，著手調查起命案現場。

其中最引人側目的，就是室內隨處可見的大量血跡。首先，和死者隔著桌子的另一側，接近廚房的沙發後方地面上，有大量凝固的血跡。然後，靠沙發後背擺放電話的小餐桌桌腳，及窗框下的白牆面上也沾有血跡，而沿窗戶邊還染了一圈血痕。另外，屍體倒臥之處，亦有大量早已凝固的血跡。

不過，眼下所及並非單純流血或濺開的血痕，而是不小心碰觸或踩踏到留下的痕跡，才會四處血跡斑斑，大範圍凝固。

這幕景象足以證明此處曾發生激烈打鬥。或許犯人從房間的某處——應該是在廚房前面攻擊丹野的後腦，但這尚不足以導致他昏厥，因此雙方打鬥著穿梭在房裡，最後來到小餐桌對側，犯人伸手掐死筋疲力竭的丹野，給予致命一擊。

彷佛爲了補強這個推測，警方在沙發底下找到疑似凶器的物品。一個扁舟造型的青銅製菸灰缸掉落在沙發椅腳邊。

中川隔著手帕拾起菸灰缸。內側與尖端上沾黏著乾涸的血塊和幾根頭髮。

廚房裡，三合一電鍋、鍋子和各式餐具一應俱全。兩只裝有吃剩的魚糕和番茄的盤子疊放在不鏽鋼水槽裡。盤子上堆疊著一個男用飯碗、一雙筷子和一瓶一百八十毫克的空牛奶瓶。在廚餘瀝網裡發現十根菸蒂，及印著數字「十四」的牛奶瓶圓紙蓋。魚糕等食物早就乾涸，並未發臭，也可能是中川的嗅覺已然麻痺，對些微臭味根本毫無所覺。

不鏽鋼水槽完全乾燥。不論是屍體腐敗的程度，或是血跡凝固的狀態，在在清楚說明命案已發生好一段時間。至於究竟是三天還是五天……若是剛斷氣不久的屍體，憑中川的經驗，也許能大致推斷死亡時間。可惜死亡太久，這下便無從判斷。死後屍體的狀態，會依被害人肉體情況和所在位置產生明顯差異。判定陳屍多時的死者遇害時間，不如就交給專業鑑識人員傷腦筋。

中川暗自盤算之際，窗外傳來由遠而近的警笛聲響，想必是鑑識課會同法醫趕到了。與此同時，小田切巡查部長走過來。矮小微胖、年屆五十歲的小田切是長年在第一現場執行勤務的老手，也是名副其實的「萬年部長」。他光禿的上額沁著汗水，目光炯炯地盯著中川。

「從訂報紙和牛奶的情形判斷，被害人似乎有長住的打算。」

中川從小田切身後走向門邊。靠牆直放的門板旁，堆疊著六、七份沒攤開過的報紙，及三瓶一百八十毫克尚未開封的牛奶瓶。

「據派出所員警表示，破門而入時，這些報紙不是擠在門縫裡，就是掉落在房門內。牛奶瓶則塞爆房門上的牛奶盒。」小田切說明。

中川拾起報紙一瞧，是附近居民常看的《西部日日報》，從七月十六日的晚報到今天二十日的早報一份不漏。換言之，十六日的晚報送達後，丹野便沒再出來拿報紙。

接下來調查牛奶瓶。這三瓶全以淡紫色塑膠套裝著，塑膠套下的紙蓋上分別有「十五」、「十六」、「十七」的橡皮圖章印記，與扔在廚房水槽裡的紙蓋上數字「十四」有時間上的連續。不過……

小田切彷彿看穿沉思中的中川內心的疑問，及時開口解釋：

「配送到一般家庭的瓶裝牛奶瓶上，標示的通常是配送前兩天的日期。據說這代表製造日期。記得我老婆曾經打電話向店家抱怨每天都喝過期牛奶，才知道這件事。」

「原來如此。」

意即，水槽裡那瓶印著「十四」的牛奶是十六日早晨送來的。換句話說，十六日那天的牛奶被喝完，十七日以後的牛奶則原封不動地擺在門外。當然，一切仍需再比對確認，不過至少與截至十六日爲止的早報都在室內的事實吻合。

所有員警此際全聚集在右手邊的和室。一點五坪大的榻榻米上鋪滿棉被。和室裡猶如洞穴般襖熱，加上與西式客廳之間的屏風約有五十公分寬的縫隙，潮濕的床具臭味和屍體的腐臭味混雜，猛烈刺激中川好不容易習慣現場氣味的鼻腔。

榻榻米上的寢具包括一席雙人床大小的墊被、夏季薄涼被和一個包著白枕套的大枕頭。床單上滿是皺摺，隨便捲成一團的涼被，放置在墊被一端。枕套上沁染著油脂的痕跡。雖是雙人床尺寸的墊被，但一眼即可看出是懶散男人終年不曾整理的床鋪。

報紙、書本和雜誌散滿枕頭上。雜誌包含八卦週刊以及兩、三本專門誌。書本全與鋼鐵有關。

中川特別留意報紙上的日期。

當中最舊的是七月十日的晚報。除短少兩、三份外，從十日的晚報到七月十六日的早報，幾乎都留在現場。

此時，現場因鑑識人員的到來，再次充斥緊張忙碌的氣氛。先是針對屍體和現場進行拍照存證，接著正式由法醫勘驗屍體。

儘管無法立即釐清案情，不過根據屍體狀態及現場的報紙、牛奶等狀況，暫時認定七月十六日中午犯案的可能性最大。

警方推測七月九日早晨離家的丹野，當天即住進這個房間。十六日有人來訪，對方趁丹野不備，拿菸灰缸襲擊他後腦。經過一番激烈扭打，兇手以手巾勒斃丹野，反鎖房門後逃逸。（房門雖然上鎖，鑰匙卻沒插在內側門鎖上。）

倘使未能從丹野體內驗出毒物或安眠藥，兇手便極有可能是名男性。由於丹野的身材肥胖、體格碩壯，年紀才四十出頭，所以近身扭打後還能勒死他的，必定是體力和他相當的男性。

中川了解大致狀況後，便與搜查一課中資歷最淺的香月刑警一齊來到走廊。他準備訊問待在一樓空房裡的三名目擊者——管理員須藤三三夫、丹野怜子及與她同行的男子。

3

當晚七點，完成現場採證的西福岡警署法醫芹澤均提出初步驗屍報告。

驗屍報告書

死者姓名　丹野靖久　男・四十歲
死亡時間　昭和四十六年七月十四日上午十點至七月十六日中午之間
死亡地點　福岡市西油山出租山莊「望鄉莊」十五號房
死亡類別　他殺
死亡原因　直接死因——窒息
導致窒息的原因　絞頸（以日式手巾繞頸部一圈，於左耳下方打結）
其他身體狀況

確認後腦部有一道長六點五公分、深一點二公分的挫傷。這是以鈍器毆打造成的創傷，傷口與室內發現的青銅菸灰缸底部一致。但這道傷口並非致命傷。由於是頭部創傷，出血量多，不過傷口本身不深。推測被害人受傷時，尚保持相當體力。另外在四肢、腹部、胸部等部位共發現十一處輕微的挫傷與擦傷。

其他外傷追加事項
發生外傷時間　昭和四十六年七月十四日上午十點到七月十六日中午之間。
手法與狀態　同前述。
傷害發生地點　同陳屍處。

醫師　芹澤　均

當天，丹野的遺體連夜送往九州大學附設醫院進行解剖。執刀醫師奧村顯治副教授口頭向西福岡警署鑑識課長報告解剖結果，和芹澤醫師的初步推測並無二致，也與中川最初在現場的想法大抵吻合。

丹野體內並未驗出毒物或安眠藥，死因顯然是遭手巾勒斃。從毆打後腦到勒頸前，曾經過一番激烈打鬥，這點不難從丹野身上的瘀血擦傷，及現場遺留的血跡狀態推斷出。最後犯人應是跨坐在氣窮力竭的丹野身上勒死他，可在丹野腹部找到當時留下的內出血跡象。

問題只剩行凶時間。

芹澤醫師推測的死亡時間爲十四日上午十點到十六日中午，整整長達兩天。換言之，發現屍體時，被害人已死亡四到六天。解剖的醫師對這個見解並無異議。而進一步從胃中米飯、魚糕和番茄的消化情形來看，被害人是在飯後兩小時左右死亡。

一般而言，對於死後四十八小時之內的屍體，鑑識人員較容易推斷死亡時間。若死後超過三天以上，判斷時間相對變得困難。說得更直接些，僅依賴驗屍無法判定死亡時間是在三天前或四天前。

驗屍官也是人，不同的法醫勘驗結果難免有差異。普通情況下，愈資淺的醫師推測的死亡時間愈短，資深醫師推定的反而長。因此，在西福岡警署擔任法醫達十年之久的芹澤醫師，將丹野的推定死亡時間放寬到兩天，其實是較為穩當的判斷。

至於根據驗屍結果推斷的死亡時間帶，再比對現場調查資料與偵訊所得事證，進而縮小搜索範圍，就屬搜查一課的職掌了。

發現丹野屍體的次日，西福岡警署搜查一課成立「望鄉莊凶殺案特別搜查總部」。在縣警局的支援下，共計約有八十名調查人員投入本案的偵查工作。

經多方詢問，這天夜裡召開的搜查會議裡，迅速整理出許多有助案情的資訊。

首先是案發後，由中川圭吾偵訊發現屍體的丹野伶子、冬木悟郎和管理員須藤三三夫。

最初從丹野伶子和冬木悟郎等人的證詞中，並未獲得直接對搜查有幫助的新消息。然而，中川對伶子當天曾在晨間節目中請全國觀眾協尋失蹤的丹野一事感到相當驚訝。兩天前，伶子拜託他，希望能把丹野的協尋申請由「非公開」變更為「一般公開」時，曾堅定表示她自己也有所打算。如今中川終於明白，原來她指的是上電視公開請求協尋。只是相較最初造訪中川時，畏懼世人閒言閒語、只想以「非公開」方式尋人的伶子，眼前的她態度出現一百八十度的轉變。期間雖經過五天，但中川仍對伶子的遽變感到些許疑惑。

至於冬木悟郎，中川亦有種難以釋懷的感覺。冬木表示，數年前因公前來福岡時，恰巧在特急寢台列車上與丹野比鄰而座。記得當時是丹野先開口。兩人大概都覺得旅途沉悶，便聊了起來。不料一見如故，甚至一起到餐車喝啤酒。最後，彼此在博多車站道別，丹野在名片背面畫下公司地圖，希望冬木待在福岡期間有空去找他。可惜冬木實在騰不出時間，從此沒再見過丹野。但冬木始終記著丹野，偶然在電視上看到丹野照片時，冬木一眼就認出他。冬本直覺丹野的離奇失蹤有隱情，剛好因公必須跑福岡一趟，便搭飛機趕來，並與伶子會合，進一步探尋丹野的下落。

冬木的敘述大致合理。丹野雖然沉默寡言，看似不好相處，卻很珍惜與他人的聯繫互動，特別是和非生意往來的人交往時，更是熱情又靦腆。因此中川能理解冬木心中對丹野留下的深刻印象。只是，身爲忙碌的記者，冬木會僅僅爲此而特地離開東京，南下福岡嗎？雖說是到福岡處理事情，但從他任職於外國通訊部來看，應該只是推託之詞。

然而，中川沒有多餘的時間與理由追根究柢。

管理員須藤二三夫的供詞反倒提供不少線索。

丹野靖久化名「正田謙一」，於六月二十五日承租望鄉莊十五號房。據須藤的供詞，二十五日上午十一時左右，獨自駕車前來的丹野，二話不說便租下空著的十五號房，且當場支付押金與一個月的房租。可能是透過報紙分類廣告得知望鄉莊的丹野，對附近清幽的環境與房間皆設有獨立電話感到很滿意。即使如此，簽約後他並未立時進住。

同日下午，市區的百貨公司以「正田」之名，運送寢具等日常生活用品至望鄉莊。須藤遵照丹野的囑託，將這些物品搬入十五號房後便下班回家。雖身爲管理員，須藤並未住在望鄉莊。他大部分時間都待在房屋租賃公司的辦公室，約三、四天才到望鄉村巡視一趟。

丹野七月九日住進十五號房。在此之前，須藤不曾與他照面。出乎意外地，須藤發現有個女人經常出入十五號房。

簽約後一週，也就是七月初的某天下午，須藤第一次看見她。

依慣例來望鄉莊的須藤上到二樓時，目睹一個女人在開十五號房的門鎖。這天陽光炙烈，女人身穿素雅白洋裝，戴著太陽眼鏡，年紀介於二十到三十多歲間，外型時髦洗練。女人當下沒意到須藤，開門走進房間後，裡頭隨即傳來上鎖的聲響。

須藤明白，這名保管房間鑰匙的女人應該與丹野關係匪淺，沒必要上前多問。（望鄉莊每間房有兩副鑰匙，照例都交予承租人保管。只是丹野簽約時僅拿走一副，留下另一副給須藤，方便百貨公司送貨來時能順利搬入房間。）

三天後須藤再度來到望鄉莊，恰好撞見一樓走廊上，那個女人正步向樓梯。她依舊一身輕便，戴著太陽眼鏡，抱著購物紙袋，低頭快步經過走廊，一副想避人耳目的樣子。須藤知趣地不主動和她打招呼。通常會進出這類出租住所的人，大都不喜歡與周遭互動。加上須藤本身話不多，不善交際，也就沒和對方寒暄。

換句話說，須藤從未看清女人的長相，也不曉得對方住進十五號房的確切時間，及丹野在這段期間是否來過。

自六月二十五日簽約後，須藤在七月九日下午七點多第二次見到丹野。走出望鄉莊玄關之際，須藤與獨自上山的丹野意外相遇，於是順便將手中的備份鑰匙交還丹野。丹野還詢問了訂牛奶與報紙的電話號碼，所以須藤推測丹野有意長住。

之後，每次須藤前來望鄉莊，丹野就會問他洗衣店或外送餐飲的店家等訊息。令人好奇的是，丹野進住內後，須藤再也沒見過那個女人的身影。丹野有時會前往望鄉莊前方東側山腳下的西里社區裡的超市採買食材，感覺像是單獨住在這裡。

七月九日，亦即丹野離家出走、銷聲匿跡的日子。同一天傍晚六點半左右，丹野出現在西側登山步道口的福江商店，接著搬進望鄉莊中生活。

從七月九日到七月二十日發現他的屍體為止，丹野幾乎沒離開過望鄉莊。

在須藤的證詞中，提到一名有力的證人。他便是租借隔壁十六號房的鄉土史學家森脇眞二郎先生（對面十四號房則一直是空房）。

聽須藤這麼一說，中川旋即親赴森脇的住處拜訪。

森脇眞二郎是地方上頗具知名度的文史工作者，曾出版兩、三部著作。他在丹野住進十五號房的後兩天，也就是七月十一日起到十五日為止，亦搬進長期承租的十六號房撰寫文章。森脇太太則每天來一次，為他備妥三餐。

有別於一般租屋者的冷漠，森脇相當喜歡與人交際，得知丹野住在十五號房，工作之餘便經常主動找丹野閒聊。丹野亦熱絡地以威士忌款待森脇。

此後，森脇幾乎每天和丹野碰面。可是，他沒看過丹野身邊有女人進出，也不見訪客上門。而丹野似乎不覺得生活過於平淡，更從未察覺他任何恐懼的神情。所以，森脇壓根沒料到丹野會遇害。

儘管如此，森脇不是整天沒事觀察丹野的動向。生活作息日夜顛倒的他，習慣從傍晚睡到半夜。零時醒來後，就伏案工作到中午時分。他能見到丹野的時候，只有過中午的兩、三個小時之間。何況，望鄉莊的隔音設備完善，幾乎聽不到隔壁房發出的聲響。

七月十五日上午十一點左右，完成撰稿工作、準備返家的森脇特地來向丹野辭行，丹野在門口與他道別。當時，森脇並未察覺任何異狀，卻是最後一次見到丹野。

根據中川的報告，搜查會議決定採信森脇的證詞。證詞十五日上午十一點左右，丹野確實還活著。推測的死亡時間順勢縮短為一天，也就是從十五日上午十一點到十六日十二點之間。

當中川聽取管理員證詞之際，小田切巡查部長等三人分頭查訪望鄉莊的其他住戶，並獲得另一項重大情報。

承租十五號房斜對面十一號房的三十五歲女性鈴木房子，七月十六日早上七點左右拉開窗簾時，發現十五號房的起居室窗簾也開著。雖然沒看到丹野的臉孔，卻瞥見簾後有道穿著睡衣的身影。

鈴木房子在福岡市東中洲地區經營酒店，租下望鄉莊做為休息之用。她十五日晚上抵達望鄉莊，十六日特別早起欣賞久違的山光美景，所以日期和時間記得很清楚。

同天下午四點左右，因太陽西曬而打算拉上窗簾的鈴木，注意到十五號房已簾幕低垂，但不清楚對方何時放下窗簾的。

飛田刑警調查配送報紙和牛奶的商家資料後，佐證了鈴木的說詞。不論牛奶或報紙都是從七月十日早晨起配送。

送報的年輕人表示，七月十七日以後報紙就塞不進門縫。由於這種情形時有所見，在沒接到停止訂報的通知前，他通常會繼續送下去。

就這點而言，配送牛奶的人一旦發現箱中累積三瓶，爲避免變質，會立即停送。不過，詢問商家後，瓶蓋上印的日期確實如小田切所言，代表製造日期。亦即，標示日期的兩天後，才眞正配送到訂戶住處。換言之，十五號房流理臺水槽裡的鮮奶瓶是十六日早上送來的，而房門上箱裡的，則分別在十七、十八和十九日早上送抵。

綜合鈴木的證詞及截至目前爲止的調查結果，可進一步縮小丹野死亡時間的推測範圍。於是，西福岡警署搜查一課的宗像課長，依據手邊的報告，將死亡時間限爲七月十六日上午八點到中午的四小時內，因早報和鮮奶都在上午八點左右送抵望鄉莊。

沒人對此提出異議。

在遠離塵世的山區出租山莊裡發現一具死亡多日的腐屍，多少讓搜查一課瀰漫著沉重氣氛。幸好第一次搜索便多所斬獲，並得以確定犯案時間爲十六日上午，警方士氣大振。加上現場留下不少線索，偵查工作更易於進行。

首先，從屍體和現場狀況研判，兇嫌應是體力可匹敵丹野的男性。

但動機並非強盜殺人。因房內既沒翻找的跡象，抽屜裡近二十萬圓的現金亦沒短少，死者腕上還戴著市價十萬圓左右的手表。

不過，由於凶器全取自丹野租屋處的物品，應該也不是預謀犯罪。森脇證實歹徒拿來毆打丹野後腦的船型菸灰缸，原本就放在十五號房。而用以勒斃丹野的手巾上，依稀可見「丹野鋼材」字樣。可惜兇手擦淨指紋後才逃逸，菸灰缸上採集不到任何指紋。

依照慣例，承辦這種案件大致分兩方向進行。其一是搜查犯人的行蹤。以七月十六日爲中心，從望鄉莊周邊起，朝西側福江商店附近的登山口及東側西里社區一帶，清查行跡可疑的人物。

另一方面，就是徹底過濾丹野的人際關係。

當然也包括異性關係。六月二十五日到七月九日，丹野未入住望鄉莊前的這段期間，進出十五號房的女人究竟是誰？這牽涉到房間鑰匙的問題。

屍體被發現時，房門處於上鎖的狀態。警方在西式客廳桌子的抽屜裡只找到一副鑰匙。或許丹野曾讓兇嫌進入和室。對方行凶後，拿走房內其中一副鑰匙，鎖上房門後逃逸。兇嫌也可能是從那女人手中取得鑰匙。果眞如此，她便等同共犯。

那女人究竟在哪裡？

中川一時無法將向來不近女色的丹野與女人聯想在一起，更想像不出對方會是怎樣的女人。反倒是隨著各種訪查結果陸續回報，他心中原本模糊的兇手面貌已逐漸顯露眉目。

兇嫌與丹野的交情似乎很深厚，還曉得丹野藏身在望鄉莊十五號房。這名男子曾於七月十六日上午密訪丹野，只是無從判斷是否預謀行凶。唯一能確定的是，兩人之間必定有某種錯綜複雜的利益糾葛，導致男子在纏鬥中勒斃丹野。事後他冷靜地清除指紋，不留任何蛛絲馬跡，從容離去。

此際，中川的腦海中直覺地浮現兩個名字——宣告破產的九州鋼鐵社長郡司祥平，及丹野鋼材專務倉橋滿男。

5 CHAPTER

第五章

蒸發的原因

1

望鄉莊凶殺案最大的特點，在於被害者丹野因故隱居，卻在藏身處慘遭殺害。

管理員和其他證人已證實，丹野是自願且有計畫地租賃望鄉莊十五號房。這點無庸置疑。

然而，原因是什麼？

中川直覺認爲，癥結不在女人，反倒與丹野的工作有關。搜查總部內持相同看法者亦占多數。

儘管目前尚未弄清現身十五號房的女人與丹野的關係，但若丹野「蒸發」的理由只是爲了暫時和女人悠閒生活，那麼女人進出望鄉莊的日期和他入住十五號房的期間完全錯開的情形，根本不合邏輯。依警方推論，丹野應是在女人離開後才進住十五號房。

既然理由不是出在「女人」，想當然耳，必定和工作有所牽扯。

接下來便要釐清，誰清楚丹野暫時失蹤的原由？

這個謎底是破案的重要關鍵。了解內情的人極可能曉得丹野的藏身之處，或是千方百計找到丹野後痛下毒手。

基於上述推論，中川腦海自然而然浮現郡司祥平的名字。

七年前，丹野創設丹野鋼材時，曾得到老東家九州鋼鐵老闆郡司祥平的鼎力相助。豈料，九州鋼鐵的營運情形每況愈下，不久前的七月十五日傳出支撐不住的消息，七月十六日下午便宣告破產。

這麼說來，七月九日丹野失蹤之際，恰巧是九州鋼鐵即將倒閉的傳言甚囂塵上，引發同業關注的時刻。

九州鋼鐵的倒閉和丹野的「蒸發」是否有關聯？雖然先前倉橋曾否認兩者的關係，中川卻認爲情況不單純，而難以釋懷。

發現丹野屍體的第二天下午，中川前往市區南公園高級住宅區附近的郡司宅邸拜訪。此刻正與他面對面坐著。這幢住宅採日洋合璧的設計，空間極爲寬敞，自客廳可眺望樹木蓊鬱茂密的庭園。

巨大的海棗伸展強韌的枝葉，遮擋住烈日。九州鋼鐵宣布倒閉至今剛好滿一週。公司將由製造商東洋製鐵接手，並改設爲下游工廠。即使如此，郡司祥平宅邸內倒是意外平靜。

年約六十的郡司祥平身材短小，只有臉和手特別大。曬得黝黑的面孔上，炯炯有神的雙眼和堅挺的鼻梁充滿威嚴。他與丹野的外型相似，個性感覺更爲強悍。

「您曉得丹野先生七月九日當天就失蹤了嗎？」

兩人互換名片，簡短寒喧幾句後，中川隨即切入正題。

郡司或許早料到會有警方來訪，一副神色自若的樣子，態度傲慢而冷淡。

「我聽說了。」郡司帶著九州腔粗聲回應。

「請問，您什麼時候得知消息的？」

「這個嘛……好像是十日上午吧。我打電話給丹野，祕書回答他到東京出差。兩天後，我再打一次，接聽的女人說他還沒回來，倉橋卻冷不防搶過話筒告訴我，社長三天前就行蹤不明，還反問我是否曉得丹野的行蹤。」郡司語調平淡地繼續道：「我回以無可奉告。之後我打過兩、三通電話，得到的答覆都一樣。」

這時，一名氣質優雅、年約五十歲的婦人端茶進來，看來應是郡司太太。中川等她離開後，接著提問：

「恕我失禮，當時九州鋼鐵深陷危機，您是有急事聯絡丹野嗎？」

郡司猝地停下正要掀起杯蓋的粗短手指，瞟睨中川一眼。原本冷漠的臉上，流露極其不悅的神色。

「就算沒什麼緊急需要，我們偶爾也會打電話聯絡。」郡司啜飲一口茶後，放下杯子，正面對峙似瞅著中川。「九州鋼鐵最後確實以破產收場，但絕沒向丹野鋼材借過一分錢，半點也沒拖累他們。關於這點，只要稍微調查就能明白。」郡司斷然地說。

「那麼，對於丹野未交代身旁的人，逕自藏身出租山莊一事，您了解多少？」

「完全不清楚。」

郡司事不關己地望著庭院，沉默不語。中川想起郡司待人向來好惡分明的個性，對中意的傾囊相助，不滿意的則惜字如金。要不是自己身爲刑警，郡司一定會對他相應不理。

中川打算提出下一個問題時，郡司赫然轉頭打量他。

「老實說，我懷疑丹野身邊的人是否眞不清楚他失蹤的原因和藏身之處。」一改先前的鏗鏘有力，郡司語調含糊。

「意思是，丹野的失蹤有共謀？」

「嗯……」

「他們爲何要這麼做？」

「不曉得，這不過是我的猜測罷了。」

「您認爲誰知道丹野住在望鄉莊？」

「倉橋吧。」郡司毫不猶豫地脫口而出。

「丹野這麼信賴倉橋？」

「嗯，我倒是很能理解丹野的心情。」郡司的語氣頓時熱絡起來，流露些許談話的意願。「就像從前我看好丹野，並竭力提拔一樣，丹野也很器重倉橋。丹野沒有孩子，當然希望找到有能力的繼承人。以這點來說，倉橋確實是適當人選。他不僅是大學畢業的菁英，又是丹野亡妻的堂兄，不算外人。加上他和丹野的妹妹兩情相悅，即將結婚。對丹野而言，他猶如招贅的女婿，何況還有專利權的問題……」

郡司輕描淡寫地說著，最後一句話卻引起中川的注意。

「所謂的專利權，是指丹野鋼材賣給東洋製鐵的軋製鋼構專利權？」

「是的。」郡司對中川知道這件事略感意外，不禁瞄他一眼。

「專利權有問題嗎？」

「聽說這項產品的研發有一半是倉橋的構想，最終卻以社長丹野的名義申請專利，並轉賣東洋製鐵。之後，東洋製鐵指定由丹野鋼材生產製作，使其營業額突飛猛進，從此丹野更加倚重倉橋。即便拔擢年輕的倉橋擔任專務，公司內部其他高層也都心服口服。不過，最近我卻擔心他的決定是否有些危險。」

「危險？怎麼說？」

「丹野過於倚賴倉橋了。當然，倉橋足以託付重任……只是，這男人性情冷酷，野心太大。」

郡司一吐爲快後，心有所盤算似地瞅著中川。

中川霎時憶起先前在丹野鋼材與倉橋會面的情景，提及專利權時他語氣諸多保留。此際，中川亦看穿郡司的意圖。他企圖引警方轉移目標到倉橋身上。

「即便丹野曾告知倉橋自己選擇失蹤的理由和藏身處所，兩人又是基於什麼原因合演這齣戲？」

「這我可不清楚。不，你別誤會，我沒說他們串通勾結，只是單純根據兩人的關係，推測或許有此種可能。」

郡司的表情恢復冷漠，撇過頭，指尖不停敲彈沙發扶手，一副言盡於此的模樣。

「冒昧請教……」半晌，中川提出另一個問題。「七月十六日您在福岡嗎？」

郡司聽了沒任何反應，沉默一下才緩緩應道：

「七月十六日是我們公司對外宣告破產的那一天。由於擔心眾多債權人同時湧進公司，老實說，那天我也短暫失蹤。」郡司面無表情地回答。

「那麼，當天您在哪裡？」

「我待在二日市的『筑紫飯店』。雖然十五日忙著四處奔波，可一旦認清大勢已去，我便在半夜兩點左右住進飯店，倒頭睡到十六日晚上。」

二日市是個小溫泉區，距福岡市中心南方約一小時車程。

「公司方面曉得您在筑紫飯店嗎？」

「我只告訴川口營業部長，且不准他向別人透露。川口也很體諒我，十六日整天都沒跟我聯絡。」

中川認爲有必要盡速調查筑紫飯店，他直覺認爲郡司七月十六日的不在場證明一定無法成立。只不過，目前尚未發現郡司非置丹野於死地的動機。看來必須掌握更多相關證據後，才可能進一步追查郡司。

「聽說您和丹野私交甚篤？」中川最後問道。「您清楚丹野的女性關係嗎？」

「你問錯人了吧。」郡司依舊一副事不關己的口氣。「提到丹野身旁的女人，除妹妹怜子外，只有那個叫什麼的祕書。其他我倒是沒見過。」

郡司這番話反而點醒中川，他恍若茅塞頓開。即便不近女色，丹野終究是身強體壯的單身男性。事實上，他身邊就有個年輕貌美的祕書。接下來，有必要調查丹野與高見由理枝的關係。由理枝那滑潤的棕色肌膚和豐滿的身材，倏地鮮明地浮現在中川眼前。

2

不出中川所料，郡司祥平七月十六日的不在場證明無法成立。

七月十六日凌晨兩點，郡司獨自住進位在二日市溫泉街外的筑紫飯店，下午八點左右才離開。

櫃檯人員表示，只在辦理住房登記、退房結帳時見到郡司，住宿期間沒人看過他。郡司完成住房手續後，隨即進入準備好的單人房，掛出「請勿打擾」的牌子，此後便待在客房裡直到退房爲止。他既未出現在飯店餐廳，也沒要求客房服務，櫃檯人員亦沒接到任何要求轉至郡司住房的來電。或許誠如郡司所言，當時因筋疲力竭，倒頭昏睡一整天。

然而，七月十六日正好是星期六，筑紫飯店一早幾近客滿，生意繁忙。郡司極有可能趁眾多房客進出之際，巧妙避人耳目離開飯店，搭計程車往返單程約兩小時的望鄉莊。

不過，至今依然找不出郡司非得殺害丹野不可的迫切動機。更何況，警方也不清楚郡司是否事前就知曉丹野的藏身之處。

相對於此，經過調查，倉橋滿男殺害丹野的動機分外明確。

和附近大多數中小型鋼鐵公司一樣，丹野鋼材獨資色彩濃厚。丹野持股百分之八十五，另外百分之十五的股票分別由其他三位資深的幹部持有。倉橋一股未得，意即就算他握有專務的實權，實際上仍只是名受僱員工。

丹野沒有配偶，也沒有小孩。一旦丹野過世，全部財產將由唯一的親妹妹繼承。

倉橋是怜子的未婚夫，預定在今年秋天完婚。他遲早會成爲怜子的丈夫，進而得以自由支配怜子名下的資產。

郡司口中「性情冷酷、野心太大」的倉橋心底，是否曾萌生謀害丹野，將公司占爲己有的欲望？或許他認爲先前協助公司研發、爭取軋製鋼構專利權，卻沒得到相應的報酬，因而對丹野心懷怨懟。

在這節骨眼上，碰巧丹野爲了某種理由想避人耳目，決定潛匿某處。若倉橋意外得知這個藏身之處，想必是千載難逢的行凶時機。

不過，面對調查人員的約談，倉橋有別於郡司，提出強而有力的不在場證明。

倉橋供稱，七月十六日一早到十七日深夜，他陪同製鐵工廠與建設公司老闆四人前往別府。這是丹野鋼材兩個月前便安排好的旅遊招待行程。

警方隨即對同行者及一行人投宿的「松風」旅館展開約談與調查，證實七月十六日清晨六點左右，倉橋與田久保建設公司社長田久保源次會合，一同前往別府。根據田久保的證詞，當天是倉橋駕駛丹野鋼材公務車，到福岡市南區高宮町的住處接他。

他們約莫上午九點半抵達位在別府海岸的松風旅館，其他三人則分別開自用車陸續到達。午餐後十一點左右，一行人離開旅館，來到四十分鐘車程遠的一座山腳邊上的高爾夫球場。依照原訂行程，打一整天高爾夫球後，於下午六點返回「松風」。八點多用晚餐，就寢時已近零時。

第二天，也就是十七日，一行人在旅館裡悠悠哉哉地打麻將，過傍晚五點才離開別府，回到福岡。同行的四人皆證實，自十六日早上六點到十七日晚上九點期間，倉橋從未單獨行動。旅館人員的證詞也與他們的說法一致。

豈料，不在場證明獲得證實後，倉橋又親自造訪西福岡警署，提供意想不到的情報，為搜查總部投下新的震撼彈。

身穿毛織西裝、身材高大壯碩的倉橋，在警署悶熱的偵訊室裡，面對搜查一課宗像課長、中川組長與剛好來分局的縣警一課廣池課長。倉橋那魅力十足的微黑臉龐顯得憔悴，由於睡眠不足，以致雙眼充血。不過他的態度沉穩，恭謹有禮的表情下，透露著具備強力不在場證明的自信。

「這次社長的事，真是麻煩各位了。」他說著微妙的開場白，深深一鞠躬。

「社長驟然過世，對公司的打擊很大吧。」宗像課長訊問的語氣溫和，眼神卻略顯冷漠地從眼鏡深處緊盯著倉橋。

「是……無論如何，有社長才有今天的丹野鋼材，大概需要一段時日才能平息公司內部瀰漫的不安情緒。」

倉橋盯著自己的指尖，顯得有些拘謹。他靜默半晌後，毅然決然似地抬起頭，分別看向面前三人。

「剛才刑警來敝公司時，我原想當場說明白，但還是寧願多花點時間把事情解釋清楚，才親自跑一趟……」倉橋帶著略微僵硬的口吻慎重發話。「其實，我曉得社長失蹤的理由和藏身之處。不，一開始並不知情，也不知道確切的地點是望鄉莊十五號房。他只告訴我電話號碼。」

「只告訴你電話號碼？爲什麼？」宗像課長極其不悅地反問。

「社長十五日晚上十點左右打電話到我家……」倉橋意識到對面三人的嚴峻眼神，神情緊繃，字斟句酌地開口。

七月十五日晚上十點（丹野遇害的前一晚），倉橋在公寓裡意外接到丹野的電話。自九日失蹤以來，已過七天。在此之前，他對丹野的去向和失蹤原因完全沒頭緒。

丹野不改一貫的語氣通知倉橋，他基於某種緣由必須暫時躲起來，再過一星期便會回公司。並且，囑咐倉橋繼續隱瞞他暫時失蹤的消息，避免四處張揚，對外盡量維持到東京出差的說法，就算有人懷疑也沒辦法。他留下聯絡號碼以做爲緊急之用，還表示很久沒爬山了，剛好趁機到山上走走，若不在這暫時的居所也無需擔憂。

丹野原要參加十六日招待廠商的旅行，無奈之下，只好臨時委由倉橋陪同。倉橋認為，丹野十五日不期然地來電，正是為了這件事。倉橋早打算屆時萬一丹野仍音訊全無，就由他代為前往，因此十六日便依預定行程出發。

「丹野是否曾提及隱身藏匿的理由？」宗像問道。

「關於這點，社長原想回來後再交代清楚，禁不住我的逼問，才支吾其詞地告訴我。簡單說，就是無法正面回絕九州鋼鐵郡司社長的請託，只好躲起來避而不見。」

「所謂請託，是指融資借款嗎？」

「不，是支票的連帶保證。聽說郡司社長希望他在九州鋼鐵開出的支票上簽名，為九州鋼鐵連帶保證。各位也很清楚，九州鋼鐵在五月便傳出周轉不靈的消息，工廠和土地全抵押了二胎甚至三胎，導致許多廠商與貿易商對九州鋼鐵開出的支票有所質疑，若無具信用的公司或個人簽名擔保，根本沒人敢收九州鋼鐵開立的支票。」

「意即，郡司拜託丹野擔任支票的連帶保證人？」

「沒錯。不過九州鋼鐵隨時可能宣告倒閉，屆時丹野鋼材便須償還所有連帶保證的支票。丹野鋼材目前的營運狀況的確比九州鋼鐵穩定，但就公司規模而言，丹野鋼材還差得遠。若因連帶保證而被迫背負債務，丹野鋼鐵終究會遭拖垮。郡司說，只要我們為其支票擔保，便能度過這次危機，絕不會連累我們。可是為九州鋼鐵擔任連帶保證，就得要有玉石俱焚的決心。」

「……」
「社長爲此相當苦惱。考慮到最後一刻得到的結論是，即使此時爲他們做保，終究是杯水車薪。儘管如此，萬一九州鋼鐵不幸破產，我們也會盡全力幫助郡司，甚至聘他爲丹野鋼材的顧問。長遠來看，這麼做對郡司本人較爲有利，可惜當時實在很難面對面詳談這些事。因爲瀕臨破產之際，經營者往往只絞盡腦汁、不顧一切設法搶救公司，根本難以接受其他建議。」
「無法當面拒絕，卻又不想幫忙。只好暫時躲起來，是嗎？」
縣警局的廣池課長挪挪肥胖的上半身，嘲諷地望著倉橋。倉橋卻一本正經地回答：
「正是如此。老實說，我在電話裡得知社長的想法時，當下恍然大悟。社長失蹤前後，郡司幾乎每天來電。但是社長認爲，事關郡司的名譽，再三叮囑我不可洩漏出去，我才遲遲未向警方透露內幕。」
倉橋輕輕頷首致歉。中川回想起昨天曾問郡司「您是有急事才打電話給丹野」時，他隨即面露不悅，接著又以宣示的口氣表示「絕沒向丹野鋼材借過一分錢，完全沒拖累他們」。郡司該不會隱約察覺丹野斷然失蹤的理由……
「我們大概明白丹野失蹤的前因後果，不過……」宗像課長冷靜地說道：「丹野在七月十五日晚上打電話給你，並告知失蹤的原因和電話號碼，是嗎？」
「對。」
「只透露電話號碼似乎有些反常。」

「不會啊。他曾提到待在油山附近，還表示等九州鋼鐵的後續狀況明朗後會立刻趕回來，萬一有事，打這支電話聯絡即可，根本沒必要知道詳細地址。我聽社長的語氣和平時一樣有精神，便稍感安心，自然不再多問。」

「直到二十日發現屍體前，你們都沒再聯絡嗎？」

「不，並非如此。第二天一早我和田久保建設社長一起前往別府。一抵達別府的旅館，我馬上打電話給社長。我認為這件事非說不可，今天才會特地過來。」

倉橋表情嚴肅地望著宗像，並從口袋裡掏出隨身筆記本，翻開折角的一頁。這一頁上龍飛鳳舞地寫著「八七－一六三X」幾個數字。中川也拿出自己的記事本核對，原來這正是望鄉莊十五號房的電話號碼。

「嗯。」

「從別府打電話到福岡，只要撥外縣市區域號碼〇九二即可接通。但我當時在旅館，只好請櫃檯人員代為撥打。第一次是十點鐘打的，對方不巧占線中。」

「等到十點半再請旅館撥打，卻只聽到撥接鈴聲，沒有人接聽。我覺得有些不對勁，因此十一點出發前往球場前，又打了一次，話筒裡依然只傳來鈴聲，無人接聽。」

「接下來呢？」廣池不由得傾身問道。

「抵達球場後，約莫在開球前接近十二點時，我重打一次，仍舊只有撥接鈴聲。我赫然想到，或許社長外出爬山，這天就沒再與他聯繫。」

「然後？」

「我在十七日晚上回到福岡，十八日上班前又打一次，依然無人接聽。直到二十日獲知出事前，十九日我還撥過兩、三次電話，情況始終一樣。雖然覺得有點反常，但我以爲社長大概臨時出遠門。再說，十六日九州鋼鐵倒閉的消息曝光，我猜他應該這兩天就會回來，便沒想太多。」

「你未免太大意。」

廣池一向粗厚的嗓門不自覺尖聲嘲笑，通紅的肥胖臉頰上浮現諷刺的笑容。「剛才你提到，丹野先生曾表示，只要九州鋼鐵的態勢明朗，他就立刻回來。果眞如此，他應當很在意公司的營運狀況，也想早日返回才對。可是，十六日證實九州鋼鐵倒閉後，整整四天，他音訊全無，甚至連電話都無人接聽。你們居然不去找他……」

「沒錯……」倉橋面帶惱色，微黑的臉轉爲蒼白。「我說過，十五日那天，社長在電話裡特別談及要上山走走，就算不在臨時住所也無需擔心。況且，若一得知九州鋼鐵倒閉就火速趕回公司，豈不是自己招認失蹤的主因。社長對郡司的恩情銘感在心，才費盡心思，希望以不傷郡司心的方式化解窘境。所以對於返回公司上班的時機，我相信社長自有考量，他應當不想太過張揚吧。」

廣池閃著銳利的目光緊盯倉橋，但並未繼續多問。

現場頓時陷入一片沉默。三名偵查人員面色凝重地思索倉橋證詞的可信度。尤其他恰好在十六日上午從別府打電話給丹野，也就是丹野的推定死亡時間內。若他的供詞爲眞，那便是一項至關緊要的偵查線索。

不一會兒，中川打破沉默。「丹野在十五日打電話給你這件事，你未曾向怜子提起？」

「沒有。」倉橋咬緊嘴唇點點頭。「看她一副憂心忡忡的樣子，我非常猶豫是否應該告訴她。可是社長一再叮嚀我不准向其他人提起這件事，而且我擔心個性單純的怜子會不自覺洩漏社長行蹤，決定暫且忍住不說。」

「那麼，怜子十八日提出一般公開失蹤協尋，二十日又親自上電視，全是她的主意嗎？」

「她打電話問過我，我也盡力安撫。特別是上電視一事，可能會傷及社長的聲譽，我當時強烈反對。或許是在電視公司工作的緣故，她似乎不想錯過這難得的機會。其實，怜子這麼決定也無可厚非，畢竟兩人是相依爲命的兄妹。」

倉橋說完，略瞇起眼睛望著牆壁，彷彿想在牆上描繪怜子的身影。中川第一次看到他眼中泛起溼潤的光澤。

倉橋離開後，警方立即向別府的「松風」旅館查證倉橋的通話紀錄，證明倉橋所言屬實。

倉橋確實在七月十六日上午十點、十點半、十一點，請「松風」旅館的工作人員撥打電話，號碼爲福岡市八七─一六三X。而十點那通對方占線中，十點半和十一點的兩通則只聽見鈴聲，無人接聽。這件事，不但一名在「松風」櫃檯工作的資深女服務生印象深刻，別府的電信公司裡還留有撥號紀錄。雖然從別府可直撥福岡，但由於這幾通都是長途電話，「松風」爲了事後向房客收取通話費用，便先撥打一〇〇再請電信公司轉接。

這份調查報告送抵搜查總部之際，望鄉莊又傳來一則新消息。

望鄉莊二樓十號房——承租樓梯轉角房間的三十歲主婦小泉悠子主動表示，曾在七月十六日上午九點五十分左右，目睹一名年輕女性走出十五號房、下樓離去。

根據小泉悠子的記憶，那女人約二十多歲，中等身材，穿深藍洋裝，頭戴同色系寬邊帽子，還掛著一副寬大的太陽眼鏡。對方從十五號房那一頭快步穿過走廊，經過放置在走廊轉角的大塑膠桶邊，意外撞見正在倒垃圾的小泉悠子，不由得大吃一驚，甚至停下腳步。不過馬上又邁開步伐，一邊像在點頭致意，一邊迅速走下樓梯。小泉悠子並未看清她的長相，也沒印象她離開十五號房前，是否曾上鎖。

不過，小泉悠子肯定確實是九點五十分左右。因爲十點鐘電視即將播出適合小孩觀賞的教育節目，她猶記當時曾打開房裡的電視機，並透過窗戶看到前一個烹飪節目接近尾聲。之後，爲了打掃擦窗，小泉悠子待在走廊上好一會兒。從那女人出現到十點半兒童節目結束的這段時間，她確定沒任何人進出十五號房。

由於小泉悠子當天下午就返回北九州市的娘家，警方才未及時獲知這些消息。串聯小泉悠子的證詞和倉橋從別府打電話兩件事證，案發當日上午十五號房的情形便隱然浮現。

上午

九點五十分　女人離開

十點　電話占線
十點三十分　只有撥接鈴聲但無人接聽
（這段期間無人進出房間）
十一點　無人接聽
十一點五十分　無人接聽
（丹野的推測死亡時間至十六日中午為止）

從這張表可知，女人離開後，十點時還有人在房裡使用電話。此人若是丹野，那麼他極可能在十點到十點半之間，遭同在房內的某人殺害。倘使丹野十點半時仍活著，必然會接聽倉橋打來的電話。若十點時，在房中使用電話的不是丹野，表示丹野已慘遭毒手，這個人——也許就是兇手，則在十點半後逃離十五號房。

總之，小泉悠子在九點五十分看見的女人，必是除丹野外，最清楚十五號房內當時情況的人。

小泉悠子從未見過管理員須藤二三夫描述的那名七月九日以前進出十五號房的女人，須藤也從未見過小泉悠子目擊的女人，因此無法認定兩人供稱的是否同一人。但由年齡皆是二、三十歲，且似乎都為避人耳目而戴著太陽眼鏡，警方判斷兩者為相同人物。

如今，那女人在哪裡？務必要找到她。

於是，這個在丹野背後如幻影般糾纏不清的女人，瞬間成為搜查的重點。

6

CHAPTER

第六章

12C的女人

1

下午兩點是外訊部一天之中最清閒的時刻。冬木悟郎結束和玉川警署防犯課長白井的通話，禁不住輕嘆口氣，瞥了一眼手表。表面上的日期顯示七月三十日星期六。

自福岡回到東京已過十天……

發現丹野靖久屍體的隔天，冬木就先行回到東京，沒想到工作驟然變得繁忙。雖然值勤時間依舊重複著「早班」、「午班」、「夜班」、「休一」、「輪休」的規律，不過一旦中美關係出現些微風吹草動，相關報導便源源不絕。然後又是蘇丹武裝政變，或是搭載日本人的客機在德國墜落等突發事件蜂擁而至，導致休假時間銳減，無法外出調查案情。

另外，七月二十五日起，報社即將刊載有關越南的後續報導。冬木必須根據先前與總編策畫討論的方向，整合本身的採訪內容及西貢常駐特派員傳回的最新消息編寫文章，每天將以長篇專欄刊出。儘管不會刊登作者姓名，但由於冬木負責撰寫，回家後的時間也必須面對書桌。

報章雜誌上幾乎看不到有關福岡望鄉莊命案的後續報導。冬木經常打電話到福岡分社詢問案情進展，得到的答案不外乎搜查工作雖有斬獲，仍未能確定嫌疑犯，而丹野怜子也不再有進一步聯絡。

其實，冬木從福岡回來前，與怜子曾有個約定。

即便冬木親赴福岡，也無法證實丹野靖久和朝岡美那子的關係。在六月三日到七月九日這一個多月間，連續發生的兩起失蹤案，彼此是否眞有關聯？美那子是否涉及丹野凶殺案？至今依然撲朔迷離，完全查不出具體證據。

冬木並不希望福岡警方察覺朝岡美那子的存在，進而展開地毯式搜查。他想盡可能藉自己的力量找到美那子，直接從她口中了解眞相。

離開福岡前，冬木拜託怜子暫時不要向警方提起美那子的事。而他回到東京後，會積極調查美那子行蹤，一旦取得她和丹野近期聯繫的證據，會在第一時間通知怜子。屆時怜子若要提供這個消息給警方以協助調查也無妨。

冬木趁工作空檔不停思考美那子曾與丹野接觸的可能性。究竟還有什麼辦法可查出兩人的關係？看來除了問朝岡隆人外別無他法。只是，他會誠實以告嗎？再怎麼說，朝岡也有身爲丈夫的自尊。倘若眞有任何蛛絲馬跡，他早就搶先一步調查……

陷入苦思之際，冬木赫然想到一個更基本的問題，心頭不禁一震。

這段時間以來，朝岡給一般人的印象，總是一名慘遭愛妻拋棄的不幸丈夫。不僅警方同情他，連冬木也始終抱持這種既定看法，不曾對他起疑。

然而，朝岡隆人的處境眞是如此嗎？

玉川署的白井課長曾對朝岡夫婦進行簡單的身家調查，並未發現可疑之處。不過，那次的調查充其量只是防罪課的例行性任務。

萬一朝岡對美那子失蹤的原因瞭若指掌……當然也不得不懷疑案件可能往朝岡殺害丹野的方向進展。如此一來，朝岡可就是不折不扣的藏鏡人了。

冬木首先向白井敘述自己的猜測，並建議警方應該進一步調查朝岡夫婦。比方，兩人的感情如何？朝岡是否眞的沒有外遇？他是否爲美那子投保高額壽險等……

白井一開始就認爲美那子的離家失蹤有別時下常見的主婦卸責蒸發案例，覺得冬木的推測不無可能，不禁用力點頭大表贊同。這事發生在三天前。

此刻冬木打電話給白井，便是爲了打探調查結果。倘使發現朝岡有任何疑點，他打算立刻前往玉川署。

豈料白井的回答出乎意料地明快。在搜查課的協助下，警方抽絲剝繭地全面查訪朝岡住家附近的鄰居及任職的銀行，並未發現可疑之處。

「附近的主婦們都說，朝岡家中不曾傳出爭執聲。每當星期日，也常見他們全家開車外出。所有人都異口同聲地認爲朝岡一家相當和樂圓滿。至於公司裡，同事也沒聽過朝岡對家人有所抱怨。」

「朝岡有沒有外遇？」

「應該沒有。根據鄰家太太的證詞，他每天都像打卡上班般在晚上七點多回家。」

「……」

「對了，至於你先前提到的壽險，朝岡太太連一毛錢也沒保。反倒是朝岡保了兩千多萬，受益人是他太太。看來他打從心底愛著老婆啊。」

「噢……」

「昨晚他準備外出找太太前曾來署裡，我便順道陪他到池袋附近尋覓。他徒步挨家挨戶拜訪難以數計的酒吧和咖啡館，毅力真令人佩服。這可不是每個人都做得到的。」

從白井的語氣聽得出他已不再懷疑朝岡，冬木至此也無話可說。

難道朝岡眞的只是無辜的「被害人」？這麼一來，美那子不就成爲「加害人」。朝岡是如何看待丹野？莫非除美那子和丹野外，沒有任何人知曉眞相？思及此，冬木彷彿又鑽入死胡同，再次陷入焦慮。

七月三十日下午，自札幌分社到東京出差的武藤，出現在外訊部辦公室。隸屬社會部的武藤和外訊部並無直接業務往來。他只是想跟從前同屬總社社會部的前輩冬木打聲招呼。

冬木藉機邀武藤外出敘舊。

比往年漫長的梅雨季節終於在本月下旬結束，東京正式進入夏季。然而陽光乾燥，肌膚接觸空氣依然覺得冰冷。看來今年會是個涼爽的夏季。

兩人並肩穿越西銀座的十字路口，走進足以眺望日比谷公園林木的點心店「Fruit Parlour」。玻璃窗外的週末街道上，穿無袖上衣和熱褲的女孩讓人眼睛爲之一亮。

兩人閒談一陣札幌分社的事情後，冬木低頭致謝：

「上次眞是感謝，突然麻煩你，不好意思。」冬木當然是指拜託武藤在千歲機場攔截美那子的事。

「噢，那次很遺憾沒找到人。」武藤紅潤的臉龐不知怎地倏然緊張起來。「我站在出境大門，謹愼地四處張望，卻未見你電話中形容的女性走出來。之後，我還請機場廣播，還是找不到。」他很快地重複當時在電話裡回報的內容。

「或許是我弄錯，那位女性可能沒搭乘那班飛機。」

冬木的口氣反倒顯得平靜。事到如今，也只能這麼想。即使各種事證都指向美那子的確搭上那班飛機，但事實上，冬木並未親眼見她上機。

這時，武藤忽地瞠著圓滾滾的小眼注視冬木。

「今早從札幌出發時，我碰巧聽到一件離奇的事。」

「什麼？」

「就是那班飛機上發生匪夷所思的狀況。執勤的飛航機械員水谷相當健談，和我滿聊得來，這是他告訴我的。航空業界至今仍把那件事當成現代怪談，茶餘飯後常提起。」

「怪談？」

「是啊，有一名乘客無故消失。那架波音七二七—一〇〇的載客數爲一百二十九人，當天爲客滿狀態。不，從東京機場出發時確實是客滿的，空服員發送濕手巾時並未發現情況有異。豈知後來卻少一個人，降落千歲機場時仍遍尋不著。那人究竟去哪裡，至今依然成謎。」

「這怎麼可能，大概一開始就算錯了吧？」

「不，據說沒算錯。所以三位空服員現下心裡仍有疙瘩。」

「嗯……」

冬木原本只覺得是異聞一樁，因爲光聽武藤描述，根本無從判斷事情的眞假。不料，冬木瞬間意識到這正是美那子可能搭乘的班機。

「你確定是六月二十日晚上那班？」

「對啊，是二十點四十五分由東京起飛的五八五次班機。我也有些詫異……今天早上時間不夠所以沒多問，我打算下回碰到水谷時再問清楚。」

「那麼，你知不知道失蹤的乘客是什麼樣的人？」

「應是一名年輕女性。」武藤回答。

冬木當下決定，這件事一定要調查清楚。

2

機長　大國義孝　四十五歲

副機長　小久保寬　三十歲

飛航機械員　水谷恭雄　三十七歲

座艙長　田淵久子　二十九歲
空服員　菊佃敏江　二十八歲
空服員　重松三千代　二十三歲

以上六位是六月二十日新世紀航空五八五次東京飛札幌的波音七二七—一〇〇班機上的航班人員。

冬木和武藤分手後，直接前往東京機場，請長年進出機場記者室的《日本日報》社會部記者三浦設法取得這份名單。

接著，冬木又請三浦爲他安排與三位空服員中的任一位見面。自從發生劫機事件後，航空業者無不小心翼翼，戒愼恐懼。即便有報社背書，除非有明確的理由，否則基本上不允許員工接受私人訪談。然而冬木在記者室裡等不到十五分鐘，就見三浦從新世紀航空的公關室神采奕奕、笑容滿面地走回來。

「擔任座艙長的田淵久子小姐剛從福岡飛回來。她說能跟你聊一下，只是要請你到國際線航站裡的咖啡廳。」

「座艙長更好。」

冬木向晚他兩年進公司的三浦致謝。

十分鐘後，冬木跟著三浦來到與田淵約定的咖啡廳。緊鄰國際線大廳的餐廳和咖啡廳裡經常門庭若市。要是搭乘大廳旁的電扶梯上二樓，也有幾家餐飲店，不過客人相對稀少。

一名短髮女性坐在咖啡廳「silver blue」靠窗座位，眺望樓下的停車場。她就是田淵久子。白皙的臉龐襯托立體的黑亮眉毛，看起來聰明伶俐。

三浦介紹雙方認識後便返回記者室。

「百忙之中勞煩妳，實在是不好意思。」冬木首先低頭致謝。

「沒關係。只是，請問有什麼事？」久子些許不安地問。

「聽說六月二十日晚間，在妳執勤的五八五次班機上，發生一件怪事。方便的話，能否詳細描述當時的情形？」

沒想到，原本偏著頭默默聆聽的久子，頓時興奮地說：「您打算報導這件事嗎？」

「不，我只是非常感興趣而已。」

「噢。」久子帶著困惑的微笑再次低下頭。冬木以爲田淵久子不想多談，便在心中盤算起是否要說明事情原委，久子卻頓時抬起頭，苦笑望著冬木。

「要我詳述有些困難，因爲我們至今還不清楚究竟是怎麼回事。」

「聽說自東京機場出發時，機上確實是客滿的，卻在途中少一名乘客？」

「沒錯。乘客登機時，我和另一名較資淺的空服員分別站在前後機艙入口處計算旅客人數。之後再把各自所得人數相加，包括嬰兒總共一百三十位，與櫃檯通報的一樣，我們立刻關上機艙門，五分鐘後便起飛……」

「何時發現少一個人？」

「約莫是抵達札幌前的二十分鐘左右吧。由於即將進入積雨雲區域，繫上安全帶的警示燈亮起。我在走道上確認乘客的安全帶時，赫然發現12C……就是座艙中間靠走道位子上的乘客不見人影。當然，我們連洗手間和駕駛艙都找遍了，就是未見該名乘客。」

「嗯。」

「愼重起見，我們決定重新確認乘客人數，於是請另一名較資淺的空服員計算。結果還是一百二十八名乘客，加上嬰兒則爲一百二十九人，依舊少一人。所幸沒有任何人發現異狀，加上飛機已來到千歲機場上空，便直接降落。」

久子起初顯得有些拘謹，一旦開口，視線便定在桌角一側，以極其愼重的語氣試著正確描述當時的情形。

「起飛時計算乘客人數時，是否有所疏失？會不會是其中一名空服員算錯？」

「應該不會。首先是櫃檯通知我們班機客滿，況且……登機時，我站在前門，事後回想，我確實曾看到12C有人。起飛後，另一名空服員也於配送濕手巾時，瞥見12C上的乘客。」

「嗯，12C的客人起飛後確實在座位上……可是，對方有無可能利用登機完畢後到機艙門關閉的短暫空檔，悄悄下飛機呢？」

「絕對不可能。一旦登機，除非突發急病或緊急事件，否則不能擅自下飛機。而當時並未發生類似狀況，也罕有乘客偷偷下機，我們卻沒注意到的情況。」田淵久子自信滿滿地解釋。

「那麼，」冬木仍不死心地繼續追問：「我突然想到一種可能。其中一名機組人員，也許是副駕駛或機械員……換句話說，就是站在前後艙門的兩名空服員除外，其他機組人員中的某一人，在旅客登機前暫時離開機艙，之後與其他登機乘客一同回到機上，卻被妳們列進旅客的總人數。」

「怎麼可能。」久子露出潔白的牙齒笑道：「若是機組人員，一眼就可認出。再說我們身上穿著制服啊。」

「會不會基於某種理由，變裝後刻意夾雜在一般乘客中走進機艙？」

「這很難講，不過我認爲不可能。」

「不可能？」

「是的。因爲起飛前二十分鐘，向櫃檯發出『登機ＯＫ』的指示時，所有機組人員都應該已在機艙內就定位。反之，一旦少一個人，就不能讓乘客登機。」

「不過，萬一有急事或遺忘東西想回航廈，該怎麼辦？」

「乘客開始登機之際，飛機必須完全準備就緒，達到登機完畢能立刻起飛的狀態，絕不允許藉口任何狀況擅自下機。倘使只是忘了東西，請地勤人員協助即可。要是突發機組人員非下機不可的狀況時，只能停止該人員執行勤務，改以緊急備用人員遞補。一切就緒後，才會讓乘客登機。」

久子臉上的笑容淡去，慣有的流暢語調讓人感受到乘客登機前，機艙內的緊綳氣氛。

「原來如此。機艙出入口，只有前後兩道供乘客進出的門嗎？」

「是的。後翼下方還有一道運送餐點的艙門。無論乘客或機組人員從那道門進出，反而引人注意。之後我也問過工作人員，確認當晚沒人出入那道門。」

「嗯，總之，乘客登機前，機組人員絕不可能離開機艙，再混進一般乘客裡上機嘍。」

「沒錯，絕不可能。」久子斷然搖頭，重複冬木的話。

冬木陷入沉默，僅有的一絲線索也遭所有事證否定。一名乘客究竟如何從完全密閉的機艙內憑空消失？

原本不以爲意的冬木，這會兒總算明白這事在航空人員之間傳爲「怪談」的緣由。久子彷彿也陷入沉思，望著偌大停車場遠方粼光閃閃的大海。

顧慮到久子的時間有限，冬木決定停止追問這謎樣事件，直接提出令他耿耿於懷的問題。

「這名消失的12C乘客，是怎樣的人？」

「綜合我們模糊的記憶，對方應是個身材纖瘦的女子。戴著誇張的大太陽眼鏡，身穿藍大衣或套裝，染成棗紅的頭髮垂肩……差不多如此。」

這些特徵已足夠。冬木早有預感，果然不出所料，久子描述的那名女乘客的特徵，除太陽眼鏡外，基本上和他在登機大廳不期而遇的美那子一模一樣。

美那子果眞沒前往札幌。她假裝要到札幌，事實上是去向不明。

冬木和田淵久子道別後，從國際線大廳正前方搭電扶梯下樓。此刻，他的思緒集中在一件事上。

旅客絕對不可能自飛行中的機艙裡憑空消失，**絕不可能**發生的事竟然發生，甚至是刻意藉此引人注意的謎團背後，必定隱藏著複雜的詭計。只是冬木當下還無法破解。

至少對冬木而言，美那子的行動如今依然是個謎。

以眞名訂機票，未戴太陽眼鏡直接走進登機口的美那子，看來是想讓特定人士以爲她要前往札幌，然而她卻未抵達目的地。不論是施展什麼魔法使自己「消失」，總之，她沒有搭乘降落在千歲機場的飛機是不爭的事實。

美那子爲什麼必須掩人耳目？

走下電扶梯、推動旋轉門，即將踏出陽光燦爛的門外的瞬間，冬木腦海閃過一個靈感。

說不定，美那子當天回福岡了。

福岡是美那子的故鄉。凡是認識美那子的人都認定她一旦離開東京，必定會先回福岡。填寫失蹤協尋的申請表格時，她的籍貫就是福岡市。朝岡也曾向玉川警署的白井課長提過，萬一在東京遍尋不著，他接下來會前往福岡徹底尋找。

美那子該不會是爲掩飾福岡之行，刻意僞裝成要去札幌的樣子。如此一來，便能成功將搜索她的注意力轉向北海道，而略過福岡。

再進一步思考，美那子為什麼必須出此下策以隱瞞福岡之行？這個疑問勢必與不可告人的想像互相牽連。美那子不希望讓任何人知道她去福岡，難道有難以啓齒的隱情暗藏其中？

正午的豔陽照射在柏油路上，冬木在烈日下赫然瞥見一抹陰影。

美那子和丹野之死有某種關聯！

那抹陰影似乎意味著冬木心中油然惴想的不祥預感。

但是，這樣的話……

走向「藍鳥」轎車停車處的短暫路途上，他逐漸理出更具體的方向。

美那子究竟想讓誰以為她將前往札幌？絕非冬木。因為當天冬木會在機場，純屬偶然。可想而知，一定是最想找到美那子的某個人。而可連結美那子與福岡的……冬木心中當即浮現一個名字。

3

美那子失蹤的消息終於在冬木住處的社區主婦間成為話題。不知從哪聽來的，消息靈通的郁子告訴冬木，可憐的朝岡先生每晚把小勉留在家裡，單獨外出尋找美那子。一開始只是心存懷疑的主婦們，後來竟擅自推測、謠傳美那子必定是和男人私奔，對朝岡更是多所同情。

睽違近一個半月，冬木來到位於社區外側、四周盡是矮樹植栽的美那子住所附近，心中不禁燃起難以形容的懷舊之情。酷熱的一天即將落幕，或許是難得清澈的紅澄夕照溫柔籠罩天地的緣故，冬木憶起初逢美那子的那個細雪紛飛的傍晚。穿同一件紫色和服的美那子，猶如將若無其事地走出樹蔭下。

在路旁玩耍的一群孩子裡看到小勉，冬木忍不住停下腳步。小勉生硬地騎在裝輔助輪的自行車上，扯著男高音似的尖銳聲調，與玩伴說個不停。身上的開領白襯衫與棉布短褲看起來小了一號。

小勉認出逐漸走向他的冬木，當下停止交談。他睜著酷似美那子的清澄眼眸緊盯冬木，接著露出靦腆的笑容，坐在腳踏車上輕輕頷頭致意。小勉似乎清瘦一些，卻長高不少。才幾天光景，身上就散發少年的氣息。

「好久不見，最近好嗎？」冬木盡量以輕鬆的語調問道。

「很好。」小勉點點頭。

「你爸爸也好嗎？」

「嗯，前幾天他帶我去海邊。」小勉一臉得意地炫耀，白皙瘦削的臉龐依舊帶著些許敏感的神情。即便失去母親的寂寥不太明顯，冬木還是感到一陣心痛。

「你開始游泳啦。」

「對，上上個星期六。一點也不冷喔。」

上上個星期六，正好是七月十六日，也就是丹野在福岡遇害的日子。

「爸爸在家嗎？」冬木接著問。

「在啊。」小勉點點頭。冬木認為，今天是星期五，朝岡理應會比平常早一點從幼稚園接小勉回家。

這時，只見朝岡隆人趿著拖鞋沿社區圍欄緩步走來。他身穿象牙色運動衫和白短褲，高瘦的身材、瘦削凹陷的臉頰與過去差不多。或許是曬黑的緣故，外表更顯憔悴。

朝岡嘴裡喊著「小勉」，走近後才驚覺冬木也在一旁。他一臉啞然，瞠眼直視冬木。接著，那張鼻梁高挺的端正面孔上掠過一抹厭煩。冬木頓時想到，難道朝岡對他和美那子的關係起疑了嗎？

「好久不見。」冬木主動寒喧。

「你好。」朝岡只低聲回應。

「最近有夫人的消息嗎？」

冬木目送著沒聽到父親呼喚、逕自和玩伴騎自行車離去的小勉背影。朝岡亦凝望著小勉。

「沒有，完全沒消息。」朝岡用力搖頭。

「這樣啊……你還是每晚外出嗎？」

朝岡一聽，詫異地望著冬木。他咧開薄唇，苦笑般回答：

「每天晚上是不可能的，有空才會去找。先前聽說新橋一家料理屋有個工作人員酷似我太太，我連忙趕過去，沒想到竟是別人。」

朝岡語帶消沉，所幸已不復見先前在澀谷十字路口巧遇時的絕望，反而流露出淡淡的惱怒。或許他已察覺一切努力終將徒勞，卻仍下定決心要盡人事，繼續找下去。

「美那子恐怕已離開東京。」朝岡目光移向暮色將逝的遠方天際，口中念念有詞。冬木凝望著他的側臉。

「假如不在東京，有任何線索顯露她的去向嗎？」

冬木試探朝岡對北海道之行的事是否知情，可惜朝岡依舊茫然望著彼方，臉上看不出絲毫反應。

「沒有。總之，杳無音訊。」

「該不會是去北海道吧？」

「怎麼可能。」朝岡神經質地瞥向冬木，彷若喃喃自語，隨後帶著警告冬木不要恣意猜測的神情沉默一會兒。「與其去北海道，我想她或許會回故鄉福岡。不過，她在福岡已舉目無親……」

至此，冬木決定轉移話題。朝岡難道對美那子的北海道之行毫無所知？只是現下就算他知情，繼續追問也是惘然。

「提到福岡……」冬木以鞋尖滾動地上的小石頭，邊思考提問的遣詞用字。「前些日子我剛好前往福岡洽公……請問嫂夫人結婚前住在福岡市的哪個地區？」

「靠近市中心的大濠區。那裡有座景色不錯的大濠公園，她先前就住在近旁。遺憾的是，如今房子也沒了。」

「搬家嗎？」

「不……」朝岡又瞄一眼冬木，猶豫著是否要繼續說下去。「其實美那子的親生父母早逝，她自小就過繼給膝下無子的伯父。伯父與伯母在三年前相繼過世，房子也轉手他人。」

「噢，原來如此。那麼她雙親的墳墓還在福岡？」

「是的。他們葬在平尾墓園，是一座很大的墓地。」

朝岡答著，以感到不可思議的神情注視冬木。冬木佯裝沒看見，繼續問：

「既然嫂夫人婚前住在福岡的大濠區，她當時有沒有上班？」

「沒有。她短大畢業後，上過半年才藝課。」

「住在大濠區的話，上課地點肯定是天神附近吧。」冬木忍不住說出市中心的名稱。

「大概吧。詳細情形我也不太清楚。只記得面對天神十字路口有一棟很高的大樓，她曾提到，上課的地點就在大樓裡的茶道或書法教室。」

寬長的電車軌道自大濠公園通往天神，是貫穿福岡市的主要道路。這段路也是丹野從西新町住處搭公車前往位在堅粕的九州鋼鐵上班的路途。美那子若搭公車上課，兩人便可能在公車上巧遇。

冬木頓時感到些許激動，按捺不住繼續問：「請問嫂夫人娘家姓氏？」

「遠山……」朝岡霎時明顯流露不悅的神色，「你有美那子的消息嗎？」他禁不住厲聲問道。

「不，只是我們報社在福岡有分社，我忽然想到，若你有需要，或許能請福岡分社的同事調查。」

「噢。」朝岡嘴上應聲，卻緊盯著冬木。那是直覺似乎另有隱情的反應。冬木亦正面承受對方的注視。

「你認識丹野靖久嗎？」

乍聞這突如其來的名字，朝岡似乎相當震驚。他倏地睜大細長的眼，直瞅著冬木。半晌，好不容易輕搖著頭低語：

「不。」

「你曾從嫂夫人口中聽過此人嗎？」

「沒有，我沒印象。」朝岡答得很快。「這個人怎麼了？」

「這個月二十日，慘遭殺害的丹野靖久被人發現陳屍在福岡西油山的一間出租山莊。老實說，由於分社同事恰巧與丹野熟識，常聽丹野提起八年前交往的女性。我猜，也許她就是嫂夫人。」

朝岡不由得皺起一字眉，一副難以接受的樣子。

「你的意思是，那名被殺的男人與美那子有關係？」

「不，這還不確定。我只是覺得，倘使您有任何相關線索，或許可從這起案件著手，說不定能因此找出嫂夫人的去向。」

「太麻煩你了。」朝岡僅輕輕低頭致謝，把妻子和命案扯在一起，著實讓他感到不自在。

見他沉默不語，冬木只好轉移話題。

「聽說十六日那天你們去海邊玩。」

「是啊。」朝岡表情和緩許多。

「公司在三浦半島的油壺設有招待所。利用中元假期，那天我和銀行裡兩名談得來的同事一早就帶著家人出發。由於擔心塞車延誤行程，三個家庭分乘兩輛車，早上六點便從東京啓程。一整天幾乎都在游泳。」

「眞好，小勉一定很高興吧。」

「是啊。老實說，我比較希望週末能在家裡好好休息，可是看著小勉每天上幼稚園，從未抱怨無聊的模樣，我不禁感到心疼，便決定趁假日帶他出門散散心。那次出遊我們一直待到週日晚上才回家，總算重溫久違的天倫之樂。」

朝岡望著騎自行車的小勉從建築物轉角折返，強忍滿腔悲痛回答。

7 CHAPTER 第七章

邂逅

1

福岡市西南郊區一處廣闊的平緩丘陵地的住宅區中，平尾墓園占據一大片面積。一座座整齊劃一的墓碑，順著斜坡井然有序地排列。站在丘陵高地上，沿海的街市可謂一目瞭然。

大概是鋒面又轉向，時序已進入八月初，全國各地依然持續著梅雨般多雲陰雨的天氣。福岡上空亦橫亙著厚重的雲層，飽含水氣的冷風掠過，墓碑間橫生茂密的麒麟草和荻葉搖曳，墓園四周竟提早飄蕩著早秋的寂寥。

利用「夜班」到「休一」兩天的假期，再度來到福岡的冬木悟郎，第一站要前往的目的地即平尾墓園。

冬木確信美那子是刻意僞裝前往北海道，實際上卻飛往反方向的福岡。他和朝岡會面交談後，直覺不論美那子回福岡的意圖爲何，一定會先到雙親墳前上香。即使美那子在世俗眼中被視爲「拋夫棄子、不明所以的失蹤女人」，但在冬木心中，她一直是個堅持傳統的女性。

或許受天候不良的影響，午後的墓園四周不見人影。

冬木站在以樹木區分界線的斜坡上，遠眺並排在灰濛濛天空下的偌大墓碑群。他並非想從這難以數計的墓碑中找出「遠山家之墓」，因爲可能不止一處，何況就算找到，也未必會留下美那子來過的跡象。

不過……此刻從白沙粒坡道捲起的冰冷寒風吹拂臉龐，冬木在思緒中描繪幾天前曾來上香的美那子站在前方坡道上的身影，不由得全身振奮起來。一瞬間，原本對美那子的疑惑和不信任感消失得無影無蹤，美那子依然與當時在鵠沼海岸一樣，和他並肩眺望著大海。「美那子雙親之墓」的想像，讓冬木聯想起她的少女時代。冬木當然無從了解，眼前卻浮現一道皮膚白皙、眼眸清澄、身材窈窕的少女形影，靜靜朝冬木一步步走近。

冬木憶起一本法國小說裡的情節，心中頓時充滿感觸：愛上一個人時，也會溯及既往地愛上自己所不知的那個人的少女或年少時期。

斜坡下有一片草坪，草坪上有間涼亭風格的建築，猶如高級餐廳般大方。靠近一看，才知原來是墓園的管理室。鋪著鵝卵石的玄關旁，販賣著香材和鮮花。

冬木不抱任何期待，只是進去碰碰運氣。

踏進意外寬敞的辦公室，冬木向身穿和服獨坐入口辦公桌前的中年婦女，出示美那子的照片。這和印在尋人海報上的是同一張照片，冬木出發前特地到玉川警署向白井課長借來。

「有件事想請教，六月二十日之後，照片中的女子是否曾來此地上香？」

女人手持照片仔細端詳。這片墓園裡墳墓眾多，怎能期待她還記得一個多月前來掃墓的女子？冬木開口詢問後，反倒洩氣。

豈料，女人放下照片後，像是憶起什麼似地望向冬木。接著，她氣質高雅的臉上浮現溫柔的微笑。

「她的確來過。我記得這個人，她很漂亮，而且……」

「她來過？」冬木無法扼抑地激動喊道。「她是來掃墓吧。」

「應該沒錯。因爲她在這裡買了鮮花和香材，打算走出去時，忽然感到不舒服，便坐在那邊休息十分鐘左右。」

女人指著玄關石地磚旁一張造型頗具現代感的木椅。女人之所以印象深刻，就是由於美那子曾坐在那張椅子上歇息。

「她一個人嗎？」

「是的。」

「她都說些什麼？」

「沒什麼。她休息一會兒，恢復體力後，就走上墓園。可能是不停流汗，她直呼福岡很熱。」

「她提過要去哪裡嗎？還講些什麼？」

女人訝異地望著冬木著急的神情。

「這……也沒什麼……」

「還記得那是幾月幾日嗎？」

「這個嘛……」

女人瞄一眼牆上的月曆，驚覺此際已是八月，只好凝視遠方思索。

「六月十五日，我前往鹿兒島旅行，回來後……」女人口中叨念有詞，拚命尋找喚醒記憶的線索，最後無奈看著冬木。「坦白說，確切的日期我記不清楚。不過肯定是過六月二十日，也許是二十一或二十二日。」

「她穿……和服嗎？」

「是的，一襲藍和服非常適合她。可能是和服顏色的關係，她臉色顯得有些蒼白。」

女人記得美那子提著一只黑手提行李箱，踩著疲憊的步伐走向墓地。

冬木向她致上萬分謝意後，走出管理室。

他的胸口因興奮而劇烈跳動，走出管理室時忽地感到一陣暈眩。

美那子果然來過福岡。

自上次出發至越南的兩天前，與美那子到鵠沼話別以來，她的背影第一次清晰眞實地呈現在冬木面前。雖曾在東京機場瞥見美那子，但冬木總覺得那個染髮、換上洋裝的美那子，是她僞裝的模樣。而穿藍和服來雙親墳前掃墓的美那子，才是冬木記憶中的她。對美那子而言，或許這才是出自眞心、毫無虛假的裝扮。

美那子在六月三日晚上離開朝岡家。接著，六月二十日冬木在機場看到她。這期間的十七天，她在哪裡、如何度過，冬木至今依然百思不得其解。或許如朝岡隆人所推測，她淪落到東京某個夜總會；也可能過著冬木想像不到的生活。

然而，六月二十日晚上，美那子佯裝搭乘飛往札幌的班機，隨後來到福岡。從六月三日到二十日之間，她身上究竟發生什麼事，迫使她必須採取這種迂迴的方法前來福岡？

從墓園管理室得知美那子的消息後，冬木更加確信，美那子參拜墓園的時間是六月二十一日或二十二日，且當時她曾說「福岡很熱」。這句話意味著她剛抵達福岡沒多久。

那麼，美那子會不會是在六月二十日佯裝北海道之行後，第二天一早搭乘完全反方向的班機到福岡？她一下機，便直奔平尾墓園，而後不知去向。

丹野租下望鄉莊十五號房的日期是六月二十五日。倘使丹野是爲美那子承租，那名擁有鑰匙、幾度進出十五號房的女人，很可能就是美那子。（冬木原打算拿美那子的照片給望鄉莊管理員看，卻基於兩個理由作罷。一是須藤僅遠距離瞥見女人離開的身影，遑論她當時還戴著太陽眼鏡。光看照片，須藤是很難認出來的。另一個理由則是，一旦過問須藤這些細節，福岡警方遲早會發現美那子的存在。）

就算冬木的假設成立，美那子在六月二十日到二十五日的行蹤仍舊是個謎。冬木認爲，八年不見的丹野和美那子，便是在這五天內重逢。丹野若預定要接美那子定居福岡，在她來福岡前先承租山莊實屬合理。此外，丹野家中並無貌似美那子的女人進出的跡象。

那麼，丹野和美那子是在何處、什麼情況下重逢的？

冬本所能想到的第一種可能，是美那子主動聯繫丹野，並相約見面。

第二種可能，則是美那子先與丹野認識的某個人取得聯絡，再透過對方與丹野接觸。

後者源於美那子刻意僞裝的北海道之行。她費盡心思隱瞞去向，或許可解讀爲福岡行背後，隱藏著不可告人的邪惡意圖。如今看來，這意圖依稀與謀殺丹野有關。不過，依現場情形判斷，一般認爲殺害丹野的兇嫌是男人。如此一來，可想而知，在丹野與美那子間還有第三名關係人。

不過，無論哪一種，就算美那子直接與某人取得聯繫，此時冬木也不可能查出來。因爲他們一定是在很隱密的情形下見面。

冬木又想到另一種可能：美那子只是單純回福岡罷了，且佯裝北海道之行完全與丹野無關。她獨自回到故鄉，打算在福岡生活，卻偶然與丹野邂逅，再續前緣。

若是這樣，就有機會找出兩人重逢的源頭。既然兩人重逢並非設計好的，一開始勢必不會避人耳目，反而在人多熱鬧的地方巧遇的機率較大。一旦找到他們不期而遇的地點，或尋得爲兩人牽線的第三者，或許便能進一步掌握美那子日後的行蹤。

冬木決定賭一賭第三種可能，他只能選擇這個可能，內心更期待當初眞是如此。他不希望美那子離家之際，就把丹野當成救生艇。冬木暗忖，若朝美那子和他人勾結，並刻意接近丹野的方向思考，便無法不懷疑她和這樁殘忍的謀殺案有關。無論離家出走的緣由爲何，冬木企盼一回到福岡隨即前往雙親墳前上香的美那子，心中依舊純淨如白紙。

由此，美那子起初應該只是單純想回福岡生活，和丹野毫無關聯。若是這樣，美那子決定如何過日子？

朝岡隆人曾說美那子在福岡舉目無親。果眞如此，她只能投靠朋友。朝岡想必早向這些人打探過。

萬一美那子不想依靠任何人並自立更生呢？

這一刻，冬木才驚覺朝岡的推測不無道理。毫無謀生能力的女人一旦想獨立生活，淪入聲色場所是最常見的選擇。只要投身酒店、舞廳，至少可維持基本生活無虞。

冬木離開墓園，走進一家別致的咖啡店。他拿起紅色投幣式電話，打到ＳＢＣ的節目製作部。

丹野怜子恰巧在公司。早上冬木上飛機前，曾通知怜子他到福岡的行程。一聽是冬木，話筒裡便傳來怜子爽朗的話聲：「你在哪裡？」

冬木告知地點後說：「有件事想請教……」

冬木問怜子，是否清楚丹野靖久生前常去應酬的酒店、夜總會和料理亭等，他想先前往這些地點調查。

「我沒辦法馬上回答……我去問問公司的人，查清楚後再跟你聯絡。」

怜子的語調依舊開朗輕快。

2

料理亭「水城」

夜總會「黑薔薇」

夜總會「RED RIVER」

酒店「COSMOPOLITAN」

十五分鐘後，怜子回電告知這四家店及其他三間小酒館的店名。不過她說這幾家小酒館不用特地調查，因爲丹野酒量雖好，卻喜歡在家獨自品酩，很少外出飲酒。至於列出的這四處，則是他經常招待客戶應酬的店家。原則上他極少去小酒館，通常只在應酬後偶爾到這些地方小酌一番。

冬木決定先調查這四家店。

配合酒店、夜總會晚上六點的營業時間，冬木亦從六點整起陸續走訪。直到八點，總算詢問完其中三處。他從西邊起依序前往「水城」、「黑薔薇」、「RED RIVER」，可惜皆毫無所獲。就算結束調查，依然難以確定美那子是否曾在這幾家店工作。經過這一晚，冬木才深刻體會到搜查這類案件的難度。

不過，至少料理亭「水城」沒有這樣的問題。冬木向老闆娘出示美那子的照片，並詢問六月二十日以後，美那子是否曾在餐廳工作。老闆娘斬釘截鐵地否認，毫無隱瞞的樣子。

那珂川貫穿福岡市，將市區分隔成東西兩岸。冬木的調查行動在位於西岸西中洲的「黑薔薇」裡陷入膠著。這家夜總會不僅規模大，女性員工也多得驚人，加上流動率高，領班根本記不清所有人的長相。就算美那子在此工作過，也是一個多月前的事情，遑論可能只上工四、五天。

身材瘦小的領班，年紀雖輕卻顯得穩重老成。他拿著冬木遞過去的照片，一臉困惑，略偏著繫黑蝴蝶結領帶的脖子說道：

「店裡的工作人員超過兩百名，流動率又高。待三兩天便離開的人多得數不清，更別提只做一天就不來的。很抱歉，沒辦法告訴你她是否曾待在這裡……我對這個人沒什麼印象啦。」

他的語氣聽來謙恭有禮，卻略歪著嘴稍顯不耐。

出於無奈，冬木只好走進夜總會。即使領班不記得，現場的小姐總會有印象吧。

遺憾的是，從圍坐在冬木這桌的三個女人身上，也得不到任何值得期待的反應。裝潢成維多利亞風格、猶如劇場般的店裡排滿桌子，眾多小姐游走於各檯桌。即使冬木有心，也不可能拿著照片一個一個追問。待不到三十分鐘，他只能帶著失望的心情離開「黑薔薇」。

「RED RIVER」比「黑薔薇」的規模至少大上一倍，是幢牆上鑲嵌著繽紛磁磚的雄偉建築，彷若大飯店。通往這家夜總會的街道上，甚至可看到寫著「稱霸博多，最大規模」的廣告看板。

這家夜總會裡有近四百名小姐，領班的回答同樣不著邊際。就算再找兩、三名副領班詢問，也無法獲得確切答案。

不得已，冬木只好再次走進夜總會，找個檯子坐下，可惜結局和「黑薔薇」相同。眼前的五名小姐依序拿起美那子的照片端詳，直讚歎她的外貌，而後竟談論起結婚運或男人運如何、面相算命如何等話題，甚至還說起黃色笑話。

走出「RED RIVER」時，冬木頓時像吞下鉛塊似地全身疲憊不堪。福岡市最熱鬧的中洲附近，隨著日落時分較晚的九州天空被夜色染黑，周圍漸次湧起異色的熱氣。原本曝曬在豔陽下，支架上沾滿塵埃的霓虹燈此時皆閃爍著璀璨光芒，多采多姿的人工照明支配了街道。汙濁的那珂川河水彷彿被漆成黑色，兩岸燈火映照在水面上搖曳生姿。以那珂川為界，東側稱為博多，西側稱為福岡。一般認為福岡是新開發的市區，而博多則較為老舊。

冬木拖著沉重的步伐踱過那珂川橋，深感自己的做法非但沒效率又不得要領，根本像個局外人。美那子確實來過福岡，且應當和丹野有所聯繫。難道除了這種方法外，找不到一絲足以證明兩人接觸過的明確證據嗎？

極度疲憊與焦慮下，冬木想起朝岡。美那子失蹤後，朝岡幾乎每晚反覆在東京街頭詢訪，一想到他尋找的是妻子，景象益發悲慘。冬木憶起最近曾在電視上看過一段紀錄片，男主角的遭遇和朝岡大致相同。鏡頭下捕捉到那名藍領階級的年輕父親落寞的神情，可說是朝岡的翻版。這些燈紅酒綠、吞食無數女性的聲色場所，彷彿巨大的怪獸。

而冬木如今也只能採取此一途徑。若要以淪入聲色場所的美那子偶然與丹野重逢的假設繼續追查，還是在丹野常去的酒店裡找到線索的機會較高。眼下已沒時間前往丹野常帶客人去喝第二輪的小酒館調查，總之冬木仍邁開腳步，決定到筆記本上的最後一家酒店試看看。

「COSMOPOLITAN」位在過那珂川橋的河道邊，給人一種寂靜的印象。昏暗牆面上張貼著「誠徵女侍／高薪／供住宿」的徵人啓事。冬木眼中忽然閃現盯著徵人啓事的美那子身影。這個幻影和站在墓地的美那子判若兩人，一股莫名的憤恨驟然從冬木心中爆發。

冬木照例在櫃檯要求與領班見面。

「她有事外出，一小時後才會回來。」男侍畢恭畢敬地回答。

於是冬木走進店裡。「COSMOPOLITAN」的規模比前兩家夜總會小很多。暈暗的店內，每張桌上都點著紅色小燈。僅最後方那面牆的燈光明亮，一名中年男子正對著白色鋼琴彈奏軍歌。

男侍引領冬木到牆邊的座位。沒多久，三名女侍走過來，親切地圍坐在他身邊。這裡的女侍氣質和夜總會裡的很不一樣。

來到這家店的冬木喝得豪爽，女侍亦頻頻勸酒。三個人都很開朗。酒酣耳熱之際，他順勢拿出美那子的照片放在桌上。冬木沒抱太大期待，只是輪流望著三個人。

「應該是六月二十日以後吧，這位女士是否曾在這裡上班？」

三人不約而同地盯著照片。其中貌似年紀最大，身穿和服的女侍特地貼近照片仔細端詳，忽而抬起頭對同伴竊竊私語：

「這不是綠子小姐嗎？」

「對耶，是綠子小姐。」其他兩人同聲附和。

「看來她曾在這裡上班。」冬木迫不及待地低聲問。

「嗯，可是只待四、五天就離職。」身穿和服的女侍轉頭面對冬木。

「她爲什麼離職，妳有印象嗎？」

「這……」穿和服的女侍轉頭看同伴一眼，「她好像不太適合在這種地方上班？」

「就是啊。」穿著低胸洋裝，露出豐滿胸部的年輕女侍不禁噘嘴大表同意。「不論客人說什麼或問什麼，她只會回答是或不是。人長得再美，做這一行可不能只靠外表！」她語調尖銳，講得口沫橫飛。另一名長相平凡、個性文靜的女侍跟著說道：

「聽說她惹客人生氣，再也待不下去，只好離開……」她含蓄地望著冬木。

「對啊。」穿低胸洋裝的年輕女侍立刻附和，露出好勝的神情。「那天我無意間看到，她只是被客人摸一下屁股，就誇張地驚聲尖叫，還憤怒地甩開客人的手，害客人的眼鏡在混亂中掉下來摔破。當時場面很尷尬，加上那客人又喝不少酒，我眞擔心場面會失控……多虧丹野先生出面解圍，才讓事情和平收場。」女人語畢還轉頭希望博取夥伴的贊同。

「這位丹野先生是在場的客人嗎？」冬木意外帶著平靜的口吻問道。

「是的，可惜他前陣子過世了。」穿低胸洋裝的年輕女人忽而哀悽地回答，戴著假睫毛的眼睛同時垂下。

「應該是丹野鋼材的社長吧？我認識他。」

「哎呀，原來如此，他可眞是個大好人啊。」

三個女人彼此對望，點頭同意，接著提起丹野的往事。在她們的印象中，丹野靖久是個不折不扣的鐵工廠老闆。他不修邊幅、沉默寡言，雖然沒有女人緣，談話卻幽默風趣，且聽說在異性關係上異常執著純情。他待人誠懇，即使對待女侍，也很是尊重，所以女侍都對他很有好感。他每個月會到店裡一、兩次，並沒有特別中意的女侍，多半只是招待客戶。

「和綠子小姐起紛爭的男人，是丹野先生帶來的嗎？」冬木試著轉回正題。

「不是。」穿低胸洋裝的女人發出詭異的笑聲，「當時他坐在隔壁桌，一聽到有爭吵聲就特地走過去，並安撫怒氣沖沖的客人。眞不愧是丹野先生。」

「原來如此。丹野先生是和公司的人一起嗎？」

「對，好像是專務和他一塊來招待客戶。」一旁文靜的女侍旋即回答。

「那專務叫倉橋，是嗎？」

「沒錯，倉橋先生也常來。」

倉橋，他的名字好像叫滿男。怜子的未婚夫，丹野的左右手。冬木能清楚記起倉橋健壯的體魄，及聰明、英挺、充滿男子氣概的面孔。冬木上次遇見倉橋的場合，正是在望鄉莊發現丹野屍體後，倉橋接到通知火速趕至現場的那天。雖然僅一面之緣，但由於他是怜子的未婚夫，冬木對他印象深刻。

「公司員工就只有倉橋一人嗎？」冬木咄咄追問起來，女侍不由得頻頻眨眼，滿臉疑惑。

「嗯……其他的客人都是第一次見面。其實我也不太清楚。」

「綠子小姐當晚就辭職？」

「第二天便沒再來了。」年輕的女侍應道。
「她在這總共待幾天？」
「從六月底起，頂多四、五天吧。」
「這樣啊……」
身穿和服、沉默寡言的資深女侍，皺起塗成咖啡色的眉毛，惋惜地說道：
「綠子剛來上班時，我曾提醒她不該來這種場所。像她這種美女，一定能找到願意爲她奉獻一生的男人。在他的懷抱中生活才是最幸福的。」
冬木憶起，玉川警署的白井課長講過類似的話，或許這就是埋藏在大多數風塵女子內心深處的夢想吧。睽違八年，美那子無意間邂逅那名始終深愛自己的男人。然而，住在依山的山莊接受對方保護，對美那子究竟是幸福，抑或陷入難以挽回的悲劇？
冬木不勝感慨，但他的注意力隨即集中在丹野靖久與朝岡美那子重逢時，倉橋滿男也在現場的事實上。

8 CHAPTER — 第八章

太遲

1

八月三日下午九點——

搜查會議結束後，西福岡警署搜查課的辦公室裡，依然充斥著沉重的氣氛。沾滿灰塵的日光燈釋放出混濁光線，映照著滿室緩緩瀰漫的煙霧。無風又悶熱的夜晚，就算窗戶全開，也只有溽熱的夜風輕輕飄進來。

凝滯的空氣，彷彿訴說著陷入膠著的調查工作。

丹野靖久的屍體發現至今已過兩週。專案小組雖查明丹野靖久捲入的事件，也列出兩、三名嫌疑人名單，卻遲遲無法掌握更關鍵的事證，導致這幾天的偵查幾乎原地踏步。

最可疑的嫌犯當然是郡司祥平和倉橋滿男。此外，也有人認爲丹野怜子與整起案子關係匪淺。提出這種看法的人當然有具體的理由。

首先是郡司祥平。

倉橋曾在案發後兩天，親赴搜查總部說明丹野「失蹤」的來龍去脈。當時他提到，郡司請求丹野在他開出的票據上作保，由於丹野不便當面拒絕，決定在九州鋼鐵的狀況明朗前暫避一段時間。

之後調查人員也對郡司進行偵訊。在警方追問下，郡司承認曾拜託丹野爲票據背書。只是在得到回覆前，丹野即去向不明。不過郡司本人從未將丹野的失蹤與票據擔保一事聯想在一起，單純以爲丹野的失蹤與他無關。原因在於，郡司並非只請丹野一人爲票據作保，既然如此，當然也不可能特別留意丹野的去向，更沒聽過望鄉莊。

郡司表示，先前未向調查人員坦承此事，主要是丹野曾在自己手下工作過，想盡可能避免讓外界知道自己曾向丹野請求援助。

可惜，這些都是郡司的片面之詞。也許郡司早看穿丹野避而不見的目的，於是千方百計找到他藏身的望鄉莊十五號房。而後兩人發生爭吵，最終導致郡司失手殺害丹野。這種推測也不無可能。

更何況，郡司根本沒有七月十六日的不在場證明。一旦查出殺害丹野的動機，郡司便是最可疑的嫌犯。

無奈的是，搜查總部至今未能逮捕郡司，原因之一就在於所有疑點都必須有足以證明的事證。而截至目前爲止，仍找不到任何關鍵性的證據。

首先，搜查總部無從證明郡司曾前往丹野藏身的望鄉莊十五號房。在瀕臨破產的緊要關頭，郡司沒理由獨自前往望鄉莊，想必會拜託其他人，但找不到具體事證。

其次，郡司提不出不在場證明的十六日早晨，亦找不到他進出望鄉莊的證據。不僅望鄉莊的房客沒人在當天早上見到他，前往望鄉莊的登山入口，不管西側福江商店或東側西里社區附近，都沒有目擊證人。西側固然人煙罕至，東側的西里社區卻是新興社區，超市、商家眾多，無論早晚，往來此地的上班族相當多。犯人若從東側進入望鄉莊（目前大多贊同這個看法），就不會太引人注目，導致不利偵查。

案發現場的十五號房裡亦未能找到郡司的指紋。當初鑑識人員無法從做為凶器的青銅菸灰缸上採集到指紋時，搜查總部就料想到犯人逃離現場前曾仔細擦掉指紋。而警方在房裡取得包含丹野在內的數枚指紋，經比對發現，沒有一枚符合丹野身邊的人。看來這些指紋應該是建築師業者和過往租賃這間房的人所留下。

另一個無法認定郡司爲犯人的因素，則是女人的問題。

案發當天早晨，一名年輕女子走出十五號房。一般認爲這和丹野搬進前，也就是六月二十日到七月九日期間出入十五號房的女人是同一人，且涉案的可能性極高。根據倉橋有關打電話的證詞可知，這女人可能見過犯人，不料她卻從此銷聲匿跡。於是，搜查總部大膽假設她在犯人行凶前，早已將丹野託她保管的十五號房鑰匙交給對方。

只是郡司身邊也找不到這樣的女性。由於這女人意外地難以追查，致使搜查始終原地踏步，不見進展。

至於被害者丹野周圍，也沒有類似女性的蹤跡。

搜查總部最先注意到丹野的祕書高見由理枝。且調查後發現，丹野與由理枝的關係不止單純的老闆和祕書的傳聞，在丹野鋼材內部早就是公開的祕密。單身的丹野不論到哪裡，一定會把令男人怦然心動的由理枝帶在身邊，傳聞想必甚囂塵上。丹野向來無視這些流言，而由理枝縱使面對冷嘲熱諷，也從未嚴正否認。

豈料，由理枝在調查人員面前卻矢口否認兩人的關係。她表示，自己受到社長的器重，打從心底尊敬他，也願意鞠躬效力。就算兩人獨處一室，丹野未曾對由理枝有任何踰越的舉止，她也從未有非分之想。她很清楚公司裡流言滿天飛，可是眾口難犯，她寧願選擇沉默以對。

先不論這席話的眞實性，倘使硬是認定由理枝即爲那女人，亦有證據不足之處。

由理枝確實提不出七月十六日早上的不在場證明，但十五、十六日兩天，她原本請生理假，沒料到社長忽然失蹤，以致臨時無法休假，這兩天下午她都到公司上班。由理枝的老家是大分縣的農家，目前寄宿在公司東側室見川沿岸的親戚家。她獨自住在一旁的套房。十六日上午，她都在自己的房裡休息，直到中午過後，家人才在餐桌旁見到由理枝。意即，由理枝無法提出十六日上午的不在場證明。

然而，這至少證明須藤管理員在六月二十五日到七月九日間，兩次在白天所遇見的女人絕對不是由理枝。因爲這段期間剛好是月終到月初，是丹野鋼材每個月最忙碌的時刻，由理枝一整天都待在公司處理例行事務，上班時間幾乎沒離開過公司。

爲求謹愼，警方還是把由理枝的照片拿給須藤和十號房住戶小泉悠子確認。兩人見到的女人分別都戴著帽子和太陽眼鏡，無法當下確定是否爲由理枝。雖然小泉悠子表示有點像，仍沒有明確的答案。

搜查總部得知那女人不是由理枝後，立即將注意力轉向其他與丹野關係密切的女人身上。主要是丹野生前常去的酒店、夜總會裡的女人。可惜這方面的收穫不大。即使找到兩、三名與丹野發生過關係的女人，卻多是一時興起的買春對象，並未和丹野有更進一步的交往。這些女人也都能提出十六日的不在場證明。

如此一來，丹野足堪信任並交付山莊鑰匙的年輕女性，便只有妹妹怜子。這就是怜子涉案可能性相對提高的主因。事實上，並非丹野的情婦才能進出他租下的住所，妹妹或許曾為某事前往望鄉莊。

無論是須藤看見女人的那一天，還是小泉悠子瞥見女人的十六日上午，怜子都提不出明確的不在場證明。就這一點而言，怜子的立場確實比由理枝不利。怜子任職於電視公司節目製作部，工作性質使然，非但上班時間不規律，白天外出的情形更是常有。她在十六日下午一點左右離開公司，且無法證明須藤目睹那女人時，自己在哪裡。

（當然，怜子曾表示，在警方發現屍體前，她根本沒聽過望鄉莊。）

警方亦出示怜子的照片供小泉悠子指認。須藤曾與怜子見過面，且出乎意料的是，須藤竟回答「有點像」，小泉悠子則略偏著頭陷入思索。

中川圭吾心底一直對怜子抱持某種程度的質疑。因為從一開始找他商討丹野失蹤的問題，到後來在望鄉莊發現屍體的這段期間，怜子的態度產生劇烈轉變。

七月十三日第一次前來拜訪中川的怜子，面對兄長失蹤五天表現得從容不迫，甚至為顧及顏面，一度遲疑是否該提出失蹤協尋的申請，當時中川還為此焦急不已。未料到十八日上午，她一改向來的沉著，神情憂慮地迫切要求警方公開協尋，二十日當天更親上火線，公開向全國觀眾提出協尋丹野的請求。

十三日到十八日中間究竟發生什麼事，促使怜子的態度驟變？據推測，丹野於十六日早晨遇害身亡，難道是這個事實讓怜子的態度爲之丕變？而期間還發生另一件事，即九州鋼鐵恰好在十六日宣布倒閉。中川察覺這點巧合後，便獨自到福岡城遺址附近閑靜的住宅區，拜訪獨居的丹野怜子。這是發生在前天晚上的事。

面對中川無情地詰問怜子態度遽變的緣由時，怜子竟意外坦率：

「當然有原因啊，我決定上電視節目放手一搏。」

「放手一搏？」

「是的。幸虧上節目，才能獲得料想不到的線索，並找到命案的源頭。不過我原本沒抱太大的期望，只是覺得就算哥哥沒親眼見到我上電視，這事一定也會傳到他耳中。到時他爲顧及臉面，就會現身。」

「換句話說，妳依然相信丹野是自願藏匿起來的嘍？」

「即使如此認定，難免還是會擔心，才特地請教您的意見。可是之後發生另一件事，哥哥依然沒回家，我不由得心神不寧起來。當初我認爲一旦上電視，哥哥爲保住商場上的名聲，一定會匆匆忙忙地趕回來。萬一這麼做仍杳無音訊，就肯定出事了。這便是我下的賭注。」

回到家卸下妝容，怜子豐腴的臉上依稀可見中川記憶中少女時代的影子。不同的是，她講話的口吻更爲流暢、理智。

「妳剛才說發生一件事，是指九州鋼鐵破產？」

「嗯……」

「那麼，妳也曉得丹野刻意失蹤的理由？」

「不很清楚……只是隱約察覺而已。」

「是倉橋透露的嗎？」

「不是，他什麼事都不告訴我。」中川一提起倉橋的名字，怜子眼眸迅速覆上一層暗影。「六月中，哥哥無意間跟我提到郡司先生出了道難題給他，令他十分爲難。您也曉得，不久九州鋼鐵即宣告破產。考量當時九州鋼鐵的營運狀況，我暗自猜想，哥哥大概是不便當面拒絕郡司先生的請託，只好選擇避不見面。一旦九州鋼鐵倒閉，他理當會立刻返家……」

語畢，怜子抿嘴低下頭。

「原來如此，我總算明白妳爲何有此轉變。」

停頓半晌，中川再度溫和問道：

「剛才妳提到，倘使上電視節目，就算哥哥沒親眼瞧見，也一定會傳到他耳中。換言之，有人知道他藏匿的地點？」

怜子抬起頭愣一下，瞳眸似乎更顯黯然。不一會兒，她垂下眼簾，似乎想掩飾眼底的陰鬱。

「倉橋曾說，直到十五日夜裡他接到電話後，才明白丹野失蹤的原因和藏匿的地點。原則上，他應該早已知情吧？」

面對中川窮追不捨的提問，怜子僅沉默片刻，垂著頭低喃：

「或許吧，哥哥凡事都找他商量……不過老實講，我也不太清楚。」說完，怜子的頭再也沒抬起。

不久，中川準備告辭離去。

怜子起身送客到門口的當下，中川提出另一個問題。眼前狹窄卻布置得別致脫俗的玄關旁，擺著一盆粉紅康乃馨，襯著掛在後方的奶油色窗簾，散發出女性優雅柔和的氣氛，和僅僱用一名通勤女傭的丹野住處的嚴肅氛圍形成強烈對比。

「妳爲什麼不和哥哥一起住？我記得你們兄妹的感情特別好，而且若妳能陪在丹野身旁，他一定會非常開心。」

怜子瞠大細長雙眸直視中川。面對突如其來的質疑，她竭盡所能壓抑內心紊亂的情緒。

「三年前，出於何種原由迫使妳搬離西新町老家？」

「沒特殊原因。」怜子啞聲回答。「沒有。」

在中川的注視下，怜子連搖兩、三次頭，狹長眼角隱約沁著淚水。

這淚水代表什麼？中川凝望著停滯空氣中緩緩飄動的煙氳，內心不禁反覆思索……

2

「目前，我們已知至少有三個人曉得或察覺丹野刻意失蹤的理由。」

宗像課長爽朗的話聲打破滯澀的沉默。他嚴肅的面孔加上眼鏡後方沉靜的眼神，一向給人冷酷的印象。事實上，他爲人和氣，無論案情如何複雜膠著，從未顯露急躁之色。會議室裡尚有中川組長、小田切主任、飛田刑事及香月刑事等四人。集合近八十名調查人員的搜查會議結束後，縣警局廣池一課課長業已先行離去。

「郡司祥平、倉橋滿男、丹野怜子，這三人原先都表示隱約知情或毫不知情，但也許他們早從丹野口中得知或自行查出其藏匿地點，而後伺機潛入，置他於死地。」

「我覺得起碼倉橋是事先知情。」飛田傾身向前搶著回答。大學畢業、自認是「理論派」的飛田，在案發時就對倉橋很是反感。調查員也是人，工作上難免摻雜個人好惡。

「我認爲，是倉橋建議丹野採取這種方式迴避郡司的請託。從丹野的性格和過往與郡司的交情推測，或許丹野原打算協助郡司度過難關，卻遭倉橋強烈反對，迫使丹野選擇避不見面……」

儘管飛田的推論有些感情用事，中川卻頗認同他的看法，甚至覺得正因看穿這點，先前上門拜訪時，郡司才會直截了當地形容倉橋「性情冷酷，野心很大」。

「極可能是倉橋慫恿丹野躲避一段時日，而後利用機會將他殺害。」宗像接著講出自己的推測。

「沒錯。」飛田應道。

「這麼一來，那女人或許就是怜子。」小田切盯著天花板自言自語。飛田旋即轉頭對他說：

「我認爲怜子一開始便串通倉橋，表面上以照顧丹野起居的名義進出十五號房，暗地裡找機會讓倉橋下手行凶。須藤碰巧遇見的那女人，在丹野七月九日入住後搞不好還去過丹野的臨時住所，只是沒人看見而已。」

「十六日上午，她爲什麼要去十五號房？」小田切依然顧我地望著天花板，悠悠冒出疑問。

「關於這點，我也拚命在想……」飛田灼熱的目光移往昏暗的窗外。「不過倉橋有不在場證明。一旦對他心生懷疑，就得破解他的不在場證明，否則無濟於事。」

宗像聽完，分別看了看在場的每個人，並重新點起一根菸。會議室再次回到苦悶的沉默中。

「我也覺得倉橋不對勁。可是要證明他行凶，除不在場證明的問題外，還存在著另一個極大的矛盾。」始終保持沉默的中川和穩地開口，所有人皆不約而同看向他。「若是倉橋說服丹野藏身偏遠郊區的出租山莊，而後趁無人知情的時機殺害丹野，這點我能理解。但果眞如此，倉橋未免太沉得住氣。」

「你的意思是太晚動手？」宗像問道。

「沒錯。當時九州鋼鐵危在旦夕，一、兩天內就可能宣布倒閉。屆時，丹野自然會立刻返家。否則，時間拖得愈久，愈容易引起其他人懷疑，找到丹野的機率也愈大。丹野七月九日失蹤，十六日遇害。九州鋼鐵亦於同天正式宣告破產。這麼看來，倉橋似乎是趕在最後一刻行凶。」

「難道倉橋眞的是直到七月十五日晚上接到丹野電話後，才曉得他的藏身之處？」最資淺的香月刑警白皙臉龐泛著潮紅，羞赧地在眾人面前表達看法。他雖然十分認眞，卻因經驗不足，常輕易全盤相信嫌犯的說詞。

「還有另一種可能，倉橋其實想盡快下手，可惜苦無機會。」小田切搔著光禿的額頭。

「即使如此，所有狀況也沒改變啊……」香月忍不住應道。

「不，大不相同。從丹野住進十五號房的兩天後到十五日中午爲止，住隔壁十六號房的鄉土史學家森脇眞二郎曾提及，他每天一定會和丹野碰面聊天。基於此，倘使倉橋錯過丹野住進望鄉莊的前兩天，便得延至十五日下午之後行動。」

「是……」香月沉思著。

宗像接著提出意見：「是嗎？森脇並非整天觀察丹野的作息，何況他的生活作息迥異於一般人，每天從傍晚睡到半夜，深夜十二點多起床工作到中午。換句話說，他與丹野碰面的時間，也不過下午的兩、三個小時。再者，那座出租山莊每間房的隔音設備都很完善，幾乎聽不到隔壁傳出的聲響或交談聲。所有條件齊備的情況下，一旦倉橋預謀犯案，絕不可能錯失任何機會。就算森脇住在隔壁，只要挑森脇不注意的時刻下手就好。」

「嗯……」這會兒輪到小田切雙手交抱陷入思考。

「還有什麼理由迫使倉橋必須延後犯罪？」飛田面露不想放過倉橋的神情。而所有人皆一致點頭贊同宗像的說法。

對於飛田口中的「理由」，中川首先聯想到，倉橋的不在場證明是僞造的，也就是利用工作之便刻意製造不在現場的假象。但倉橋的不在場證明，經過十六日清晨和倉橋一起前往別府的田久保建設社長及其他四名同行者的證實，根本無庸置疑且牢不可破。連打電話給丹野一事，也有旅館和電信公司背書。

難道倉橋完全不可能是兇犯嗎？看來繼續開會討論只是浪費時間。

宗像再次環視在場所有人，打破沉默問道：

「大家想想看，若行凶時間在十五日之前，情況將有什麼改變？」

「或許會更早發現屍體吧。」

香月認眞地輕聲吐出理所當然的答案。中川不禁苦笑，但緊接著猛地心頭一震。眞是理所當然嗎？十六日早上遇害的丹野，屍體到二十日下午才發現。萬一丹野在十四日或十五日就遇害，屍體一定會「提早」曝光？一定會被找到？顯然並非如此。反之，若丹野在森脇十五日上午十一點鐘離開十六號房間之前便已遇害，每天和丹野碰面的森脇必會察覺情況有異，進而四處打聽。那麼，或許行凶次日便會發現丹野的屍體。

這一刻，中川恍然大悟。

嫌犯之所以眼睜睜看著動手的機會一天過一天地流逝，寧願按兵不動，就是擔心很快在第二天東窗事發。或許是基於這層考量，兇手才耐心等到森脇離開後犯案。

望鄉莊地處偏僻，出租的情況十分常見，加上承租者多半不在，住戶間不會密切往來。森脇和丹野的交情則是例外。而管理員約莫三、四天巡視一次，亦不太注意住戶的生活細節。

因此，即便十五號房的丹野遇害，一旦隔壁的森脇不在，望鄉莊裡的住戶大概也要一段時日才會發現吧。

另一方面，丹野一直處於躲藏的狀態，恐怕只有犯人（無論是一人還是多人）知曉「望鄉莊十五號房」。真是這樣，外界很難及時發現丹野遇害。

這不正是兇嫌選擇在望鄉莊動手的理由嗎？

那麼，屍體晚些曝光有什麼好處？答案只有一個。死後時間愈久，屍體就愈不容易驗出細微差別。倘使死亡四十八小時，光靠屍體外表及解剖推定死亡時間，勢必存在風險。這種情況下，則有賴現場物證與證詞，盡可能縮小推定死亡時間的範圍，以判斷出較準確的行凶時刻。

丹野的案子亦是如此。根據赴現場驗屍的芹澤醫師和負責解剖的九州大學助理教授奧村所做的報告，死亡時間在七月十四日上午十點，到七月十六日中午。後來將行凶時間的範圍局限在十六日上午八點到中午四個鐘頭，並非基於驗屍所得的科學證據，而是依現場狀態及證人的證詞得出的結論。

中川快速思考之際，滿腹怒火驟然溢湧而上。因爲他看穿其中的意圖——兇手早預測到警方偵查的順序，於是以意想不到的方法正面挑戰調查當局。

首先，誤導警方判定行凶時間在十六日早晨八點到中午的關鍵爲何？

其實正是報紙和牛奶。十六日的早報被拿進室內，但從十六日的晚報到屍體曝光的二十日之間，每份報紙皆原封不動地隨意插在門縫。十六日一早送來的牛奶似乎已喝完，空瓶置於水槽。可是十七日早上送來的牛奶仍在門外的箱中。其次，住斜對面十一號房的女子表示，曾在十六日上午七點左右，看見十五號房的窗簾拉開，並目擊到一個身穿睡衣的人影。

再加上倉橋打電話的證詞，警方便確定行凶時間在十六日早上。

姑且不論倉橋打電話這件事，單就前三個線索深思，其實相當容易僞造。例如，十六日的早報不見得是丹野親自拿進房。

思及此，中川自然聯想到十六日早晨走出十五號房的女人。她爲什麼會在十六日清晨現身十五號房，至今依然是個謎。然而，或許這是爲製造丹野十六日早上還活著的假象。

假設丹野在十六日早上之前遇害，女人則在十六日清晨潛入十五號房，早上七點一到，立刻配合丹野的作息拉開窗簾，並換上丹野的睡衣，以防有人從窗外瞥見。她大概只披著丹野的睡衣，沒想到居然被十一號房的住戶瞧見。到了八點，她自門縫抽起早報，放至和室的枕頭邊。同時，將送來的牛奶倒入水槽沖走，只留下空瓶。女人布置完現場後，再也無法忍受和屍體共處一室的恐懼，九點五十分左右，便走出和室、拉上窗簾離去。（十一號房的住戶證實，她下午四點左右看到房間窗簾已拉上，但不知拉窗簾的確切時間。）

推理完畢後，中川向在場人員說明。

所有人屏氣凝神地認眞聽取中川的推論。待說明告一段落，連一向冷靜的宗像課長眼中也難以自抑地閃現興奮之情。他轉頭吩吋香月刑警：

「你立刻到鑑識課，拿解剖鑑定報告過來。」

解剖屍體的結果，通常先由執刀醫師口頭陳述。正式的書面報告則要半個月，甚至一個月後才會完成。意即，這起案件的鑑定報告兩天前剛送抵鑑識課。

此時，正好在鑑識課已有四年資歷的梨本，彎著幾乎快碰到門框頂的高大身子，從香月刑警後方走進來。得知廣池課長已先行離去，梨本直接把鑑定報告交給宗像。

宗像首先翻開標記著「胃」的那一頁。「胃裡殘留著表面破裂變軟的飯粒、殘狀的番茄、菜片和魚糕等約一百公克。從消化狀態推估，死亡時間約在進食後兩小時左右。沒有出血。」

宗像逐一念出簡短的紀錄。進食後兩小時的推斷，已在解剖後解釋過。警方原先依此推測，在家多於八點左右吃早餐的丹野，十六日早上在和室內讀完八點送來的早報後，約八點半左右用餐，兩小時過後的十點半遇害。倉橋也曾表示，十點打電話過去時爲「占線中」，可是十點半之後重撥，就是「電話鈴響但沒人接」的狀態。與懷疑丹野在這三十分鐘內遇害的看法大致吻合。

「鑑定報告並未提及牛奶啊。」宗像望著梨本問道。「牛奶送抵時間和報紙一樣，約在八點左右。理論上，大多會在早餐前後喝。可是胃裡的殘留物中沒牛奶，這倒是怪事。」

「關於這點，起初我們也難以理解，曾爲此問過助教。」適才沒聽見中川推論的梨本一派輕鬆地回答：「每個人的消化速度差異性很大，尤其像牛奶這類流體食物，有些人消化得快，有些人會形成白色凝固殘留在胃裡。由於丹野的胃中完全沒有牛奶的殘留物，推測他或許在早餐前就喝完了。」

「嗯，」宗像輕輕點頭，「換句話說，無法斷定他沒喝，也無法證明他喝過。」

「對，正是如此。」

「應該沒喝吧。」飛田興奮地插嘴。

「想必是那個女共犯倒掉牛奶。他們一定不曉得，就算屍體腐化速度夠快，胃裡的食物卻會留在消化停止的狀態，可據以判斷進食的種類和時間。」

「嗯……」

接著又是一陣靜默，幸而當中未見一絲沉重。過一會兒，所有人展開進一步推論，空氣中再次充斥緊繃的氣氛。

「若爲誤導警方判定行凶時間，而刻意僞造證據……」半晌，小田切盯著天花板兀自開口。「在假造的行凶時間內，有明確的不在場證明。這點確實很怪……」

「我覺得倉橋眞的很可疑。」飛田說得很明白。

「那麼，倉橋打電話到丹野的藏身處的事，又該如何解釋？」香月望著飛田。

「十點打過去時，電話占線中，也許正好有人在十五號房內使用電話。而且，當時那渾身是謎的女人已離開……」

「這也是種欺敵的詐術。我認爲，這是強化行凶時間在十六日的印象，同時讓自己的不在場證明牢不可破的伎倆。」

爲破解這個詐術，似乎還得面對另一道難題。不過，至少中川傾向認同飛田的看法。倘使犯人眞是倉橋，那謎樣的女人就是他的共犯。

那個女人是誰？怜子嗎？

當然有可能，並且是極有可能。因怜子具備所有可疑的條件，她既是倉橋滿男的未婚妻，又是最容易接近丹野的人。加上須藤二三夫和小泉悠子目擊到女人進出的時間，怜子都提不出確切的不在場證明。前晚中川拜訪怜子時，怜子吐露不利倉橋的證詞，或許是爲掩飾兩人的共犯關係。

矛盾的是，中川心中很想就此停住，不願繼續推論下去。他無法想像，這個仍保留些許小時候模樣的同學的妹妹，居然與人共謀殺害兄長。或許他太過感情用事吧。

猶豫間，中川倏地聯想到另一件事。

除怜子外，倉橋是否還有其他女人？突如其來的靈感在中川腦裡激盪。

9 CHAPTER

第九章

軌跡

1

雖然只在發現丹野屍體後於望鄉莊有過一面之緣，倉橋滿男卻在冬木心中留下極深刻的印象。一想到丹野與美那子重逢時，向來靈機應變、沉著冷靜又行動力十足的倉橋也在場，冬木頓時受到強烈的衝擊。

走出位在東中洲的酒店「COSMOPOLITAN」，漫步在河道旁的林蔭大道上，冬木無視周遭的喧囂，反而陷入晦暗的疑惑。

如今，至少可確定六月二十日以後，美那子曾在「COSMOPOLITAN」做過一星期左右的女侍。一如告訴他這項訊息的女侍所言，冬木完全能夠想像，美那子根本不適合從事這種工作。豈料，美那子卻因此與睽違八年的丹野重逢。當時丹野介入調停美那子與客人的糾紛，意外發現美那子。

想必丹野當晚便慫恿美那子離職。他第二天立刻簽約租下望鄉莊，正是爲了讓美那子居住吧。

倉橋應當多少清楚事情的梗概。

美那子住在十五號房期間，丹野必定曾暗中拜訪過她。但到了七月九日，丹野不知何故住進望鄉莊。可是，兩人彷彿擦肩而過，此後美那子反倒不見蹤影。沒多久，丹野即慘遭毒手，陳屍在房間裡。這意味著什麼？

冬木不想逃避自己的推理。

假設美那子是殺害丹野的共犯，那麼與她共謀行凶的又是誰？冬木腦中自然浮現出倉橋滿男的名字。倉橋也許是利用丹野為美那子租屋，及其後他自身亦藏匿於此躲避郡司社長的機會，在美那子的協助下置丹野於死地。

冬木奮力抑制激烈的情緒。從丹野與美那子重逢，到丹野遇害僅二十多天。在如此短暫的時間裡，素昧平生的美那子和倉橋，可能發展成共謀殺人的緊密關係嗎？

此時，正要穿越路面電車車軌的冬木戛然止步。

難道倉橋和美那子早就認識？或許兩人分處東京和福岡，可是搭飛機只需一個多小時。莫非美那子離開東京時，對與倉橋同謀的計畫早瞭然於胸？如此一來，就能解釋美那子何以費盡心思喬裝，移轉他人注意力。說不定在「COSMOPOLITAN」與丹野的重逢亦非偶然。不論是與酒客起爭執，還是剛好與丹野臨桌而座，可能都是倉橋與美那子事先安排的。

不過，這是為什麼？冬木不自覺停下腳步繼續思索。倉橋與美那子共謀殺害丹野，對他們有何好處？

倉橋是丹野怜子的未婚夫，但因緣際會認識美那子，進而愛上她。這事一旦傳進丹野耳裡，倉橋勢必會被逐出丹野鋼材。因此，倉橋決定在東窗事發前，先下手殺害丹野。這麼一來，怜子將繼承丹野的遺產，和倉橋的婚約關係亦得以維繫。又或者，倉橋計畫與怜子結婚後，對怜子痛下毒手？屆時丹野所有財產便盡皆落入倉橋手中。而在此之前，美那子則躲藏起來。

對冬木而言，這簡直是噩夢般的想像。但事到如今，冬木已不覺得這是脫離現實的妄想。不如直接去找倉橋吧。

下定決心後，冬木旋即走向市區的中洲大道，此際車輛依舊川流不息。倉橋當然不會輕易洩漏任何蛛絲馬跡，即便如此，仍非得查出美那子的行蹤不可。

冬木跳上計程車，告訴司機開往「姪濱的丹野鋼材」。

車子駛過中洲界後，沿路面電車車軌往西行，街道頓時轉為靜謐。經過縣府前的天神交叉路口後，多數店家盡皆拉下鐵門，霓紅燈也明顯銳減。已過晚上十點半。

姪濱位於順街道繼續西行的海岸邊。在國道左側的山腳下，建築物後方是一整片農田。計程車沿著道路前進。由於路旁標有畫著箭頭的指示牌，很快便找到丹野鋼材。從國道往海岸方前行數百公尺，一個中小型工廠與住宅混合的社區裡，丹野鋼材寬敞的廠房格外引人注目。路燈照射下，只見圍著簡素圍牆的廠區內，到處堆放著塗有紅色防鏽塗料的鋼材。前方明亮的奶油色廠房在夜色中尤其醒目。

正門玄關和左側窗戶透出日光燈光線。

身披藍工作服的年輕男人正好打開窗戶。工作服的前胸上，可見兩個以紅線縫製出的並排菱形標章。男人應是值班人員。

冬木首先報上的名字，然後問：

「我想找倉橋先生，他離開公司了嗎？」

「是的。」年輕男子略顯詫異地點點頭。冬木原本就料到這個時刻倉橋不會留在公司，但爲戳破他的謊言，冬木盡可能避免事先來電詢問。

「請問倉橋先生的住所在哪裡？」

「在國道前方的藤崎鎮上。」

職員親切地告訴冬木地址和方向。從基層員工清楚知道專務住址這點來看，丹野鋼材果然只能算是地區型的中小企業。

「不過他今天出差到北九州拜訪客戶，會比較晚回來……」

「這樣啊……」

冬木向他道謝後立刻離開丹野鋼材公司。藤崎位在朝東回行約十分鐘車程的國道邊上。同樣是住宅與工廠混雜的區域，一路上的景色黯淡無光。

倉橋居住的公寓在離國道三百公尺遠的山邊，是棟鋼筋結構的亮眼三層樓房。雖然幾乎每扇窗都亮著燈光，唯獨一樓掛著「倉橋」名牌的大門後方一片漆黑，悄然無聲，摁電鈴也沒人回應。看來果眞是出差未返。

冬木索性在附近或徘徊，或站在公寓轉角。等了二十分鐘左右，依然不見倉橋返家。這樣等下去也不是辦法，明天一早再搭車到這裡一趟吧。

冬木決定放棄等待，隨即回到國道上攔計程車。這次搭的是個人營業的計程車。在福岡，個人執業的計程車果然很多。

「這附近有沒有比較清靜的旅館？」冬木一上車便向中年司機打聽。由於今天是臨時起意來到福岡，冬木對於今晚可留宿的地點完全沒概念。

「這個嘛……」司機嘟囔著，思索好一會兒說「聽說小世那邊最近新開一間小旅館，沒做什麼宣傳，應該也沒少人去住吧。」司機以九州腔自言自語似地說。

「離這裡幾分鐘車程？」

「大概十五到二十分鐘吧。」

「好，就去那裡吧。」

車子發動後，冬木整個人癱在後座，一股疲憊感瞬間沉進體內。

半夜零時左右，計程車通過一條兩旁種植高大喜馬拉雅杉的私有道路，來到「丘上旅館」前。

丘上旅館名副其實，是幢蓋在小丘陵上，足以俯瞰市街風景的小旅館。一問之下，冬木才知這裡很靠近下午去過的平尾墓園，離市區不會太遠。附近有好幾座高度相當的小山丘相連，彷若高原風情。旅館包圍在黑漫漫的樹影中，浸淫在遺世獨居的氣氛裡。

冬木走進空蕩蕩的大廳，櫃檯人員立即告知還有空房。

在門房的帶領下，冬木搭乘狹窄的電梯來到三樓。旅館內悄然無聲。

門房將鑰匙交給冬木轉身離去後，冬木才想起香菸已抽完。冬木趕忙打開房門，想拜託還在走廊上的門房代為買菸。

就在這時候，冬木倒抽一口氣。柔和的燈光輕灑在象牙色地毯上，走廊不見門房蹤影，取而代之的是相隔三間房前方，意外站著一名始終在冬木腦海盤旋的男性身影。

由於事出突然，冬木一時無法相信自己的眼睛。不過那淺黑臉龐上戴著寬大的太陽眼鏡、身穿深色西裝，正壓低肩膀關門走出房間的，絕對是倉橋滿男。冬木對認人很有自信。他之所以能夠一眼認出倉橋，主要是因在望鄉莊初次遇見倉橋時，他也戴著太陽眼鏡。何況冬木眼前的倉橋，又正好是未被墨鏡遮掩的側臉。

倉橋旋即背向冬木朝走廊一角的電梯走去。到轉角時，倉橋迅速左右張望，背影流露出有所警戒的感覺。冬木從電梯上的數字變化確認倉橋正一路往下移動後，便衝進樓梯間快步下樓。

到了一樓，冬木探頭望向大廳，只見倉橋在櫃檯前結完帳，穿過正門的自動玻璃門走向室外。

冬木連忙從後面追趕出去。

倉橋慢慢走向停放好幾輛車的停車場。他來到象牙色豐田可樂娜旁，從口袋取出鑰匙。

冬木原想趁機叫住倉橋，某種直覺卻迫使他裹足不前。

倉橋將鑰匙插入車門，邊回望旅館。若擔心遭人撞見，剛才這個轉頭的動作未免太輕鬆徐緩。冬木當下感覺到他有「女伴」。

果不其然，坐進駕駛座後，倉橋遲遲未發動引擎，反而在黑暗中自口袋掏出香菸。

倉橋似乎是在車裡等人。仔細想想，倉橋怎麼可能獨自上旅館。在三樓的房內，他究竟和誰在一起？看來對方即將步出旅館……

冬木反身走向玄關，順勢躲進一旁樹叢陰暗處。

兩、三分鐘後，如冬木預期，玄關處傳來高跟鞋的聲響。離開旅館的女人穿越廣場，朝倉橋停車的地點前進。女人捲曲的頭髮垂至肩膀，一身淺綠緊身套裝，呈現出凹凸有致的身材。從那緊實的軀體來看，應該是年輕女性。

冬木激動得快窒息，猜想著這女人會不會是美那子，可惜光從背影難以判斷。且冬木對美那子穿套裝的印象並不深刻，只曾在東京機場匆匆一瞥。

即使直覺對方比美那子矮一些，仍無法確實判斷。急切想看清楚的焦躁感，劇烈衝撞冬木的內心。

女人背對冬木，平穩地步向象牙色可樂娜，逕自拉開前座門坐上。

車燈同時亮起。

2

總之，眼前最重要的是想辦法看清女人的長相。

冬木走出樹蔭、跑向可樂娜之際，一輛計程車忽地滑進旅館的車道，停在玄關前。外表高尚的中年男子和穿迷你裙的十幾歲少女一同下車，手牽著手，親密地消失在自動門後。而倉橋已倒車並轉正方向盤，準備離去。

冬木順勢搭上那輛計程車。「尾隨前面那輛可樂娜。」

頂著光頭的五十歲司機訝異地回過頭，一會兒彷若心領神會似地露出微笑。看來又是個人出租的計程車司機。

計程車平穩地保持三十公尺的距離，緊跟著倉橋的車。深夜時分，有些小轉彎的柏油道路上車流量少，不必擔心跟丟，反倒是因爲缺少遮蔽物，被對方發現的可能性極高。冬木不由得縮著頭躲在司機背後，但倉橋似乎並未特別留意後方車輛。他以約五十公里的速度向前開，女人則安坐在駕駛座旁直視前方。

車子越過山丘，穿過寧靜的住宅區後，便沿著剛才冬木來時的道路回到市區。路面電車車軌上的車輛依舊川流不息，兩車間不時有其他車輛闖入。

行經福岡市西邊最熱鬧的西新町交叉路口時，倉橋往西駛去。沿著路面電車車軌，車子開往倉橋公寓和丹野鋼材公司方向。

過交叉路口後，車流量減緩許多。周圍逐漸轉爲郊區的景色，左側是一整排老舊土牆木屋，右側則是連到海岸的一大片土地，黑夜中依稀可見學校或公家機關等建築物模糊的輪廓。

冬木原以爲他們要回倉橋的住處，其實不然。可樂娜穿過不久前冬木閒逛的地方，繼續沿路面電車車軌前行。

前方車輛打右轉燈時，恰好是要開上福岡市西邊交界的室見川橋。過橋後，車子馬上彎進河邊的碎石路，再左轉進住宅區，接著駛上平坦的坡道。坡道路面狹窄，附近住家大多又舊又小。

未久，前方車子停在坡道途中。由於這裡無法長時間停車，且冬木料定只有女人下車，便要求計程車停下，付完車資和小費，藏身於坡道旁老舊木板牆邊的陰暗處。

隔了一陣子，女人果然從倉橋車上下來。看來倉橋是送女人回家。

女人一下車，倉橋隨即重踩油門後退。由於他的注意力全放在下坡道，根本沒注意到躲在一旁的冬木。

眼見車子揚長而去，冬木立刻返回路上。

老舊木電線桿上的昏暗燈光照映山路，女人緩步爬上斜坡，走一小段後右轉。

這條碎石路旁同樣蓋了不少住宅。周遭寂靜無聲，不見人影。女人走進一間植栽圍繞、看似經濟小康人家的古老木造房屋前。

冬木逐漸縮短和女人之間的距離，猶如急著趕回家的上班族，快步尾隨著她。

見女人準備進屋，冬木連忙跑過去，一個箭步擋在女人面前。

女人大吃一驚。此時，玄關上的室外燈光照亮她的臉蛋，光澤有彈性的小麥色肌膚、仔細描繪眼線的雙眸、豐潤噘起的上唇……比美那子年輕許多，但氣質迥然不同。

冬木感到一股洶湧巨浪在體內翻騰。那是種未體驗過的感覺，混合著安心與失望參半的莫名悸動。

「不好意思，請問這是妳的住處嗎？」冬木深吸一口氣後開口。

「是……」女人露出戒備的眼神含糊應對。冬木順勢瞄一眼低矮門柱上的名牌。陶瓷名牌上燒有黑色的「高見」字樣。

「妳剛下班嗎？」

冬木早上上下下打量這個女人數次。淡綠洋裝、金色項鍊沿著滑溜的領口，垂在一對豐滿的雙峰間……衣著雖是華麗，但從她拎提袋的左手抱著一堆文件，又穿低跟皮鞋的裝扮來看，比較像上班族，而非待字閨中的少女。

「你是誰？」女人厲聲反問。原本豐厚的上唇更往上噘，顯得益發妖豔嫵媚。

「妳只要回答我的問題就好。」冬木故意虛張聲勢地應道。

女人撇過頭，打算開門進入之際，冬木一把抓住她的手腕。

「妳和倉橋滿男是什麼關係？」

女人一愣，臉上倏地湧現強烈的不安。

「……」

「你們在丘上旅館裡做什麼？」

「做什麼……」

沉默半晌，女人回過神似地露出笑容，卻依然迴避冬木的目光。

「男人和女人相約在旅館裡，不就是爲了那件事嘛。」

「你們的關係何時開始的？」

「沒義務告訴你。」

「妳明知倉橋滿男有未婚妻，還跟他交往？」

女人聳聳肩，毫不在乎地笑出來。夾在腋下的公文紙袋因此開了個小縫，清楚可見牛皮紙袋裡的文件上，印著和冬木在丹野鋼材公司遇到的值班人員胸前一模一樣的商標圖案。

「妳是丹野鋼材的職員？」

女人神情狼狽，被冬木抓著的手腕更顯僵硬。

「我直話直說。進出望鄉莊丹野先生房間的女人是妳嗎？」

「怎麼可能。」女人反射地直搖頭，睜大的眼裡透露驚懼的神情。「我爲什麼要對社長……我根本不曉得社長在哪裡。」

女人稱呼丹野爲社長，她果然是丹野鋼材的職員。

「是嗎？我懷疑妳利用倉橋殺害丹野先生。」

「什麼？」

女人茫然地望著冬木。她的臉色慘白，豐厚的嘴唇不住顫抖，竭力大聲爲自己辯護：

「不要胡說八道！你有什麼證據？」

「證據嗎？目前我的確沒有指控妳的證據。不過，只要調查一下就明白。日本警察可是很優秀的。」

女人緊蹙雙眉。「你是警察嗎？」

「妳說呢。」

「今晚的事你打算通知警方嗎？」

「沒辦法。」冬木粗聲回答，並放開女人的手腕。他再度確認門上的名牌後轉身離去。

不料，走沒幾步路，冬木便感覺背後有異。回頭一看，原來是女人追了上來。

「等一下！」女人扯著啞嗓打量冬木，嘴角浮現嫵媚的笑。

「今晚的事，請別告訴警方。」

「爲什麼？倘使妳和命案無關，有什麼好擔心的？」

「萬一被誤會很麻煩。」

「什麼誤會？」

「就是……嗯……警方現下全綳緊神經了嘛。就算是一些無足輕重的小事，也很容易被牽扯進來。」

「也許吧。」

「所以，求求你，而且我願意提供一個情報。」女人微微一笑，含著傲人的目光緊盯冬木。冬木不由得感到興味。

「怎樣的情報？」

女人未立即回答，反而以閒話家常的口氣說：「我不清楚你是私家偵探或其他相關人員，看來你懷疑倉橋殺害社長？且認爲他的情婦也是共犯？」

「所以？」

「與其懷疑我，不是有個更值得調查的女人嗎？」

「妳指的是誰？」

女人嫣然一笑。「還不就是倉橋的未婚妻，對社長而言，她是最親近的……」

「怜子？」冬木直覺感到些許失望。「她可是丹野的親妹妹啊。」

「親兄妹感情未必好。」

「難道他們彼此憎恨？」

「至少，我覺得怜子痛恨社長。」

「怎麼說？」

「你發誓不會把今晚的事告訴任何人？」女人面露挑釁望著冬木。

「嗯……」

「那我告訴你吧。」女人倚向門柱，挺出豐滿的胸部。「怜子雖然單身，卻生過小孩。」

「這是何時發生的事？」

「三年多前。」

「孩子呢？」

「出生沒多久就死了。」

「這件事和丹野有什麼關係？」

「關係可大嘍。嬰兒是被社長害死的。」

「怎麼會？」

「三年前怜子未婚懷孕，爲了避人耳目，決定至曾在社長家幫傭的女傭的四國鄉下老家待產。怜子生產後，社長前去探望，還把出生才十天左右的嬰兒帶到自己車上。豈料，因社長的過失，導致嬰兒死亡。」

「怎樣的過失？」

「時值盛夏，社長把嬰兒放在緊閉的車內後自行離去。等他回來時，嬰兒已悶死。」

「這眞的是過失嗎？」

「最後姑且以過失結案，倉橋卻認爲眞相難以釐清。他說社長很擔心成爲單親媽媽的怜子未來的幸福，搞不好是社長故意置嬰兒於死地……」

「是倉橋告訴妳的？」

「對啊，怜子也在訂婚時向倉橋先生坦承。聽說社長原想偷偷埋葬嬰兒，怜子無奈地說，終究僅能歸咎於過失。由此我覺得眞相確實很難講明。後來怜子便搬離社長住所，獨自居住。」

「這件事是眞的吧？」

「懷疑的話，可前往怜子的公司調查。三年前的夏天，她曾以生病爲由，請半年病假。」

冬木憶起在福岡與怜子見面那天的情形。兩人走在通往望鄉莊的林蔭山路上，冬木曾向她提起美那子留下孩子離家出走的事。怜子當時難掩對她的憤慨，甚至認爲美那子忘記母子能夠一起生活是多麼幸福的事。那一刻年輕的怜子悲痛萬分的神情，曾讓冬木感到難以理解……

「我知道了。」冬木頷首答應。「能再告訴我一件事嗎？」

「什麼？」

「丹野應該有個交情頗深的女性朋友，妳知道任何有關那人的消息嗎？」

女人垂下頭，不時窺視冬木，而後帶著難以判斷到底知不知情的表情，斷然搖搖頭。

3

根據飛田刑警的調查，證實倉橋滿男與高見由理枝之間有不尋常的男女關係。隔天下午，搜查總部依此初步認定倉橋教唆女性共犯布局，誤導警方判定行凶時間。

若行凶時間在十六日早上以前，警方研判十五日夜晚動手的可能性最大。十五日早上十一點，承租十六號房的鄉土史學家曾看到丹野一副很有精神的模樣。不論兇手多清楚驗屍的細節，勢必認爲實際行凶時間和誤導的時間愈接近愈安全。目前，實際行凶時間在十五日下午九點前後的推論獲得最多人贊同。（由於鑑定結果顯示丹野的死亡時間約在進食後兩小時。而根據調查，他向來都差不多晚間七點用餐，推論遇害時間大概是九點左右。）

倉橋滿男雖然擁有十六日早上以後幾近完美的不在場證明，可惜根本提不出十五日晚上的確切不在場證明。他自稱當天晚上七點離開公司後便直接回家，卻苦無證人。

這點更增添倉橋犯案的嫌疑。不過在判定他是兇手前，至少必須先解決兩個問題：

第一，協助倉橋的女人是誰？除非找到她，供證人須藤二三夫或小泉悠子指認，並讓其親口承認十六日早上在現場故布疑陣，否則這個推論就很難成立。

第二，十六日早上倉橋曾在別府打電話。多數人認爲，這也是爲誤導警方判定倉橋未犯案的煙霧彈。那麼，十六日早上十點，女人離開十五號房後，在房裡使用電話的是誰？這是尚未解開的謎團，也沒證據顯示使用電話的絕非丹野。無法釐清這點，自然難以斷定丹野在十六日早上就已遇害身亡。

只要找到這個女人，上述問題都能迎刃而解。因爲她曾目睹十六日早上十點前，十五號房裡的情形。

警方首先列出可能涉案的女人。

這是爲了重新釐清倉橋身邊的人。與此同時，飛田適時獲得倉橋與由理枝關係不尋常的情報。

「這是倉橋經常光顧的酒店女侍不小心透露的消息。雖然由理枝是丹野女人的傳言甚囂塵上，不過那只是幌子。事實上由理枝愛的是倉橋吧。」

回到一課辦公室，飛田立即向中川等人進行口頭報告。一開始便強力主張倉橋是兇手的飛田，想必對調查倉橋很是熱中。

「基於此，我立刻前往丹野鋼材詢問眾多女職員，沒想到，有兩、三個人也覺得不無可能。」

「大夥應該都聽過丹野和由理枝之間的流言吧？」中川問道。宗像課長此時正好前往縣警局，所以不在場。

「是啊。她們還說，沒料到原來是倉橋，之前從沒懷疑過兩人。」

「噢……」

中川這下總算明白。即使同事嘲諷由理枝與丹野的關係不尋常，由理枝也未曾正面否認，是因想利用傳聞掩飾自己與倉橋的關係。

「有任何具體事證足以證明倉橋與由理枝的曖昧關係嗎？」

「有三個人看過他倆一起逛街。還有一名女職員提到，有一次由理枝從皮包裡拿出筆記本時，一條繡著『M』字母的男用手帕掉出來。後來無意間看到倉橋使用同款手帕，上面也繡著『M』。當時她還覺得有點奇怪。」

「原來如此。」

「另外，她們紛紛露出恍然大悟的神情，直說怪不得兩人的舉止很親近。有時公司旅遊，由理枝什麼也沒問，便隨手從旁邊的倉橋菸盒裡取出香菸……」

「丹野遇害前，兩人的互動就很親密嗎？」

「是的。不過沒人多加懷疑，可說是神不知鬼不覺。感覺上，兩人在一起很久了。」

「由理枝對此怎麼解釋？」小田切迫不及待地問。

「她今早進公司不久後，便前往客戶的鐵工廠洽公，還沒回到辦公室。我請富田先留在丹野鋼材等候。」

飛田口中的富田是一名年輕的刑警。

「倉橋在嗎？」

「嗯，他一直待在公司。不過我想，在那個女人坦承前，最好不要打草驚蛇，避免他看透我們的猜測，所以沒多問他和由理枝的事。我隨口提起一些有關兩人的傳聞，他當即露出

『別胡說』的表情。」

這時，中川身旁的電話響起，原來是留在丹野鋼材等候由理枝的富田刑警。

「情況有點不對勁。」富田年輕的聲音明顯透露著緊張。「公司聯絡由理枝今早拜訪的鐵工廠，對方說她十一點多過去處理事情後就離開。可是，她至今都還沒回公司。那家鐵工廠位於井尻，就算搭電車或公車也只需一個鐘頭的路程，照理早該到公司才對。」

「公司裡的人怎麼說？」

「他們只是微偏著頭直呼奇怪。倉橋也表示，今天只有那家鐵工廠有事要處理，由理枝理當不會去其他地方，該不會發生車禍吧……」

「糟糕」兩字彷彿瞬間刺進中川胸口。由理枝逃走了。只是中川不解，飛田是今早才得知由理枝和倉橋的關係，而後在丹野鋼材內部的調查也相當謹慎，甚至表現出無關緊要的樣子。對方是何時察覺警方一連串調查的背後意義？

總之，問出由理枝前往的鐵工廠地址後，中川立刻指派兩名刑警火速趕去，同時命令飛田再去一趟丹野鋼材，並分派刑警詢問出其他由理枝可能出現的地點。可是，中川心中卻湧起一股難以抑制的不祥預感。

4

冬木和丹野怜子並肩站在足以俯瞰整個博多港的西公園高臺上。

由於強烈颱風逼近，造成最近全國各地天候不佳，明明是盛夏時節卻寒意不絕。兩側突出海岬左右環抱的海灣，海水呈藍灰色，三角形波浪弄皺海面。石油槽林立的海埔新生地似乎吹著強風，猶見堤防上的小旗子劇烈晃動。冬木與怜子所待的眺望臺上，也不斷從海面吹來飽含濕氣的海風。一向人群聚集的公園裡，此時卻空無一人。

「天氣好的話，遠方澤山島的景色非常美麗。」

怜子凝視著白色雲霧封鎖的遠方大海，喃喃自語。剛才，怜子帶著來ＳＢＣ找她的冬木到這裡。自電視臺至西公園的山丘，開車不用十分鐘。

怜子雖然眼望大海，聊著風景的話題，臉上卻明顯透著緊張。因爲冬木先前表明有「話」要問她，怜子不禁提高防備，聲音分外僵硬。藍套裝在迎面海風的吹拂下向後飄揚，怜子纖細的身體彷彿快要折斷。看著她的背影，冬木想起美那子。

「昨晚，在一個偶然的機會下，有人已告訴我。不過，我還是仍妳能親口說出實情……」

冬木盡量以輕鬆的語氣說著，只是他的話聲也很僵硬。或許是怜子緊繃的情緒影響到他。

「三年前妳離開兄長的住處，開始獨自生活。請問是基於什麼重大理由嗎？」

怜子稍微偏過頭，試圖迴避冬木探究的眼神。

「當時妳在四國鄉間偷偷生下孩子。不料，丹野竟帶出生才一週的嬰兒開車出去，由於過失使得嬰兒離開人世。這是眞的嗎？」

「嗯……」怜子凝望大海用力點頭。

「我問得更深入些。嬰兒的死，眞是過失嗎？」

「我想，應該是的。」怜子沉默一下，帶著深切的悲慟情緒說道。「大熱天裡，把才滿一週的嬰兒關在密閉的車廂中，這可是重大過失啊。」

「聽說車子停在樹蔭下，義浩——這是孩子的名字……睡得很熟。哥哥下車買菸，在菸草店裡巧遇從前在福岡認識、之後回松山經營鐵工廠的老朋友，兩人便前往附近的咖啡店交換公司經營理念，一聊就是兩個鐘頭。等他回到車上時，原本的樹蔭早曝曬在陽光下……他連忙載嬰兒去醫院，卻已回天乏術。」

怜子強忍悲傷說著，眼角直泛淚水。

「老實說，好長一段時間，我一直陷在難以自拔的恐怖幻想裡。哥哥是故意害死義浩的嗎？明知孩子在太陽下遭曝曬卻刻意不及時回到車上……我知道，哥哥見我不顧反對，執意生下孩子，表面上一副死心的樣子，實際上非常生氣。」

「妳沒辦法和對方結婚嗎？」

「原本我們有此打算。對方當時還是研究所的學生，計畫畢業找到研究室的工作就結婚。之後，他卻決定先前往美國的大學深造一年，但去沒多久，他便在一場空難中過世。經過一段時日，我才發現已懷有身孕。」

「……」

「這些情況我只告訴哥哥。由於父母早逝，無論發生什麼事我都會找他商量。他當下要求我拿掉，並告誡我，年紀輕輕，拖著一個沒有父親的孩子將來怎麼辦？人死不能復生啊！可是就因爲他再也回不來，我才想生下孩子。我身體裡還留有他曾活著的痕跡。一旦拿掉孩子，我們的愛情將永遠葬送在黑暗之中。

我很明白哥哥擔心我的未來，不過哥哥是男人，加上他無法生育，對小孩似乎沒什麼特別的感覺。不過，女人終究還是會想生孩子呀。」

怜子面露淺淺笑容羞赧地看著冬木，幾道淚痕沾濕白潤雙頰。

「也許這就是本能吧，毫無道理可言。愛得愈深刻，愈能忍受苦痛，我當然渴望生下孩子。」

「……」

「最後哥哥放棄勸說。不過待在福岡不方便，小腹漸漸隆起時，他先一步幫我安排好前往松山待產。由此更可看出，他果然很重視顏面，我也欣然接受……發生意外後，我甚至曾質疑這個安排，猜想他早計畫在無人知情的狀況下，以他的方式處理掉嬰孩。回到福岡後，我再也無法和哥哥生活在同一屋簷下。而對我毅然搬出去一事，他什麼都沒說。我搬到現居處過起單身生活後，好長一段時間沒打和他聯絡，還發誓一輩子不再與他見面。只要跟哥哥碰面，義浩的影子就會浮現眼前，忍不住對哥哥嫌忌猜疑。沒想到經過一年、兩年，不可思議地，我心中的怨懟竟逐漸淡去。不知不覺間，我已原諒哥哥的無心之過。」怜子以指尖輕拭淚水。

「妳剛才說是過失，難道事後曾證實？」

「其實，後來未能證明什麼，也許只是我想通罷了。」

「……」

「隨著時間流逝，自然而然會日漸相信那確實是一時疏忽。我寧願相信，再怎麼爲我的未來著想，哥哥絕不會殘忍到殺害無辜的嬰兒。我愈來愈能理解哥哥對於犯下的過錯，心中有多內疚、多痛苦。與其歸結爲血濃於水，不如說事情的眞僞就是這麼回事，即便當下不明白，時間一久，眞的就是眞的，假的就是假的，每個人心中自然有一把尺。」

「嗯。」

「如今我內心已毫無芥蒂，有時還會到哥哥住處探望他。眞諷刺，他活著的時候，我滿是懷疑與憎恨，而當我好不容易能夠和以前一樣平靜面對他，他卻慘遭殺害……」

怜子的話聲首次失控。微低的臉再度淌下淚水，啪啦啪啦落在泥土地上。

冬木直覺這是怜子的眞心話。倘若先前沒發生過任何事，冬木理所當然會相信她。他特地來訪，聰明的怜子一定早料到他心中的疑慮……

怜子兩指壓住嘴唇，避免發出嗚咽聲。冬木盯著怜子，一度難以判斷其話中的眞僞。

「妳剛才提到，丹野先生無法生育？」

「是的。由於結婚兩年都沒有任何消息，他們夫妻便去大學附屬醫院檢查，最後診斷出不孕的是哥哥。不過我想，哥哥也許心中早有定數。他始終對結婚不感興趣，妻子過世後也不打算續絃，或許這就是原因……」

「即便如此，他仍非常重視妳的婚事，不是嗎？」

怜子猛然轉頭，神情相當震驚。

「妳和倉橋訂婚，丹野先生應該很滿意吧？」

怜子凝視著冬木，眼神流露難以言喻的苦澀，倏地回頭眺望大海。她瞇著眼，在時而吹拂而來的強風中遙望，半晌，沉重地回答：

「我決定重新考慮與倉橋先生的婚約。我眞的很懦弱，內心深處總想找個依靠，希望得到保護。當時和哥哥發生不愉快後，因過往太依賴他，以致生活頓失重心……就在這時，倉橋對我呵護備至，不知不覺間，我逐漸百般依賴他。於是，在哥哥的慫恿下，我未加思索，便理所當然地和他訂婚。好在我最近總算明白，婚姻應當由自己決定。」

說著，怜子的語調漸次恢復冷靜，感覺得出她堅定的決心，及欲解除與倉橋婚約的暗示。冬木首度正眼注視怜子，觀察她的表情。

「妳覺得他涉及令兄的命案嗎？」

怜子的神色未有任何變化，冬木看不出端倪。

「我不知道。」怜子瞇著眼望向冬木，隨後她只是輕輕搖頭。一會兒，她轉而嚴肅道：

「我認爲沒關係，因爲他有不在場證明啊。」

「警方確認過嗎？」

「是的。他曾經在十六日早上十點，從別府打電話到哥哥的臨時租賃處，當時電話占線而無法接通。這件事警方已確認，可見當時有人在哥哥房裡。或許是他本人，也或許是其他人。假如是哥哥，倉橋的不在場證明自然成立；倘使是其他人，對方極可能就是兇手。儘管目前眞相難以釐清，但由於打電話這項鐵證，致使警方遲遲無法斷定倉橋即是兇嫌。」

倉橋若非兇手，是不是就能排除美那子與丹野凶殺案的關聯？

這個推測並未令冬木感到些許安心。因爲在酒店「COSMOPOLITAN」打聽「丹野——美那子——倉橋」三人的相遇過程時，及在丘上旅館看見倉橋女伴的那一刻，冬木直覺，總算可伸手碰觸的美那子身影，似乎又變得遙不可及。

冬木忍不住瞅著怜子。

「妳眞的不認識名叫朝岡美那子的女人嗎？」

在冬木迫切的目光下，怜子只是面露哀悽地搖搖頭。

5

直到傍晚，依然找不到高見由理枝的行蹤。早上十一點前往福岡市井尻的鐵工廠後，她隨即失去聯繫。原本應該直接回公司的由理枝，連一通電話也沒有交代。大概是發現警方早一步派人站崗監視，因此她並未和寄宿的親戚、朋友或公司相關客戶聯絡。

這段期間，搜查總部多數人皆認爲，高見由理枝畏罪潛逃的可能性極高。萬一眞如總部推測，七月十六日早上走出凶案現場十五號房的女人是由理枝，那麼住在十號房的主婦應當見過她。警方認爲，先前小泉悠子只看過由理枝的照片，若請她直接指認，也許能得到更確實的證詞。即便無法指認，一旦逮捕到由理枝，持續進行逼問，迫使她承認與倉橋的共犯關係，倉橋便無法再藉口警方沒有證據而逍遙法外。

由理枝是自行潛逃的？抑或聽從倉橋的指示躲藏起來？

當日下午六點，搜查總部透過縣警局對福岡全縣發出搜查由理枝的命令。可是，這不代表通緝，她目前仍只是重要關係人。最多只能將她的照片傳至重點警署，再由各警署通知各轄區派出所留意外貌相似的女性。因這部分涉及人權問題，警方不敢輕舉妄動。

晚上十一點，中川會同香月刑警前往倉橋滿男位於藤崎町的居處。中川小時候曾在附近住過，當時這地區相當偏僻，國道旁就是寬廣的沙灘。一到夏日，他幾乎每天早上都會在海灘上挖海貝。他從未想過，近年沿國道二〇二線兩側陸續興建的各式社區與組合洋房，彷彿使海岸線愈來愈遠。雖然變化不似東京快速，依舊教人憂心福岡會不會逐漸失去昔日風貌，轉而成爲高密度人口的都市……

中川感慨著穿梭在漆黑建築物間，朝國道方向走去。剛才耗費將近一個小時詢問倉橋卻一無所獲，此際徒留沮喪和疲憊沉澱心底。

倉橋堅決否認和高見由理枝有男女關係。他表示，一直認爲由理枝是社長的情婦，從沒把她當異性對待。就算由理枝對自己的態度親密，也是由理枝的個性使然，導致他經常遭人誤會，他感到相當無奈。倉橋的回答不見絲毫遲疑。

同時，他對由理枝失蹤的原因毫無所悉。倉橋反覆強調，由理枝帶走許多與公司有關的文件，爲他徒增很多困擾。

至於丹野命案，倉橋始終口徑一致。意即，十五日晚上丹野打電話給他後，他才曉得丹野失蹤的理由和藏匿處的電話。十六日一早，他自別府打電話過去卻無人接聽。而後直到二十日警方通知找到丹野屍體前，他根本沒聽過「望鄉莊」……

無論從動機或案件本身來看，倉橋的說法在在令人起疑，中川禁不住睨視倉橋。即便像中川這麼沉得住氣，一想到受限於未掌握關鍵性證據，對倉橋只能束手無策，也難免咬牙切齒，感到憤恨不平。

所幸中川有所自制，深知對倉橋孤注一擲、傾全力調查他一人的話，在偵辦上有風險。至少由理枝十一點離開井尻鐵工廠後，倉橋行蹤明確。他幾乎未離開公司，根本沒機會與由理枝接觸。因此，倉橋應該不清楚由理枝究竟出什麼事。更何況，就算搜查總部投入全副人力追查倉橋，並乘其不備，也難預料會不會發生什麼意外。

「總之，我們盯緊他便是。」中川對並肩而行的香月說道。

「是。」香月立即點頭贊同。

「稍後會派人支援你。」

「是。」

「我們先回報總部。」

國道旁的公車總站乘客稀稀落落，中川朝設置在屋簷下的一整排公用電話走去。香月亦緊隨在後。

「我順便打電話回家。」香月家裡只有他和母親兩人。

中川則盯著倉橋公寓的大門，邊撥打西福岡警署搜查課的電話號碼。雖然慢了一步，不過投入十元硬幣的香月也開始撥號。

「奇怪，這時候家裡竟然占線。」

香月嘟囔著掛斷電話。而中川的電話一會兒便接通，接電話的是宗像課長。中川首先向他報告詢問倉橋的結果，並請求派人支援監視。自己稍後就會回到署裡。

報告完中川掛上電話，香月苦笑著說：

「我到底是怎麼啦。」

「怎麼了？」

「剛才我原本要打電話回家，卻不自覺地撥打搜查課的號碼，一定是習慣成自然吧。時間這麼晚，家裡怎會有人占線嘛，接著才發現原來自己撥錯電話。」

「後來，順利打電話回家了嗎？」

「嗯，我立刻重撥。我媽還沒睡，我告訴她今晚不回去了。」

「噢……辛苦了。」

這時，中川驟然停下腳步。

「你說，剛才誤打到搜查課時，對方剛好占線中，是嗎？」

「對。」

「你確實是撥打搜查課的電話吧？」

「嗯，八三……」

香月念出電話號碼，這與中川不久前撥打的一樣。香月撥打這個號碼時，早一步撥號的中川，話筒裡已響起「鈴——鈴——」的撥接聲。而在對方接聽中川的電話前，香月僅聽到占線聲便掛上電話。

「你能再試一次嗎？」

「什麼？」香月一臉詫異。

「這樣吧，你打到我家。」

中川此刻無暇說明，總之先試一次再說。中川的太太早已就寢，不會立刻接電話。他們有三個孩子，最小的還在上幼稚園，平時需要人照顧，加上妻子血壓低，中川向來要求妻子，若到十一點他還沒回去，就不要等門，趕快上床休息。

香月雖一臉茫然，不過還是依照指示撥電話到中川家裡。

「鈴聲響了嗎？」

「嗯。」香月耳朵貼近聽筒點點頭。接著，中川也撥打起家裡電話。果然，中川的話筒傳來「嘟、嘟、嘟」的占線聲響。

「好，掛上電話吧。」

在對方尚未接聽前，香月即時掛斷。而中川這邊的話筒依然傳出占線聲，一會兒，他也將電話掛上。

「我已破解電話占線的把戲。」中川難掩興奮地說道。

「什麼？」

「七月十六日上午十點，倉橋從別府的旅館打電話到望鄉莊十五號房，並堅稱當時占線中。十點半再打時，則傳來鈴鈴的接通聲響。後來重打也一樣。我們依此認定當天十點左右，某人在十五號房裡打電話，十點半過後則沒人——沒有活著的人。事實上，早上十點時，房裡也空無一人。」

「這怎麼辦到的？」

「方法很簡單。同樣一組電話號碼，只要一個人先打，待鈴聲響後，另一個人再打時，晚一步撥號的電話裡，就會傳出占線聲。」

「噢……」經過剛才的實驗，香月總算明白。「換言之，倉橋十點從別府打過去時，有另一人早一步撥電話到十五號房，且已接通並發出鈴鈴的聲響。」

「沒錯。反過來想，一定是倉橋要求共犯在十點的前一分鐘打到十五號房，並讓電話鈴聲持續響著。接著，十點整，他請旅館櫃檯撥接，刻意由第三人確認對方當時確實占線中。」

「那共犯是？」

「大概是十六日早上九點五十分離開十五號房的那個女人——我覺得十之八九是高見由理枝。由理枝離開望鄉莊後，趕在十點前自某處撥打電話到十五號房。倉橋之所以要僞裝丹野在十點時還活著，除可誤導辦案人員將行凶時間從原本十五日晚上判爲十六日早上外，萬一由理枝被懷疑涉案時，也能確保她有不在場證明。從現場打鬥痕跡來看，原先推測兇嫌是與丹野體力相當的男人，完全排除是女性的可能。不過就這一點，老實說身爲辦案人員，我們也沒什麼自信。」

「假如目的是爲製造自己的不在場證明，由理枝在十點前打電話到十五號房時，一定希望有人清楚記得她當下的樣子。」

「嗯，這個推論很有道理。」

中川不禁讚賞地拍拍比他高大的香月肩膀。

「看來必須調查從望鄉莊步行十分鐘距離內的公用電話，你可要盯牢倉橋。」

兩人走向道路，步伐明顯比先前有精神。來到國道與彎進倉橋住家前的暗巷轉角時，香月忽然盯著前方漆黑的道路兀自喃喃：

「不過，七月九日丹野住進望鄉莊前，不是有個女人經常出入十五號房嗎？依時間點研判，那不會是高見由理枝。這樣的話，那女人會是誰？」

「嗯……」

中川再次茫然望向天際。

當初，警方認為管理員須藤目擊到的女人，和十六日早上步出陳屍現場的是同一人。但由理枝不可能在須藤目擊到女人的時間至望鄉莊，調查人員才會認定那絕非由理枝。如今，警方除拿由理枝的照片給十號房的目擊證人小泉悠子指認外，並未認眞追查這條線索。然而，一旦發現由理枝在十六日早上出現的可能性提高時，那麼……？

「另一個女人可能尙未浮出檯面。」

中川低語，心中卻掀起不安的漣漪。

雖然中川成功識破嫌犯的伎倆，兇手已然呼之欲出，可是今天一早便懸在心頭、如不祥預感般的焦躁情緒，卻始終揮之不去。中川此刻才猛然驚覺原因何在。

10

CHAPTER

第十章、

關門隧道

1

八月七日晚間七點，大阪車站第三、四月臺上熙來攘往，人聲鼎沸。這裡是往山陽——九州方向長程列車的發車月臺。就在五分鐘前，一列南下快車雲仙號才剛出發。預訂搭乘下一班進站的急行列車別府三號的旅行團，在旅行社導遊手上的小旗子引導下，陸續走上月臺，加入下車旅客和送行親友的人流中。陰暗的一天即將結束，夜色正快速覆蓋夕暮。

匯流上樓梯的人們當中，甫下車的旅客與前來送行後準備離去的親友，兩者所表現出的行爲大異其趣。剛抵達目的地的旅客，步伐輕跳有活力；相反地，前來送行的人，臉上明顯帶著大功告成的輕鬆，緩步踱向樓梯口。近年來，長程列車月臺經常上演的離情依依劇碼，早已風景不再。這是交通工具日漸發達，讓人感覺各地距離變短的緣故。

冬木悟郎屬於緩步朝樓梯口走去的那一人群。他今天一早從東京南下到京都國際會議廳，觀摩在此舉辦的海洋開發國際會議。凡是這類世界各國學者齊聚一堂的國際會議，報社大多指派外國通訊部的記者前往採訪，順便充當翻譯。

當天下午會議結束後，冬木前往大阪車站附近的分社，探望當年和他同時進報社任職，又很談得來的老朋友。由於這是冬木自越南歷劫歸來後和他首度碰面，彼此有聊不完的話題。朋友預定搭乘十八時五十五分的急行列車雲仙號前往廣島出差，冬木索性陪他到月臺候車。

然而，冬木之所以行如牛步，其實另有隱情。有兩件事自昨晚起一直懸掛在他的心上，導致他心神不寧。

首先，昨晚福岡分社的同事以電話通知總社的冬木，昨日下午在博多灣發現一名年約三十歲的女性浮屍，目前警方正在調查身分。三天前，冬木從福岡返回東京前，曾繞道分社，請託社內積極的年輕記者，隨時詳細回報有關望鄉莊命案的後續發展。這名年輕記者向冬木通報相關案情後，順便告訴他有關浮屍的新聞。

冬木回東京後，案情似乎有明朗化的跡象。當倉橋滿男和高見由理枝是共犯的見解得到多數辦案人員的認同後，由理枝便行蹤不明。如今警方正全力搜索她的下落。當然新聞媒體尚未刊登這則新聞，而由理枝的名字自事發之後也以化名刊出，僅報導她是一名重要關係人，警方正全力搜尋中。不過，根據分社記者的說法，兩人涉案的可能性極高。

分社記者認爲，由於還沒有具體證據證明倉橋涉案，加上他嚴加否認警方的指控且無潛逃意圖，因此警方至今尚未限制他的行動。而警方判斷由理枝潛逃的時間不會太久，破案只是遲早的問題。

這麼一來，美那子在這起案件裡，扮演著什麼角色？美那子和丹野或倉橋的關係如何？她究竟去哪裡？冬木心中只剩這些謎團。事實上，也唯有美那子才會讓他心繫望鄉莊一案。

在這種情形下，驟然傳來在博多灣發現女性浮屍，冬木十分震驚。警方原本懷疑可能是高見由理枝，調查結果證明是其他人。

該不會是美那子吧？

據說屍體安放在大學附屬醫院，兩天後火葬，只要明天下午前抵達福岡即可。離開東京時，冬木計畫待京都的工作告一段落，立刻搭飛機前往福岡確認屍體。

未料，今天早晨發生另一件意外的事。

爲了趕上十點的會議，冬木一早便搭乘新幹線南下，抵達會場時約九點四十分。他在玄關前與分社記者會合，三人一起走進會議大廳。此時，大廳裡早擠滿各國代表團和媒體工作者。

冬木踏入嘈雜的會場，赫然感覺有人躲在暗處目不轉睛地看著他。冬木四下張望，瞥見一個女人站在大廳後方的和式屏風旁。她披著夏季藍外套，華麗的棗紅鬈髮披肩而下，站姿展現出苗條的身材，小巧白皙的臉上戴著一副寬大的墨鏡。鏡片後的眼眸似乎緊盯著冬木。

女人和冬木相距十公尺以上，加上大廳內的間接照明致使室內光線昏暗，過往人群在兩人之間絡繹不絕，遮擋了彼此。

難道只是數秒的凝視？

就在冬木打算走過去一探究竟時，女人倏地轉身滑進屏風後方的狹廊。

冬木不由分說地追上，卻是徒勞無功。來到走廊，當即遇上四處轉角。一是洗手間，另一邊是職員辦公室的門，及通往後院的走道，而走廊中間還有一座樓梯，可是都看不到女人的身影。由於會議即將開始，會前另外安排了兩、三場預定訪談，冬木不得已只好放棄，折返大廳。

但隨著時間流逝，一個莫名的想法卻在他心中兀自膨脹。

剛才那是不是美那子？無論髮型或服裝，皆與在東京機場大廳無意間瞥見的美那子的裝扮一模一樣。可惜周圍混亂，加上女人戴著大墨鏡，冬木無法看清對方長相。

倘若是美那子，爲什麼要以那樣的姿態露面，又旋即消失？不是美那子，或許只是全然無關的女人，這兩種情形都有可能。那女人的行爲只是巧合嗎？似乎也難以判斷。然而，冬木感到最不尋常的，是會場裡再也不見女人的身影，彷彿只爲在自己面前現身才潛入大廳。難道她是美那子？

冬木一方面掛念昨天從福岡海域打撈上來的浮屍，另一方面亦隱約感到晃過眼前的就是美那子。兩種想法看似矛盾，卻帶給冬木同等分量的不安與疑惑。

一直顧慮著會場上的那個女人也無濟於事，冬木決定先前往福岡，親自確認屍體。爲盡速抵達機場，他不自覺地加快腳步走向樓梯。

月臺上人來人往，更顯紛紜雜沓。十九點七分發車的急行列車別府三號即將進站的廣播聲迴盪在月臺間。由於大阪是此班列車的起點站，加上許多旅行團在此搭乘，月臺上擠滿等待的旅客。

深灰色的別府三號駛進第四月臺後，月臺上更是充斥著人聲嘈雜、沸沸揚揚的氣氛。由於這是開往大分的長程列車，臥鋪和座位都是指定席，跟團旅客的神情卻仍顯得慌忙，好似急著盡早坐進車廂。這群旅客橫亙在月臺上，冬木無奈地停下腳步，等他們依序上車。

眼前這群人總算都上車後，月臺倏然變得異常冷清。

就在冬木重新邁開腳步，視線不自覺瞥向樓梯的瞬間，不經意「啊」地輕喊。那女人……不久前在會場上看見的身披藍外套，留著棗紅長髮的女人，依然戴著寬大的墨鏡，站在樓梯另一側。

在冬木的注視下，女人忽地轉過頭，兩人同時向前奔跑。

女人從鳴笛準備出發的列車旁直線往前跑。她穿著寬鬆黑長褲，拎一只行李箱，和在東京機場看見的美那子幾乎沒太大差別。

鈴聲持續響著。提醒旅客別府三號列車即將出發的廣播聲與鈴響重疊，女人毫不在意地繼續奔跑。她與冬木之間相距二十公尺，步伐極快，一頭長髮隨拎在右手的行李箱劇烈搖晃。

忽地，女人一個箭步跳上列車，鈴聲驟然停止，冬木竟也反射似地滑進身旁的車廂入口。

2

透過堅硬床墊傳到背上的規律震動，幾次驚醒淺眠中的冬木。拉下深綠簾幕的臥鋪裡光線昏暗，他伸手拉起一旁的百葉窗，霧茫茫的玻璃窗外露出淡淡曙光。手表顯示四點五十分。

直接穿著西裝褲就寢的冬木，坐起身理好襯衫。他的臥鋪在下方，拉開簾幕便是座位。其他乘客幾乎都還在睡夢中，而從冬木的座位放眼望去，所有臥鋪的簾幕盡皆拉上。

列車開到哪裡了？冬木翻開昨晚在車上購買的隨行列車時刻表。

「急行列車別府三號」昨晚十九點七分自大阪發車，經姬路、岡山……半夜通過系崎附近，三點四十七分離開小郡，五點二分將停靠下關站。此際應該行駛在下關站東方不遠處。

那女人還在車上嗎？或是已在某站下車？憶起昨晚的情形，疑惑與焦躁的情緒再次湧上心頭，剛睡醒的他緊張感油然而生。

昨夜，冬木爲尾隨那女人跳上這班列車，卻還是失算。謎樣的女人成功甩開冬木。離冬木兩節車廂遠的女人跳上車後，就在列車啓動的前一刻，冬木跟著跳上同一班列車。他暗忖這下對方可跑不掉了，往前仔細尋找。然而，幾近客滿的車廂裡，非但找不到外型酷似那女人的乘客，當然也找不到美那子。

急行列車別府三號是行駛於七月底到八月底間的季節性列車。服務的對象大多爲暑假返鄉探親的旅客和旅行社招攬的旅行團。由於這班列車的臥鋪幾乎全由旅行團預訂，昨晚開進大阪車站月臺時，臥鋪早已備妥，增加冬木尋人的難度。上車的旅客來來往往、忙上忙下的，車廂內的通道行進相當不易。至於拉上綠簾幕的臥鋪，冬木也不好逕自掀開搜索。加以車上的洗手間不止一處，冬木不可能一一查看所有進出洗手間的乘客。

即使包括B級臥鋪車廂和座位的十一節車廂幾近客滿，冬木仍仔細巡視一遍，可惜終究是徒勞。他重新前後來回一趟，回座時，列車剛駛進第一個停靠點三之宮站。

看來沒有旅客在三之宮下車。冬木走下月臺，然而女人的身影並未出現。

下一個停靠站神戶情況大致相同。列車在十九點四十四分抵達神戶，依然不見女人下車。

此刻，冬木決定放棄當場逮住女人的想法。他忽然感覺到，或許女人在大阪站上車後便立即下車離去。雖然冬木認爲根本不可能，因爲女人跳上列車時，發車鈴響亦隨之停止。而冬木才一上車，列車就啓動了。雖然不是自動開關的車門，可是列車開始行駛時，冬木曾稍微留意不久前女人跳上的車廂走道。不過，之後冬木再次回想，也無從斷言她絕沒下車。儘管車速變快，有心跳車並非不可能。

倘若女人仍在車上，並企圖在這十一節車廂的急行列車上躲過冬木，簡直是易如反掌。因而，冬木認爲現階段苦心思索女人是不是美那子，實在沒有太大意義。此時此刻，他反倒對另一個新發現的事實產生興趣。

那女人和冬木四目相接，絕非偶然，應是另有所圖。或許在京都會議上只是巧合，但不可能出現兩次相似的偶遇。不論她是誰，肯定是有計畫地在冬木面前現身。依此推斷，就算冬木不主動找她，她也一定會再度出現。

於是，冬木索性放心地搭乘別府三號前往九州，他必須到福岡確認溺死的女屍。別府三號開往大分縣的方向，僅需在小倉換下一班急行列車，就能在翌日清晨六點半左右抵達博多。

先前拿月臺票上車的冬木，於十點半列車行經岡山後，在列車長的安排下，分配到B級臥鋪的下層床位。據車長表示，雖然別府三號是應團體乘客的申請，才加掛B級臥鋪車廂，可是申請人數不會那麼剛好，總會多出幾個臥鋪。而這些多出來的鋪位便可提供給一般旅客。加上原本該在大阪上車的旅客，過岡山後依然不見人影，大概是取消行程了，列車長乾脆把那臥鋪轉讓給冬木。

於是，冬木直接躺下停止尋人。他疲憊得猶如發燒，隨列車的規律振動，無意識地打起盹……

列車速度減緩，代表已滑進清晨無人的月臺，準時五點二分抵達下關站。此際，車廂裡起床拉開百葉窗的乘客愈來愈多。

透過對面窗戶看得見靠海那側的月臺上，一列深藍列車幾乎與別府三號同時到站。由顏色推測，應是北上的急行列車。列車另一頭，可見包圍倉庫四周狀似狹窄的海洋。放眼望去，盡是魚類和罐頭的廣告看板，明顯感受到身在漁港。天空一下大白，卻飄覆著厚重的雲，今天同樣是陰天。

列車在下關站停五分鐘後出發，一駛離車站立刻被吸入漆黑的關門隧道。

隧道內的燈光規律閃過。列車疾駛一陣後，冬木感覺車速再次放慢。望出窗外，只見幽暗隧道中流進戶外的亮白光線，出口就在前方不遠處。出隧道即達門司，冬木以爲減速是爲準備進站。不料，速度愈來愈慢，最後簡直是龜速前行。

冬木自窗戶往下看，有三、四個人持手電筒行走在鐵軌上。此處已接近隧道出口。整條隧道僅在這幾百公尺的出口處，上行線與下行線間沒有隔牆，所以從下行列車可望見上行列車。儘管日光完全照射進來，軌道上依舊有些昏暗，猶見幾名戴鐵路公司帽子的人影，緩步朝隧道內走去。他們邊以手電筒往下照，邊仔細搜查地上。

冬木搭乘的列車緩緩加速經過他們身邊，很快來到門司站。

冬木步上月臺，隱隱感到不安。究竟出了什麼事？

清晨剛過五點，門司車站內空蕩蕩。位在月臺中央的辦公室前，一名男站務員和身穿鐵路警察制服的男人，面容緊張地交談著。在他們周圍，另有三、四名好事者正豎起耳朵偷聽兩人的對話。

冬木走向那群人，問離他最近、身穿馬球衫的學生樣男子。

「怎麼回事？」

「聽說關門隧道裡發生意外。」對方以不確定地回答，同時留意著車站人員的舉動。

「何時發生的？」

對側的男上班族應道：「好像是有人從剛才經過的上行列車摔落。」

此時，原本正在說話的兩名鐵路職員之一忽地朝樓梯快步走去。冬木連忙追上那名帽緣鑲金邊的中年站務員。

「我是報社記者。請問情況如何？」

站務員瞄一眼冬木，繼續往前走一會兒後才冷冷開口：「有人從四點五十三分門司發車的急行列車白山號上，掉落關門隧道。」

「死了嗎？」

「對。」

「死者是怎樣的人？」

「據說自車廂口摔下後，立即慘遭同一班車輾過，屍體四分五裂、支離破碎，根本認不出面孔。不過好像是個三十多歲的男人。」

「三十幾歲的男人……」

冬木瞬間放下胸口大石般安心許多。看來這起意外和那女人無關，也許只是偶發事故吧。這時，別府三號發車鈴聲響起。原定靠站八分鐘，可能是爲補回剛剛低速緩行的時間，才提早發車。

霎時，車窗和車廂口，探出許多張好奇地東張西望的面孔，大概是對關門隧道內的異狀感到疑惑吧。

於是，冬木準備上車。靠近列車中央的月臺上的他，直覺轉頭確認哪節車廂離自己較近，接著驀地瞠大眼。站在前一節車廂口的兩名男子背後，有個探頭顧盼的女人，恰巧與冬木四目相接，下一瞬間便彷彿觸電般迅速縮回車廂。這次，冬木總算看清對方的容貌。那不是美那子，千眞萬確是丹野怜子。

3

離關門隧道西側門司站約三百公尺的上行線軌道旁，發現倉橋滿男輾屍的消息，於八月八日凌晨五點半傳至西福岡警署的望鄉莊命案搜查總部。

當天清晨，倉橋滿男搭乘三點二十五分出發的北上急行列車白山號的A級臥鋪車，目的地是廣島。八點五十三分抵達後，預定在九點三十分參加廣島一家大型造船公司所舉辦的水壓管專用鋼板招標說明會。

倉橋屍體被發現不久，搜查總部立刻接獲消息，主要是總部特別關注倉橋的行蹤，甚至加派員警跟監。

由於這件事，倉橋和由理枝爲共犯的看法愈趨一致。如今，早一步潛逃的由理枝已失蹤四天。

遺憾的是，由理枝的行蹤依舊成謎。兩天前博多灣出現女性浮屍，調查人員即刻出動相驗屍體，最後判定死者另有其人。

另一方面，倉橋全面否認一切犯行，也沒有逃亡的企圖，因此警方並未限制他的行動，最多只是暗中派員跟蹤，以防他主動與由理枝聯絡，可是似乎也沒這類跡象。

八月八日清晨三點二十五分，倉橋在博多車站搭上白山號，住進倒數第二節A級臥鋪車廂靠中間右側的A8下層臥鋪。

兩名尾隨的刑警擔心太接近會暴露身分，與站務人員協商後，便坐在臥鋪車廂前方吸菸室的座位，隔著玻璃門輪班監視倉橋。不過，倉橋一進臥鋪就呼呼大睡，絲毫沒有離開的跡象。

這班車於四點四十六分停靠門司站，總算有零星的旅客上下車，也有穿後臥鋪車廂的旅客，導致倉橋的臥鋪附近變成刑警監視範圍中的死角。所幸倉橋並未離開臥鋪，也沒看見貌似由理枝的女人出現在車廂。

不過，列車在四點五十三分自門司出發不久，穿襯衫西褲的倉橋走出臥鋪，踩著自備的拖鞋走向車廂後方。這時，恰好是名叫豐浦的年輕刑警當班。見倉橋趿著拖鞋，豐浦研判他打算前往洗手間。

倘使他是押解中的犯人，刑警勢必會一起到洗手間外。無奈押解和跟監完全是兩回事，尤其跟監時最重要的就是千萬不能被對方察覺。

此外，遇到對方有逃亡或自殺之虞，或住所不定，或因任何閃失即有可能不知去向的情形，刑警寧冒身分曝光的風險也會接近目標。然而，倉橋幾乎沒有上述的可能性。儘管遭警方懷疑，倉橋依然以專務的身分，代替過世的丹野振作精神處理公司業務，未曾顯現逃亡或自殺意圖。在這些前提下，豐浦刑警沒立即跟上倉橋，絕非失神或怠職。

倉橋走出臥鋪車廂，並關上車門。因為洗手間在車廂門外，豐浦刑警只能隔著車門緊盯倉橋。可惜夜晚光線昏暗，無法清楚確認進出洗手間的情形。

豐浦等了三分鐘左右，隨即搖醒睡得正酣的石上刑警，接著緩步走向車廂後方。

沒想到，洗手間門上顯示著「空」。敲門後打開一看，非但裡面沒人，連洗臉臺前也沒人。糟糕！豐浦暗忖不妙。不過這時候列車正行駛於關門隧道，根本不可能有逃離車外之虞。唯一可能的情形，就是他打算和最後一節B級臥鋪車廂裡的某人，例如高見由理枝見面。

豐浦走向最後一節B級臥鋪車廂，猛然不自覺地叫喊一聲。B級臥鋪車箱玄關左側的手動式車門被打開了，夾雜隧道裡薰鼻的臭氣強風直撲而入。

兩分鐘後，列車抵達下關。豐浦留石上在車內，獨自走下月臺。他立刻尋求鐵路警察的協助，並與門司站的辦事處聯繫，準備在關門隧道內進行搜查。豐浦見車廂入口門無故開啓，當下心中有數，倉橋十之八九已從那裡摔落。

以上就是意外發生後，隨即能在隧道內尋獲倉橋死狀甚慘的破碎屍體的緣由。

事後，警方分別從自殺與他殺兩方面著手調查倉橋之死。

不必提，警方早將倉橋列爲殺害丹野靖久的頭號嫌犯，他本人也很清楚這一點，說不定先前便察覺有刑警跟監。倉橋表面上始終一副平心靜氣的樣子，或許實際上是提心吊膽、如坐針氈，甚至已心力交瘁。倘若眞是他動手殺害丹野，並利用高見由理枝僞裝不在場證明，他應該早有覺悟遲早會被繩之以法。如此一來，倉橋極可能一時想不開而自殺。

不過，從倉橋的處境來看，他殺的可能性也很高，只是警方能推論出的動機各有不同。

首先，與倉橋一同殺害丹野的共犯，擔心倉橋遭逮捕，於是搶先一步殺他滅口。

第二，認定倉橋是殺害丹野兇手的人，親手對企圖逃亡的倉橋展開復仇。除辦案人員外，無人知曉警方已倉橋鎖定爲嫌犯，並派員跟監。

第三，兇手對倉橋有個人恩怨、嫉妒或仇恨。

若接受第一種看法，意味著兇手指向高見由理枝。一旦倉橋與由理枝是共犯關係，對倉橋而言，想必由理枝將是危險的存在，但他自有辦法操控由理枝的命運。倘使兩人是共犯，且直接下手行凶的主嫌是倉橋，那麼，由理枝僅是協助僞造倉橋的不在場證明。所以，由理枝爲滅口而殺害倉橋的可能性微乎其微。然而，就現實層面上考量，似乎也並非不可能。身爲共犯的由理枝，萬一被查出協助殺人的事實，年輕的她未來將就此斷送。情勢所逼，由理枝還是很有可能除掉倉橋。

第二種爲報仇而殺死倉橋的看法，兇嫌理所當然是丹野怜子。怜子是丹野唯一的妹妹。倉橋若爲利用與怜子結婚之名，行爭奪公司之實的目的殺害丹野，怜子會默許嗎？她或許一心只想親手爲哥哥報仇，終於痛下毒手。

第三種推測也不容小覷。丹野去世後，丹野鋼材的大權掌握在倉橋手中，公司裡嫉妒或反感的人不在少數。可能是這些人利用望鄉莊命案尚未偵破的微妙時機，企圖解決倉橋而後快。

此外，絕不能排除郡司祥平涉案的可能性。有些人認爲郡司曾拜託丹野爲九州鋼鐵的支票背書作保，以化解公司倒閉的危機。而丹野原想接受郡司的請求，一旁的倉橋卻強力反對，導致丹野只好暫時躲避。從郡司詆毀倉橋的內容看來，至少可認定郡司相信這項傳聞。經營者，特別是白手起家、苦心經營的中小企業主，總是熱愛著自己的公司。圖謀力挽狂瀾的郡司，自然對見死不救、極力阻撓的倉橋恨之入骨……

放眼望去，殺害倉橋的嫌犯隨處可見。

萬一眞是他殺，那兇手是採取哪種方式？

對照望鄉莊命案，本案從一開始便採取相當細膩的犯罪手法。

由於凶案發生在白山號從門司駛進關門隧道之際，推測兇嫌是在四點五十三分到五點整爲止的七分鐘內下手（白山號於五點二分抵達下關）。

案發現場爲白山號最後一節B級臥鋪車箱前側玄關。兇嫌首先打開和車行方向相同的左側手動式車門，待倉橋經過時，倏地將他推下。只要推對方向，就算女人也能輕易辦到。

接下來，警方推測大概有兩種引誘倉橋走到車廂玄關的方法。

第一種，藉故指示倉橋到列車最後一節B級臥鋪車或車廂玄關。

第二種，利用倉橋從博多上車到行凶時刻前，主動接近倉橋的臥鋪，並誘使他走向B級臥鋪車。意即，嫌犯是在四點四十六分抵達門司站，到五十三分離站的七分鐘內接觸倉橋。然而豐浦刑警表示，博多至門司期間，沒人靠近倉橋的臥鋪。

不過，列車停靠門司站時，上下車的旅客來來往往，從豐浦的座位看過去，倉橋臥鋪附近形成視覺上的死角。豐浦坦承，若有誰利用這短暫的空檔與倉橋寒暄，他恐怕也無法察覺。

兇嫌固然冒險躲過跟監員警的眼睛，卻可能根本不曉得有員警尾隨倉橋；或者嫌犯早精密計算過跟監員警的所在位置，並見機接近倉橋。

另一方面，豐浦刑警於下關下車後，一直留在車上的石上刑警曾詢問倉橋臥鋪附近的乘客，不巧當時是清晨五點，不論上鋪或前後的乘客都在睡夢中，並未察覺異狀。接著，石上調查後方B級臥鋪車廂，來回搜索整輛列車，卻遍尋不著高見由理枝，當然也沒發現任何與倉橋有關的人。在這時間點，石上尚未接獲倉橋摔車身亡的消息，他所能做的僅止於此。

萬一是他殺，依嫌犯誘使倉橋到車廂玄關的舉動來看，兩人必定有迫切需要見面的理由。否則，兇嫌何以甘冒風險，執意與捲入望鄉莊命案並遭刑警跟監的倉橋，約好在車上相見？抑或是嫌犯主動靠近倉橋的臥鋪，以短暫交談為由要求他前往車廂玄關。這些推測都有其可能性。

自從高見由理枝失蹤後，搜查總部除原有的沉重焦躁氣氛外，隨之而來的是益發明顯的壓迫感。

首先，必須調查倉橋滿男是否有自殺的意圖，同時加強搜尋由理枝的下落。跟監倉橋的員警證實，八月四日中午十一點由理枝離開井尻的鐵工廠後，便沒再和倉橋見面。因此，警方認為由理枝慘遭倉橋殺害的機率極小，她一定還藏匿於某處。

另外，警方不但以丹野鋼材為中心，重新全面清查倉橋的人際關係，也重新確認案發當時郡司祥平與丹野怜子的不在場證明。

調查人員在中午的搜查會議上，各自報告相關結果。

負責詢訪倉橋身邊人士的員警皆不認為他會自殺。丹野過世後，倉橋對丹野鋼材的經營管理更顯雄心勃勃，行事曆上排滿拜訪廠商、拓展業務的行程。

且據熟悉其個性的人的說法，無論處境如何，他絕不會選擇自殺。調查人員亦有同感，倉橋似乎並不訝異自己因丹野命案遭致追查。

至於其餘相關調查，結果如下──

「郡司祥平沒有明確的不在場證明。」香月刑警年輕的臉上帶著潮紅，起身報告。「他表示當時在自宅睡覺，亦得到他太太的證實。可是，因爲家裡沒有傭人，只有妻子的證實是不夠的。」

郡司擔任九州鋼鐵社長時，住在南公園附近高級住宅區裡的豪宅，如今已搬到郊區的租處。

「有關郡司對倉橋懷恨在心這件事，應該是眞的。重提爲支票背書的話題時，他顫抖雙唇責怪倉橋後，又急忙閉口不談。」

丹野怜子則由中川負責調查。他在電視公司前等待正要上班的怜子，並對她展開詢問。

「丹野怜子的不在場證明有點特別。」

中川盯著寫滿密密麻麻數字的筆記報告。這些筆記是詢問完怜子後，轉往博多車站查得的資料。

「丹野怜子表示，事發當時在南下急行列車別府三號上。她從大阪搭乘別府三號到小倉，隨後轉搭急行列車櫻島號，約六點四十分回到福岡。」

「她一個人嗎？」小田切發問。

「是的。前天，也就是八月六日，她前往東京出差，並於昨天八月七日順道至大阪分公司，然後搭上十九點七分發車的別府三號。她名義上是出差，實爲旅行散心，並未事先安排行程，完全視當下的心情隨機搭車。所以到大阪車站後，她才得知設有臥鋪的急行列車幾乎客滿，不得已只好購買別府三號最前面車廂的座位。」

「嗯，出狀況的白山號上行列車行經關門隧道時，下行別府三號在什麼地點？」宗像課長瞄著中川的筆記本提問。

「案發時間爲四點五十三分到五點的七分鐘內。那時別府三號下行列車剛好通過下關東邊的幡生站附近，可說是極不尋常的偶然。事發後，上行列車白山號及下行列車別府三號皆準時於五點二分抵達下關。換言之，命案發生時，這兩班列車恰巧各從左右兩側開往下關站會合。」

「噢……不過，若丹野怜子在別府三號上就無法行凶啊。」

宗像課長雙手交抱胸前喃喃自語。其他員警也不解地陷入苦思，沒人提出異議。這的確是不尋常的偶然，兩列急行車竟分別自東西兩側同時駛進下關車站。會車前，搭下行列車的人絕不可能殺害上行列車的乘客……

「有證據顯示她當時在別府三號上嗎？」飛田刑警接著提出質疑。

「丹野怜子表示，因她獨自搭乘，且是夜班車，周圍旅客都在睡夢中，大概沒人記得她的面貌。但列車開到廣島站時，她曾下車在月臺的立食蕎麥麵店用餐。」

「立食蕎麥麵？那時廣島可是深夜啊！」小田切睜大眼睛說道。

「是的。別府三號抵達廣島時已是零點五十九分，預定停靠五分鐘後，於凌晨一點四分發車。廣島車站的下行列車月臺都設有二十四小時營業的立食蕎麥麵店，這是我不久前在博多車站打聽來的。丹野怜子搭上這班列車後，由於難以入睡，腦中不停想著無關緊要的瑣事，又忽然感到飢腸轆轆，看見停靠的廣島站月臺上還有營業中的蕎麥麵店，立刻下去吃一碗。和她一樣下車充飢的，還有其他三、四名旅行團的乘客。大家邊吃邊聊天，怜子也跟老闆聊了幾句。由於怜子在電視公司擔任綜藝節目的製作，對許多話題都很有興趣。她請教老闆，不同季節與時間來店的客人有什麼差異，沒想到老闆亦興趣盎然地回答。待到準備開車的前一刻，她才匆匆忙忙跳上最近的車廂玄關。丹野怜子表示，只要問那位麵店老闆，就足以證明她昨晚自別府三號下車吃麵後，又回到同一班列車上。」

「這樣吧，看誰要帶著怜子的照片，立刻前往廣島一趟？」

宗像課長隨即果決地命令道。

4

冬木來到福岡後，旋即得知兩天前從博多灣打撈上岸的女性浮屍不是朝岡美那子。

在小倉轉乘櫻島號，於六點三十八分抵達博多車站的冬木，撥打公用電話到《日本日報》福岡分社的社會部。幸運的是，前幾天向冬木轉達相關消息的記者別所恰好在辦公室。

別所向冬木說明，女性浮屍的身分已查明，昨天深夜由大阪來的家屬領回。死者是住在大阪的單身女性，一週前家人才提出失蹤協尋，自殺的原因是失戀。

別所全然沒留意冬木當下的心情，在電話裡大聲說道：

「西福岡警署的熟人方才告訴我，今天早上又發生新案件。」

「西福岡警署？」一聽是望鄉莊命案的管轄警署，冬木頓時神經緊繃。

「是啊。據說今天一大早，在關門隧道裡發現倉橋滿男的碎屍。」

「……」

冬木憶起關門隧道內手電筒晃動的光線，及在門司月臺上聽來的消息。當時站務員曾提到，死者是年約三十的男性，難道那就是倉橋？

「根據調查，倉橋搭乘今天清晨三點二十五分自博多站發車的白山號，未料卻從最後一節B級臥鋪車廂玄關摔落隧道。目前還不清楚是自殺或他殺，警方正緊急詢問關係人。」

這些就是《日本日報》手邊全部的資料，冬木再次確認倉橋搭乘的列車班次後才掛上電話。

冬木沒放開聽筒，茫然地望著前方。一得知浮屍不是美那子而放鬆的心情，頓時消失無蹤。昨晚在大阪車站月臺上驚鴻一瞥、貌似美那子的女人，和今早在別府三號上赫見的丹野怜子，兩張交錯浮現的面孔占據冬木的思緒。

他走出電話亭，朝車站販賣部前進。明亮的車站裡，學生和上班族三三兩兩陸續進入。

因爲還不到尖峰時段，人潮移動順暢。

冬木在販賣部買了一本綜合交通時刻表，走出後車站。北邊數百公尺處的舊車站七、八年前遭拆除，重建現今這座車站。車站正面高樓林立，呈現人口近百萬的都市玄關風貌，沒想到後車站卻依然冷清。商店少、停車場後方新蓋的幾棟中小型大樓之間，依稀可見幾處凌亂的空地。

咖啡店亦尚未開始營業，冬木只好走進稍遠處的鐵道邊小食堂。

冬木坐在吧臺前，手撐腮幫子，直盯著香氣四溢的味噌湯上的白色煙氳，思緒集中在一個問題上：下行急行列車別府三號上的人，可能將上行急行列車白山號裡的倉橋推落關門隧道嗎？

發生事故時，兩列車正對向往下關前進，根本尚未會車。倘使眞有令冬木不由得起疑的人，而對方在大阪到門司途中確實一直待在別府三號上，那麼這個人當然不可能殺害倉橋。

不過……

在大阪站月臺跳上別府三號車廂玄關的藍大衣女子身影，再度躍入冬木眼底。冬木篤定女人已上車，才隨之跳上車。如今回想起來，說不定那女人一上車就立刻又下車。

假設她當時跳車，之後會去哪裡？

她若計畫在關門隧道內殺害坐上行列車白山號的倉橋，便得搶在下行列車別府三號前，提早於隧道西側乘上白山號。

從大阪到九州，比火車更快的交通工具……當然是飛機。

冬木啜口味噌湯，拿出剛買的時刻表，翻開最後幾頁的航空部分。

下行急行列車別府三號於十九點七分從大阪站發車。要是跳車後直接搭車前往大阪機場，僅需二十分鐘。而依據時刻表，共有三個班次：

（大阪）一九・五〇——（福岡）二〇・四五

（大阪）二〇・十五——（福岡）二一・五〇

（大阪）二一・五〇——（福岡）二二・四五

不論選擇哪一班，都有充裕的時間可搭上翌日清晨三點二十五分，從博多站出發的白山號。

女人搭機飛往福岡，然後轉乘白山號，並事先藉口誘使倉橋在經關門隧道時至後方B級臥鋪車廂玄關。而後，女人在倉橋赴約前打開車門，再趁倉橋鬆懈不備之際，猛地推下他……

在冬木的推理中，還有一個問題尚待解決。從白山號上推落倉橋後，女人如何返回別府三號？

案發當時，兩列快車分別自東西側駛進下關站，會車地點是……對了！冬木眼睛一亮，兩車交會處正是下關站。冬木親眼目睹，自己乘坐的別府三號滑進下關站的同時，剛好有一列急行車也駛進靠海的月臺。

冬木連忙找到山陽本線的時刻表，恰巧上行與下行的時刻表印在同一頁上。

上行白山號於五點二分抵達下關，停車時間九分鐘，十一分發車。

下行別府三號也是五點二分抵達下關，七分發車。女人返回別府三號的時間簡直綽綽有餘。

冬木壓抑著激動的情緒，重新確認時刻表上的時間。確定無誤後，便掏出筆記本試著整理出「女人的行蹤」。

白山號

終點站	大阪
列車號碼	202
博多開	325
門司開	453
下關停	502
下關開	511
↓	
厚狹停	540
厚狹開	541
↓	
小郡停	615
小郡開	618
↓	
德山停	704
德山開	707
↓	
柳井停	742
柳井開	743
廣島	853

別府三號

終點站	大分
列車號碼	6217
廣島開	104
岩國開	142
↓	
德山停	248
德山開	250
↓	
小郡停	340
小郡開	347
↓	
厚狹停	
厚狹開	
↓	
下關停	502
下關開	507
門司	516
博多	

①八月七日大阪站發車的下行列車別府三號。偽裝上車後立即下車。

②搭計程車前往大阪機場。費時二十分鐘。
③乘坐日本航空三二三次大阪飛福岡班機。十九點五十分起飛，並於二十點四十五分抵達（其他兩班亦可）。
④自福岡機場搭計程車直達博多車站，所需時間十五分鐘。
⑤乘坐八月八日清晨三點二十五分博多站發車的上行列車白山號。
清晨四點五十三分至五點二分間，於關門隧道內犯案。
⑥五點二分於下關下車，旋即轉搭下行列車別府三號。
⑦五點十六分抵達門司站……
冬木茫然望著自己寫下的文字。激動的情緒逐漸冷卻消沉，取而代之的是沉痛無言的哀傷。

5

倉橋滿男跌落關門隧道那天的下午三點多，西福岡警署接獲發現高見由理枝的通報。雖說是發現由理枝，其實是她自行向地方派出所投案。

投案的派出所位於福岡縣系島郡芥屋——系島郡位於福岡縣西端，北半部是凸出玄界灘海域的系島半島，爲一處半農半漁的寧靜村落。芥屋則在半島西北端，北側是片斷崖，斷崖上有個稱為芥屋大門的海蝕洞。西側是沙灘，夏季開放為海水浴場時相當熱鬧。而派出所孤零零地坐落斷崖與海水浴場間的松林前。

這天下午三點左右，一名約二十三、四歲，身穿緊身藍套裝的惹眼女性獨自來到派出所。所內僅一名五十多歲的巡警青島留守，他看見有個女人沿田埂走近，便直覺一定出事了。女人步伐遲疑，臉色蒼白，一副膽戰心驚的樣子。

當她走至派出所門口，青島不禁啞然失聲。他立即認出女人正是四天前，所屬的前原警署通知必須留意協尋的「高見由理枝」。

在青島未開口前，由理枝早一步報上姓名。

「我、我叫高見由理枝，殺害倉橋的不是我。」由理枝彷彿遭異物附身般脫口而出，而後倏地癱坐在椅子上，趴倒桌面。

青島即刻通報前原警署，再由前原警署火速聯絡西福岡警署。

一小時後，由理枝被帶到西福岡警署。在警署後方的偵訊室裡，宗像課長、中川組長等數名員警及聞訊而來的縣警局廣池課長，團團圍住由理枝。由理枝已逐漸平靜，恢復以往的強硬個性。

「這段時間妳躲在哪裡？」宗像課長瞥一眼由理枝後問道。面對嫌犯時，他端莊的臉孔總帶著銳利的神情。面色蒼白直低著頭的由理枝回應：

「芥屋的鶴見婦產科。」她聲調低沉而清晰。

「那是妳朋友的地方？」

「是的，父親從前住在福岡時和院長熟識，我剛離開大分老家進丹野鋼材上班時，也曾前往他的住所拜訪。我編了個理由，請他容許我住院。」

「噢。首先，我想問的是，」宗像加強語氣，「妳承認和倉橋滿男是情侶關係，並共謀殺害丹野嗎？」

在近乎窒息的氣氛下，由理枝意外地直接回答「是的」。雖然表情瞬間糾結，她依舊緊咬雙唇，低垂目光。

「好。那麼，請說明八月四日離開井尻的鐵工廠後，妳企圖隱匿行蹤的過程。」

「是……」

由理枝點點頭，停頓一下。從那冷靜的眼神可看出，她已有和盤托出的決心，此刻的沉默只是爲了整理思緒。半晌，她堅強地克服痛苦的情緒緩緩開口：

「那天早上一到公司，倉橋就叫我進辦公室。他說事情變得有些複雜，希望我暫時躲起來。」

倉橋表示，警方已隱約察覺兩人的關係，並企圖讓他倆背負殺害丹野的罪名，只是苦無證據。不過他有自信，只要否認到底，便能全身而退。可是，萬一由理枝被捕，就難以脫身了，所以還是躲起來對情況比較有利……

說完，兩人馬上討論起藏身之處，可惜倉橋也想不到合適的地點。這時，由理枝靈機一動，想起鶴見婦產科醫院。鶴見院長是名年近七十的男人，對有過一面之緣的由理枝印象不錯。麻煩的是，由理枝憶起父親曾說，這個院長性情古怪、風評不佳，據說曾販賣醫療用麻藥給暴力集團，而遭警方偵訊，最終因證據不足不起訴。所幸他為人海派，對有求於他的人，一定照顧到底。

果然，由理枝前去醫院，謊稱「被壞男人糾纏」，鶴見二話不說，當下安排她「住院」，並要求所有護士對外保密。

倉橋有時會打電話來簡短問候，但大多只是告訴她，目前事態逐漸朝不利兩人的方向發展，他定會盡快找到更安全的藏身處所，請她暫時忍耐一段時日。

第三天早晨，也就是倉橋遇害的前一天，倉橋來電告知他遭刑警跟監，無法前去探望她並交代下午會有個柴田打電話給她，是足以信任的人。屆時，只要約好時間，再至芥屋大門斷崖附近人跡罕至的樹林碰面，柴田應該會開車載她到阿蘇火山山麓的別墅暫住。等警方的監視稍緩，他會趕往別墅會合，商量今後的打算。

於是由理枝整理好隨身物品，等待「柴田」的電話。未料，直到晚上都沒任何聯繫。翌日，也就是今天中午，由理枝收聽廣播才得知倉橋的死訊，以及警方把她列為重要關係人，全力搜尋中。她頓時心生恐懼，深覺已無所遁逃，因而決定至派出所投案。

雖然由理枝的供述偶爾會前後顛倒或斷斷續續，但至少內容有邏輯，不像隨口編造的謊言。

廣池課長探出肥胖的上半身，瞠眼直盯著由理枝問：「妳認識叫柴田的男人嗎？」

「我沒見過他，可是常聽倉橋提起。他是福岡橡膠社長的兒子，和倉橋是高中好友，聽說是個花花公子。」

廣池和宗像不由得面面相覷。福岡橡膠在業界是首屈一指的大公司，當地刑警都很清楚其社長姓「柴田」。看來這條線索有必要馬上詳加調查。

「接下來，我想問有關望鄉莊的事。」宗像的語調益發咄咄逼人。「七月十六日早上七點前，妳曾到望鄉莊十五號房，九點五十分左右離開，意外在樓梯口遇見住十號房的主婦，這是眞的嗎？」

「是的……」由理枝心虛地輕聲回答，沮喪低下頭。

「妳前往十五號房的目的是什麼？」

「房間的布置……想稍微改變一下。」

「請具體說明。」

「首先，我拉開窗簾……這是爲了拿進八點多送來的報紙和牛奶。而後將早報放在和室的枕頭邊，牛奶則倒入水槽，只留空瓶。臨走時拉攏窗簾、鎖上房門後才離去。」

「十點鐘打電話到十五號房的也是妳嗎？」

「是……」

「在哪裡打的？」

「借用西里社區附近的內科醫院的電話。」

「電話響多久？」由理枝對這問題似乎感到相當驚訝，不自覺瞠大眼，一臉不服輸地直視宗像，不過隨即死心似地回答：

「五分鐘左右。」

「倉橋命令妳待電話響五分鐘後掛斷嗎？」

「是的。」

「換句話說，不論打電話，或更動十五號房擺設，全是倉橋指示的。目的是使行凶時間看起來像是十六日早上十點到十點半之間，也才能製造倉橋和妳的不在場證明嗎？」

「對。」

由理枝不帶情感的平靜答覆，一股如釋重負的氣氛流入偵訊室。

廣池隨即打破沉默：「十六日早晨進入望鄉莊十五號房時，房裡的情況如何？」

「好像經過激烈打鬥，相當凌亂。社長……倒臥在椅子後面，我盡量不看他……」由理枝話聲不禁顫抖，豐潤的唇失去血色，顯得異常乾澀。

「丹野是前一晚，也就是七月十五日晚上遭倉橋滿男殺害的嗎？」

「……」

由理枝依舊低頭緊咬雙唇。偵訊室內再度瀰漫著教人窒息的緊張氣氛。

「七月十五日晚上，倉橋在望鄉莊殺死丹野。次日早晨，妳潛入犯罪現場，處理完牛奶和報紙後，與倉橋分別自別府和福岡打電話到十五號房，讓人誤以爲行凶時間在十六日早上。這不就是你們的計謀？」

廣池不容對方狡辯的語氣，逼使由理枝仰頭瞪著他。但由理枝的目光隨即又落在膝頭，一口氣說了起來：

「您說得沒錯，不，我們原打算這麼做……十六日早上抵達現場時，我按照原先的計畫進行。只是之後我考慮是否該躲起來時，倉橋講了些令人匪夷所思的話。」

「什麼？」

「倉橋說，殺害社長的不是他，七月十五日晚上九點半到十五號房時，社長已遇害。乍聽之下，我根本不相信，以爲他被警方逼急，連我也想騙，當下覺得眞是看錯人。得知倉橋遇害的消息時，我才明白他沒撒謊。倉橋一定是遭到謀殺社長的眞兇滅口。」由理枝不自覺地睜大眼睛，面露驚懼，聲嘶力竭地高喊。

現場偵辦人員無不面面相覷。

「總之，」宗像課長轉頭盯著由理枝，「倉橋和妳共謀殺害丹野是事實？」

「對。」

「好，請詳細說明你們爲什麼想謀害丹野？」

「這……」

在警方的追問下，由理枝敘述起兩人計畫「犯案」的前因後果。

倉橋與由理枝交往已超過四年。同事之所以沒發現，可能是早在兩人發生關係前，公司裡就盛傳丹野和由理枝情誼匪淺的流言吧。當時丹野的妻子過世不久，眼見年輕迷人的由理枝經常為丹野打理生活，難怪其他人會產生「水到渠成」的聯想。而倉橋與由理枝約會時，總是神情緊繃地注意周圍。他不時提心吊膽，唯恐丹野察覺兩人的關係。

不過兩人確實有結婚的打算，至少由理枝是這麼期待的。每當她向倉橋訴說交往要以結婚為前提的想法時，倉橋未曾表示反對。

豈料，之後怜子和倉橋感情迅速升溫，致使兩人關係驟變。男友空難身亡後，怜子毅然離開丹野，搬出去獨居。面對孤獨消沉的怜子，倉橋竟展開積極追求，公司女職員間亦傳起倉橋和怜子訂婚的消息。

面臨這突如其來的轉變，由理枝無法保持沉默。她責備倉橋，並威脅他若不和怜子分手，就要向丹野和怜子坦白兩人的關係。如此一來，怜子不用說，視倉橋為心腹的丹野一氣之下，很可能將倉橋逐出公司。

倉橋逼不得已，於是向由理枝吐露「真心話」。

「我不想永遠在丹野底下賣命。」倉橋好不容易把積怨多年的不滿一股腦傾吐而出。他目前雖擔任丹野鋼材專務，工作上握有實權，但這不過是丹野為了公司營運，利用倉橋能力到極致的策略之一。實際上，丹野根本不想讓倉橋參與經營，因此公司股票全在丹野手上，倉橋連一股也沒分到。

丹野鋼材成立之初只是地區性的小工廠，多虧倉橋大力研發的軋製鋼構專利權，營收才能在這波不景氣中依舊亮眼。「丹野鋼材的資產有一半是我的功勞！」這句話在野心極大的倉橋胸口搧風點火，益發引燃他不滿的情緒。

可惜的是，倉野本身沒有另起爐灶的資金，丹野鋼材也沒有像丹野的老東家「九州鋼鐵」般協助他「另設分號」的規模與財力。如此一來，倉橋只能覺悟必須永遠在丹野手下工作。

假如丹野年事已高也就罷了，事實上他才四十出頭，與倉橋僅差六歲。依此判斷，倉橋根本不必指望成爲公司負責人，可是他終舊難掩對名利的渴望。

於是，倉橋趁兩人獨處時，向由理枝坦誠眞正的動機，解釋接近怜子是爲實現這個計畫。先想辦法和怜子結婚再除掉丹野，如此丹野的財產將由怜子一人繼承。假以時日，一步步把公司股票過戶到倉橋自己的名下。只要有充分的理由，慫恿怜子移轉股票絕非難事。最後，再設法將怜子逐出家門。只要利用怜子任性又一絲不苟的個性，倉橋自認計畫一定能順利進行。接下來，便能順理成章地與由理枝完婚。爲了讓計畫成功，倉橋請由理枝絕對要相信他。在此之前，只能委屈她暫且當一名陰影下的女人……

由理枝深信倉橋的行動力，認爲暫時當他背後的女人也不壞。事實上，倉橋將因此擁有的龐大資產對她更具吸引力。生長在大分縣貧窮農家的由理枝，由於憧憬都會生活而隻身來到福岡。她最渴望的，不就是過著自由而奢侈的生活？而這也是由理枝認定的「有文化」的生活。

除此之外，由理枝認爲，既然倉橋對她表明這非同小可的計畫，就不會背叛她。即便他和怜子結婚，一旦她向怜子洩漏兩人的關係，怜子也不可能輕易原諒倉橋。萬一怜子識破眞相，倉橋的計畫便無法順利實現。換言之，由理枝握有倉橋的把柄。

果然過沒多久，倉橋和怜子正式訂婚，並決定在秋天結婚。出乎意料的是，六月底竟發生一件事，完全打亂倉橋和由理枝的計畫。

丹野突然說，他要再婚。

由理枝的自白至此，只見在座的偵查人員盡皆啞然。

「再婚？意思是他要跟某人結婚嗎？」廣池未加思索的問話，並未引起他人的訕笑。

「是的。」由理枝點頭。

「對象是誰？」

「我不太清楚，倉橋似乎也所知不多。只是社長明確告訴他，近期會結婚。聽說對方有些問題沒解決，不至於在一、兩天之內就辦手續。但大抵一個月便可了斷。屆時，丹野希望能盡快完婚。聽倉橋轉述，社長當時精神奕奕，神情年輕許多。」

「關於這位再婚對象，你們沒問得更具體些嗎？」

廣池忍不住插嘴，只見由理枝略微偏頭回答：

「是。聽說對方基於某些理由，在正式結婚前不願公開自己的身分。社長解釋，只是想先讓倉橋有個心理準備，倉橋便沒再細問下去。不過聽社長的語氣，對方應該是有夫之婦。」

說不定是某次在酒店碰巧遇見的那個女人……」

這些就是由理枝知道的一切。

不管對象是哪個女人，一旦丹野再婚，倉橋的計畫亦隨之落空。因丹野過世後，全部財產的三分之二將由妻子繼承。萬一又生了小孩，妻兒便坐擁所有遺產，妹妹怜子也就喪失繼承權。

情急之下，倉橋決定提前下手，他等不到與怜子結婚的那天了。他認爲，既然已和怜子正式訂婚，就算丹野此時身亡，也不致影響婚事的進行。搞不好怜子失去至親，在孤獨無依的心情下，反而想盡早完婚。且經通盤考量，若在婚前除掉丹野，警方較不會對倉橋起疑。

巧合的是，此時郡司祥平受困於九州鋼鐵的經營危機，拜託丹野在九州鋼鐵開出的票據上背書作保。爲婉拒郡司的請託，丹野決定藏身一段時日。對倉橋而言，這可是個千載難逢的機會。

「是倉橋慫恿丹野暫時躲避一陣子的嗎？」中川首度開口詢問。

「不，好像不盡然如此。最初社長確實曾表示，不論郡司先生提出多無理的要求，他都必須全盤接受。倉橋卻竭力反對，認爲不能太濫情。一旦社長爲郡司先生的票據背書，公司一定會被拖垮，最終導致兩家公司雙雙倒閉。社長只得重新考慮，而後才無奈決定，要以不傷和氣的方式拒絕。據倉橋的說法，社長是自己提出暫時藏身的計畫，且似乎早盤算好隱匿的處所。」

「那就是望鄉莊十五號房？」

「是的。」

「原來如此……」

中川語氣沉重地點點頭。丹野當然已想好藏身處所。因爲他早在失蹤前半個月，也就是六月二十五日，租下望鄉莊十五號房，以提供一名謎樣的女性居住。原來，這女人便是丹野再婚的對象。事到如今，終於眞相大白。

宗像接著問：「不論是誰的建議，總之丹野失蹤時，倉橋其實知道他藏匿的地點和理由？」

「沒錯。」

「七月十五日晚上，丹野電告倉橋十五號房的電話號碼這件事，根本是子虛烏有？」

「對。」

「他謊稱丹野來電的當下，丹野是否已遇害？」

「或許吧……」

「能把你們的犯案計畫描述得更詳盡些嗎？」

「好……」

自白至此，由理枝的語氣已轉趨平靜。

根據她的說法，一開始計畫七月十五日晚上九點到九點半之間，倉橋首先假借商討公事的名義前往望鄉莊十五號房。

選擇這個時間，是因之前倉橋曾兩次夜訪過丹野，並從丹野口中得知隔壁房的作息，同時考量到九州鋼鐵可能宣告破產才決定的。

依兩人原先規畫，倉橋必須當場以偷偷帶去的刀子刺殺丹野，並帶走凶器。這幾年，丹野的身材明顯發福，經常抱怨心臟不舒服。與丹野不同，倉橋自學生時代起便不間斷地游泳健身。若趁其不備先發制人，他有把握制伏丹野。犯案後，倉橋拿丹野的鑰匙鎖上房門逃逸，當晚複製一把交給由理枝。天神鬧區附近有家配鎖店營業到晚上十一點左右，只要交給老闆，三分鐘就能複製好備用鑰匙。

十六日早上六點四十五分，由理枝帶著原來的鑰匙和備鑰進入十五號房，將窗簾、報紙、牛奶等擺設僞裝成丹野在十六日早上還活著的樣子，並把丹野的鑰匙放回小餐桌抽屜，然後以備鑰鎖門離去。如此，不在抽屜裡的那把遺失的鑰匙便會成爲警方調查的重點，偵查方向也會因此偏離倉橋。這些細節都在兩人的計算內。

由理枝離開望鄉莊後，在十點的前一分鐘自別處打電話至十五號房，鈴響五分鐘再掛斷。而倉橋則在十點整從別府的旅館裡請櫃檯撥接同一支電話，讓第三人確認丹野房間的電話占線中。

兩人希望藉上述計畫，誘導警方誤判行凶時間爲十六日上午十點到十點半之間。這樣一來，非但倉橋的不在場證明得以成立，由理枝至多也只是教唆現場那體力與丹野相仿的男性嫌犯行凶，免去被視爲共犯的可能。倘若警方仍懷疑她，由理枝大可主張十六日上午十點左右，從看診的西里社區的內科醫院打電話給朋友（對方不在家，沒接電話），且直到十一點多才看完病，期間一步也沒離開醫院。只要提出這個事實，她就能證明自己不在場。（由理枝於九點五十分走出十五號房時，撞見十號房的太太，確實是個意外的大敗筆。她擔心那位太太事後認出自己，在附近留連反倒不利，於是進入內科醫院不久，便在人來人往的候診室裡使用公用電話，而後迅速低調離去，並未按原計畫就醫看診。）

「十六日早上，除打電話的過程外，其餘皆依預定計畫進行。在倉橋告訴我那些怪事前，我始終相信一切行動都按部就班完成……」

「倉橋說，他沒下手，抵達現場時丹野已遇害，是嗎？」

「對。十五日晚上九點半，倉野按照原訂計畫前往十五號房，沒想到敲門卻無人回應。他以爲丹野已就寢，便試著轉動門把，房門竟可打開。當時室內一片漆黑，倉橋邊問有沒有人在，邊打開門邊的電燈開關，赫然驚見社長的屍體橫躺在地。」

倉橋向由理枝描述的情形如下——

室內顯然留下激烈打鬥過的跡象。在凌亂的房間裡發現丹野慘遭勒斃的屍體時，倉橋頓時不知所措。他曾猶豫是否該報警，又擔心自己可能會被懷疑是兇手，當場難以抉擇。待他鎮定下來經過一番思考後，明白無論如何屆時自己都將是警方認定的首要嫌犯。因爲知道丹野藏身處所的，包括眞兇在內屈指可數，何況倉橋具備強烈的殺人動機。加上此刻他又正好在丹野遇害現場，根本提不出明確的不在場證明……一旦遭受懷疑，種種條件皆不利於他。最後，倉橋決定不碰任何物品，僅從丹野置放雜物的抽屜取出一把鑰匙，接著仔細擦拭曾觸摸而留下指紋的地方，關燈鎖門後匆匆離去。

倉橋起初並未告訴由理枝這些經過，因此由理枝隔天仍依預定計畫行動。

「直到我倆關係可能曝光，加以十六日早上我意外撞見十號房的主婦，倉橋認爲暫時潛逃比較安全時，才吐露這段過程。他還提到，雖未動手殺人，可是因爲沒立即報警，隔天甚至僞造不在場證明，警方一定不相信他的清白。再說十六日早上，有人看到我走出十五號房的事已是無法挽回的敗筆，所以我先逃走比較好……起初我不相信他的話，只是我忽然興起一個念頭，覺得也許倉橋講的是眞的。說不定他曉得誰是眞兇，將來也打算利用此事威脅兇手。我隱約察覺到他的心機，至今我仍相信當時的直覺。倉橋本想威脅那名眞兇，最後反遭對方殺害……」

由理枝的供述到此告一段落，警方立即展開查證工作。

芥屋的鶴見婦產科醫院院長鶴見源平毫不避諱地坦承由理枝確實曾藏身醫院。不過他辯稱由理枝只是爲躲避壞男人的騷擾，才以住院的形式安排她待下，對警方調查由理枝的事他毫不知情。

護士則指稱，住院這四天裡，由理枝一步也沒離開過醫院。至於八日清晨五點，倉橋捽落致死的時刻，由理枝確實已就寢。

另一方面，倉橋告訴由理枝會去接應的柴田典和，則訝異地表示不清楚有這麼回事。他和倉橋已近半年沒聯絡，甚至未被告知倉橋的死訊。此外，倉橋所說的那棟位在阿蘇火山山麓的別墅，由於柴田任職的公司準備在那附近興建高爾夫球場，早在一個月前拆除。

調查人員認爲柴田的話可信度極高。經過調查後，也證實的確如柴田所言，別墅已不復存在，且他和倉橋這陣子果眞沒有聯繫。愼重起見，警方還調查倉橋死亡時柴田的不在場證明，也沒找到任何疑點。

這麼看來，可斷定倉橋自始至終都在欺瞞由理枝。（由理枝根本沒必要向警方說謊。）

倉橋所設下的騙局是要由理枝接到柴田的電話後，依約前往芥屋大門斷崖與柴田碰面。斷崖上是一大片松林，就算白天也少有人跡，遑論由理枝根本沒見過柴田。

由此更可導出一個推論。

誠如由理枝的直覺，也許倉橋很清楚殺害丹野的眞兇是誰。由理枝猜想，倉橋企圖恐嚇對方執行某項計畫。而所謂執行某項計畫，其實就是脅迫兇手除掉由理枝。

或許，打從倉橋向由理枝表明「心意」時，便盤算著謀殺由理枝。倉橋認爲由理枝只是累贅，一旦怜子繼承丹野所有財產，身爲丈夫，丹野鋼材已是他的囊中物。這不就是倉橋的願望？但由理枝勢必不會善罷甘休。萬一她公開兩人的關係，一切將化爲烏有。於是倉橋索性欺騙由理枝，先要求她協助殺害丹野，再殺她滅口。順利的話，豈不是一舉兩得？

然而，倉野準備下手之際，居然發生出乎意料的事。七月十五日晚上，前往望鄉莊十五號房的倉橋，驚見慘遭殺害的丹野屍體。

倉橋在命案現場是否基於某種理由得知殺害丹野的兇手是誰？他非但沒即時報警，反而不動聲色，讓由理枝依原訂計畫故布疑陣，導致警方誤判命案發生在十六日。如此，不僅倉橋能全身而退，也可掩護眞兇安全逃離，更能以此要脅眞兇聽命於倉橋以達到目的。

倉橋向殺害丹野的眞兇表明會保守祕密，卻又要求對方將由理枝滅口。可想而知，眞兇與由理枝之間，並無任何直接的利害關係，即使對方動手殺害由理枝，遭懷疑的可能性也微乎其微。至於倉橋，只要在由理枝遇害當下，準備好完美的不在場證明就可高枕無憂。

不料，這名眞兇佯裝答應，卻動手殺害倉橋。對殺害丹野的兇手而言，雙手既已沾染鮮血，若情非得已，必須再次染血時，與其殺死與自己沒有直接關係的由理枝，不如將倉橋除之後快。

由理枝的自白爲整起案件帶來全新的觀點，倉橋爲他殺的可能性升高。同時，丹野住進望鄉莊前，曾頻繁出入十五號房的女人，再次浮上檯面，且有必要仔細調查這條線索。這女人極可能是丹野打算再婚的對象，也可能和丹野之死直接相關。

而在這個關鍵時刻，前往丹野鋼材與倉橋住處搜索倉橋遺物的調查人員，帶回有力的證物。

一些與那名關鍵女人有關的證物。

II

CHAPTER

第十一章

美那子的蹤跡

1

那名一頭豔麗棗紅披肩長髮，苗條身軀披著一襲藍大衣的女人，此刻正站在冬木眼前。雖是假髮，卻是幾乎和眞髮難以區別的髮絲，自然服貼的鬢髮豐厚而捲曲，輕柔地包覆女人白皙的小臉。

福岡市街的夜景在女人背後的窗框中壯闊延伸。由於這間公寓位在市中心某棟大廈的三樓，入夜後猶如居高臨下，足以遍覽自天神到中洲附近的一整片五光十色，繁華街景彷彿近在咫尺。藉著建築物厚牆的阻隔，全然聽不到外面的喧囂。大樓內同樣是寂靜無聲，僅都會的地鳴聲從遠方隱隱傳入這處安靜的房間。

「這樣你懂了嗎？」

丹野怜子首先開口打破沉默。她語調僵硬，一副勉強自己不要流露太多情感的樣子。

冬木靜靜點頭。他雖然點頭，卻依然深受怜子的外表所吸引。眞的很像。縱使帶著些許稚嫩的圓臉和美那子截然不同，可是骨架纖細的飄逸身材及身穿大衣的苗條曲線，遠看幾乎和美那子一模一樣。冬木這才赫然想起，在ＳＢＣ大廳裡第一次見到快步下樓的怜子時，何以心中湧起一股說不出的驚訝。

一見冬木點頭，怜子便飛也似地跑進臥房。五分鐘後再出來時，怜子已變回冬木所熟悉的模樣——黑短髮配上粉紅輕柔洋裝。

怜子一言不發地面對冬木坐著。她兩手交疊膝上，垂下目光，睫毛微微顫動。

「今早，我在門司月臺上，意外看到妳出現在別府三號的車廂玄關時，當下就明白。那名酷似美那子的藍衣女子，其實是妳喬裝的。」

既然怜子已坦承，冬木當然也盡量平靜地說：

「在京都的會議場上瞧見那女人的當下，我確實十分迷惑。不過，我愈想愈覺得不對。倘使那女人眞是美那子，無論距離有多遠，我一定能夠瞬間認出。就像在東京機場的驚鴻一瞥，我也能即時認出是她。所以在同一班列車上看到妳時，我馬上回想起曾向妳提及美那子在東京機場消失時的打扮。」

至此，怜子只低著頭默默聆聽，似乎是贊同冬木的說法。

「我原想不通，爲什麼妳要變裝成美那子，故意出現在我眼前又消失？然而，抵達福岡不久，接獲倉橋先生的噩耗時，我忽地恍然大悟。」

怜子這下終於緩緩抬頭瞅著冬木，眼底帶著一抹不安。

「這是我個人的臆測……」冬木強勢地瞪視怜子，一口氣說出。「妳故意喬裝成美那子引起我的注意，誘使我搭乘下行列車別府三號，是想讓我誤以爲某起案子是美那子下手的。」

「某起案子……」

「是的。妳在大阪車站僞裝成美那子，就是故意讓我以爲美那子搭上別府三號。其次，妳原打算在門司站西邊，大概是小倉站轉乘往博多的列車時，再次喬裝成美那子吸引我的注意，沒想到卻一時疏忽，在門司站被我撞見素顏。於是，妳立即放棄過門司站後的變裝計畫。既然行蹤已曝光，若在短時間內裝扮成美那子，反倒會被我察覺『美那子』便是丹野怜子，破壞好不容易安排的一切。不過，說不定妳在門司站以西的列車上，依舊打扮成美那子的模樣，故意吸引其他乘客的注意。反正證人不一定非我不可。」

「證人？」怜子的困惑不安在眼底蔓延。「我不明白你的意思。你剛才說某起案子，指的是什麼？」

「當然就是把倉橋滿男從列車上推落關門隧道這件事啊。」

「……」

「想必妳是在假扮成美那子時，動手殺害倉橋的吧？妳想將謀殺倉橋的罪名嫁禍到虛構的美那子身上，對吧？」

「怎麼會，不是這樣的。」怜子茫然地猛搖頭，臉色發白，話聲輕顫。「如你所言，我刻意僞裝成美那子吸引你的目光。不論在京都的會議場合，或是在大阪車站搭乘別府三號的，確實都是我。但我沒殺害倉橋，因爲……這是不可能的事情。一個搭乘下行列車的人，怎麼可能在兩車交會前，將乘坐上行列車的人……」

「是的，我早猜到妳會這麼辯解。不仔細想，還眞覺得不可能。令人意外的是，這是可行的，且是相當簡單的伎倆。當然，妳一開始也認定這種程度的伎倆，我勢必一下子就會識破。如此一來，我便會認定殺害倉橋的是美那子。這一切都在妳的算計當中。」

「你憑什麼這樣推測？」怜子瞠大雙眼，扯著嗓子問道。

「實際上，妳根本沒有搭乘別府三號，只是裝出上車的樣子，下一刻旋即下車轉搭計程車前往大阪機場。」

冬木將今早在博多後站的小食堂裡，自時刻表上抄下的筆記，攤開在怜子面前。

「妳乘坐這三個班次中的一班飛往福岡。無論哪一班，都可在十一點左右抵達福岡。如此就有充裕的時間，轉乘清晨三點二十五分自博多站發車的上行列車白山號。」

「……」

「妳在博多搭上白山號。這時候，或許妳又換成美那子的裝扮。至於在關門隧道內將倉橋引誘到車廂玄關的方式，大概是預先編造理由，約他至車廂玄關見面吧。妳事先將車門打開等著，而後趁倉橋到來時，冷不防將他推出門外。」

「……」

「沒多久，白山號於五點二分抵達下關站。同一時間，別府三號亦駛進月臺。妳便在下關站換車轉搭別府三號。之後，妳只要再以搭乘別府三號的美那子的姿態出現在我眼前，我一定會認爲美那子從大阪一路乘坐別府三號至小倉。不過，妳預料到之後我一定會獲知倉橋的死訊，也一定會識破搭乘飛機的計謀，最後導出美那子殺死倉橋的結論。這就是妳的計畫。」

冬木說完，怜子依然緊咬嘴唇，俯視桌上的記事本。一開始的驚訝和抗拒已不復見，低垂的慘白臉龐上，只見難以形容的傷悲。

「這確實是綿密的計畫。」怜子望著冬木，語調出乎意料地平穩。「但終究是紙上陰謀。我根本沒轉搭飛機以殺害倉橋先生。我確實是在大阪車站搭上別府三號，一直坐到到小倉。」

「……」

「你必定想問有沒有一路都在別府三號上的證據吧？」怜子噙著淚水，哭喪的臉龐勉強堆起笑容。「有的。在大阪站搭上別府三號後，我立刻走進身旁的洗手間，摘下假髮、脫掉大衣，塞進手提行李，同時換一副太陽眼鏡。然後，走進最前端的車廂，找到空位坐下。當時你好像在車廂裡來回找人，還以髮型和外套顏色爲目標，以至於根本沒注意到身穿象牙色套裝、低頭看雜誌的我，就直接走過去。到了深夜，沉睡的車廂一片寧靜，即便你已停止找人，我依然毫無睡意。我明知該小憩片刻，卻怎麼也睡不著，這才想起從中午以後就沒再進食。雖然毫無食慾，但空腹實在難以入睡。正當我不知如何是好時，列車恰好抵達廣島站。手表上顯示零點五十九分。我不經意望向朝月臺，看見有家蕎麥麵店尚在營業，便急忙跑下車吃了一碗麵。」

「……」

「發現倉橋先生的屍體後，警方曾經要我提出案發當時的不在場證明。我告訴他們，那時我在別府三號上，沒同行的伴，卻曾在廣島站的月臺上用餐。警方立刻拿著我的照片前往店家查證，所幸老闆清楚記得我昨晚自別府三號的列車走出，吃完一碗麵後，又回到同一班列車上。我的不在場證明因而獲得證實，剛才西福岡警署的警官還特地打電話通知我。」

「……」

「不信的話，請現下打電話詢問西福岡警署。」怜子露出些許不服輸的表情。

「……」

「難不成你還知道其他方式，可讓搭半夜一點四分自廣島站發車的下行列車乘客，換車轉搭三點二十五分從博多站出發的上行列車嗎？」

怜子的口吻充滿自信，這會兒輪到冬木說不出話。打電話到警署詢問自是容易，不過冬木已發覺自己誤會怜子。

「我知道了。」半晌，冬木低頭認錯。「不過，妳到底爲什麼要假扮成美那子搭乘火車？」

冬木話還沒講完，怜子逞強的神情立即崩潰。原本含在眼角的淚水，瞬間潰堤般流淌至白皙臉頰上。

「我……我想讓美那子的身影自冬木先生心中消失。」

「什麼？」

「上次在西公園的山丘上與冬木先生話別後，我才驚覺心底很在乎你——不，其實我早瞭然於胸。但我竭力壓抑那份悸動，裝作沒這回事。可是，你回東京後，我朝思暮盼、輾轉反側，期盼能與你再次相逢。因此，我決定到東京一趟。」

「……」

「只是，愈接近東京我愈膽怯。我突然造訪，一定會讓你誤以爲我帶來有關美那子的消息。一旦得知事實並非如此，你肯定會相當失望，甚至生氣，因爲你的心早被美那子的身影占滿。每次和你談話，都能感受到你對她的深情。」

怜子拚命克制情緒低聲說，有時仍忍不住哽咽，雙頰留下新的淚痕。

「到了東京，我心中充滿難以駕馭的衝動。我想把美那子從你心中抹去，希望藉由醜化美那子的形象，讓你對她產生反感，而不再愛她。這樣，她的幻影便能從你心底消逝。」

「……」

「我清楚記得，你曾提及美那子在東京機場的裝扮，也記得那是你看見她的最後一面，因此當時她的身影才會深深烙印在你記憶中。當你看到穿著和美那子同樣服裝、背影相似的女人時，一定會直覺認爲那個人可能是她。於是，我前往百貨公司添購假髮、大衣，及手提行李箱，自昨天一早起就緊跟在你後面。」

「可是，光假扮成美那子出現在我眼前，有什麼意義？」

「我只是想讓你感覺到美那子就在你身邊，並誤以爲美那子和倉橋有不尋常的關係。你打從心底愛著美那子，另一方面又對她半信半疑，懷疑她是否與倉橋連手殺害我哥哥，可惜苦無證據。但也因此，你反倒從中獲得解脫，不需面對殘酷的事實。我不曉得你眞正的想法，然而，無論如何，我相信只要你目睹倉橋和美那子之間存在男女關係，心中的幻想便會破滅，並對美那子死心。所以，我決心趁倉橋被逮捕前，喬裝成美那子引誘你來福岡，讓你親眼看見美那子與倉橋幽會的模樣。」

「……」

「我先到京都會場，並出現在你眼前。待會議結束後，我尾隨你前往大阪車站。在下行列車的月臺上望著你爲友人送行時，往九州的急行列車恰巧進站，我心念一動，認爲機不可失，才會以那種方式搭上別府三號。對我來說，別府三號具有非常特殊的意義。」

「……」

「只是，偶然的巧合實在太過駭人，想不到擦肩而過的竟是始料未及的悲劇。我當然不可能馬上得知倉橋的死訊，但在關門隧道出口處聽說發生意外時，彷彿有種預感，心底湧起強烈的不安，才會忍不住偷偷探出頭想一窺究竟。視線與站在月臺上的你交會的瞬間，我驟然清醒，驚覺自己簡直在做白日夢。我發誓，再也不會爲了你而無知地與美那子競爭……」

說罷，怜子淚流滿面地抬起頭，茫茫然望著冬木。冬木剛才不期然登門造訪時，怜子已卸妝。現下她哭得雙眼紅腫，圓潤的臉更顯稚氣。冬木曾覺得稚氣未脫的怜子非常惹人憐愛，如今卻想不出適當的詞彙形容。

怜子起身走到鏡臺前，拿面紙擦乾淚水。她看著鏡子裡的冬木，冷不防說道：

「不過，我今天可是第一次見到美那子呢。」

「咦？」冬木訝異挑眉。

「何時？在哪裡？」

怜子回頭，清澄的眸子裡浮現一絲落寞的笑意。她不像在回答冬木的問題，反而像是自言自語：

「我看到的不是朝岡美那子，而是昔日的遠山美那子。」

「什麼？」

「讓你瞧瞧吧。」

怜子走進臥房，不久便抱著一本厚重的畢業紀念冊回到冬木面前。

「今天下午警方搜查倉橋家，大概是想找線索。依照慣例，搜索時必須會同親人進入住所，但倉橋是和歌山縣人，家人無法及時趕到，因此就由我代表。至少我仍是倉橋的未婚妻。警方帶走一些可當證據的文件，我卻無意間發現書櫃上的這本畢業紀念冊。雖然刑警並未特別留意，不過我印象很深刻，以前曾在哥哥的住處看過。而且，我猛然憶起整理哥哥的遺物時，似乎沒見到這本紀念冊，不料居然在倉橋家裡。於是，我忍不住好奇地翻閱。」

聽完，冬木拿起紀念冊。這是本棕色絨布封面，但稍顯褪色的厚重紀念冊。封面以金色字體燙著「福岡清星女子學院畢業紀念．昭和三十六年」。

「從前在哥哥住處看到這本紀念冊時，我並不覺得特別。因為去世的嫂嫂也是清星女子學院畢業的，我以爲那是嫂嫂的遺物，也沒想過要一窺究竟。我起初想不通這本紀念冊爲什麼會在倉橋手中，不經意翻開夾著絲帶的那一頁時，才恍然大悟。」

冬木還以爲點綴在封面上的絲帶少了一條，原來夾在其中一頁。

由於是女子學院的畢業紀念冊，每頁都編排一張穿水手服的女學生並列在階梯式站臺上的合影。看似校長的年長女性與導師坐在最前排。

夾著絲帶的那頁裡，也有一張類似的照片。不過，當冬木順著怜子指尖看向相片中的最後一排時，他頓時說不出話。沒錯，美那子就在其中。雖已是十幾年前的相片，那名留著垂肩麻花辮的少女，有著輪廓深邃的削尖瓜子臉，及清澄無瑕的眼眸，冬木立刻憶起美那子身上那股不可思議的透明感。

不過，怜子怎麼認得出素昧平生的美那子？原來每頁照片上方都貼著透薄的宣紙。宣紙與每張面孔的重疊處，分別印有該學生的姓名。

那少女的臉上正覆蓋著「遠山美那子」的字樣。直盯著這幾個字樣的冬木，無意間瞥了一眼美那子旁的名字。咦？冬木不住地瞅著照片，站在美那子身邊的是「菊佃敏江」。似曾相識的名字，可是他一時想不起在哪聽過。於是他翻開宣紙，注視女學生的面貌。她的五官立體有個性，洋派的風格與美那子南轅北轍，不過也是個美少女。可惜冬木毫無印象。

「我依然認爲這本紀念冊是哥哥的遺物，而不是倉橋的。如你所說，哥哥年輕時曾暗戀美那子，才會特別珍惜這本不知如何得手的紀念冊。只是爲什麼會在倉橋的房裡……」

霎時，冬木完全聽不見怜子的話聲，因為他終於想起「菊佃敏江」是誰。

2

翌日上午九點半，冬木搭乘從福岡出發的第一班飛機前往東京機場。一下機，他便直奔入境大廳二樓的新世紀航空客艙勤務空服員辦公室。

穿制服的空服員聽到敲門聲，隨即開門。冬木問她：

「空服員菊佃敏江在嗎？」

冬木昨晚想起，那本清星女子學院畢業紀念冊裡，站在美那子身旁的「菊佃敏江」，與美那子在機艙內消失當時乘坐的五八五次班機上的空服員同名同姓。

這時，一名踏進辦公室的空服員，邊向挪身讓路的冬木點頭致意，邊往前走。兩人不經意對看一眼。

「啊。」雙方竟不約而同輕喊出聲。原來是田淵久子，她是前些日子經記者俱樂部的三浦介紹認識的那位五八五次班機的座艙長，冬木曾聽她描述那則「怪談」的來龍去脈。

「上次眞是勞煩您了。」冬木鞠躬致謝，久子也親切地微笑回禮。冬木趁詢問：

「有關那件事，我還有些疑問想請教，妳有空嗎？」

久子苦笑著看一眼手表說：

「最多三十分鐘吧。」

「沒關係。」

於是兩人直接走向一樓的咖啡廳。由於時間還早，店裡只有零星的客人。

「關於上次那架飛往札幌的波音七二七班機……」

「有什麼問題嗎？」

「妳先前提到，旅客登機時，是由妳和另一名空服員分別站在前後艙門口計算乘客人數，對嗎？」

「沒錯。」

「之後，加總妳們的計算結果，正好與櫃檯聯絡的人數一樣，全機客滿。包括一名嬰兒在內總共有一百三十人。」

「正是如此。」

「那麼，跟妳一起計算人數的空服員是不是菊佃敏江？」

乍聽同事的名字，久子不由得睜大眼睛。她略微回想一下，斷然搖頭答道：

「不，我是跟另一名較資淺的空服員重松負責計算人數。你提到那位菊佃負責在客艙裡招待乘客。」

「確定嗎？」

「是的。關於計算人數的方式，公司有規定。同一班機上若有三名空服員時，由座艙長站前門，最資淺的站在後門。基於此，我站在前艙門，重松則站在後艙門計算人數。」

「原來如此。」

聽到久子明確的回答，冬木感到相當失望，頓時陷入沉默。他原本單純地以為，也許是菊佃敏江和久子一起計算人數時，刻意將實際人數多加一名，然後向久子謊報錯誤的數字。換言之，美那子打一開始便沒登機，旅客人數本來就只有一百二十八位（嬰兒未計算在內）。由於敏江謊報人數，理應客滿的機艙內猶如消失一名旅客。豈料，久子卻說敏江並未負責計算的工作。

菊佃敏江和美那子是高中同學是不爭的事實，冬木很難想像這只是偶然，而與機內失蹤事件毫無關聯。或許敏江當時以其他方式參與這起事件。

「剛才提到，妳們計算人數時，菊佃在機艙內招呼乘客？」

「是的，例如帶位，或是請乘客不要將行李堆放在上方的置物架等……」

「噢，不過……」冬木又有另外的想法。「客艙內那麼大，加以乘客陸續上機，而站在艙門邊的空服員亦聚精會神地計算人數，根本無暇注意菊佃這段時間的一舉一動吧。」

「呃？」

「好比，妳們在計數時，就算菊佃暫時離開客艙，大概也沒有人會發現吧？」

「嗯。」久子邊想邊點頭，「雖然你說離開機艙，可是出入口只有我們站崗的那兩道前後艙門。而當時也沒傳出有人從配膳艙門進出的情形。」

「喔……這問題暫且略過。上次妳提到，在乘客登機時，若空服員變裝冒充爲乘客混入人群裡，妳們可能會一時疏忽把她當成乘客。」

「是的。比方，公司規定空服員只能留短髮，看見長髮女性時，我們很容易直覺認定對方不是空服員。」

「假如有一名戴棗紅假髮、身穿藍大衣，還戴著墨鏡的女子處在一群乘客中通過艙門呢？」

「這個嘛，若是長髮，我應該會認爲對方不是空服員吧。請問，究竟是怎麼回事？」

久子總算意識到冬木描述的女子，外表裝扮和12C座位上那名消失的乘客一模一樣。

「田淵小姐，能否請妳重新回想一下？」冬木專注地看著久子，目前尚有一個難題待解決。「上次妳說乘客登機前，所有機組人員必須在客艙內集合。只要少一人，就不能回覆地勤可登機。」

「對。」

「這個規定難道從來沒有例外的情形嗎？講得更具體些，乘客搭機前或搭乘途中，空服員無法以任何理由離開機艙嗎？」

「沒錯，正是如此。」意外的是，久子等冬木說完後才慢條斯里地點頭回答。「剛才提到菊佃時，我才想起來，待在機艙內負責招呼客人的空服員，唯獨一種情況可下機。」

「哦？」

「就是正好有『無伴幼童』，意即幼童單獨飛行的情況。這個制度是由空服員協助照顧三歲到十二歲的孩童，抵達目的地後再將孩子交給前來接機的親屬。完整的過程是，親人先帶孩子到機場櫃檯前與公關室的地勤人員會合，待登機時間一到，再隨同其他乘客，把孩子送到飛機舷梯下。然後，空服員從地勤手中接過孩子，帶入機艙內。」

「原來如此。」冬木興奮之情溢於言表。「這種時候，空服員自然可光明正大地走出機艙門，且不會有人感到奇怪嘍？」

「是啊。」

「出去接小孩的不是站在前後艙門的空服員，而是負責機艙內部的空服員嗎？」

「對。」

「那麼，在這架五八五次班機上，有沒有無伴幼童？」

「有。」久子的神情愈顯認眞。

「我記得有一名六歲左右的小女孩。」

「這是不是代表，菊佃曾走下舷梯接她上機？」

「應該是。這種無伴幼童大多會安排在最前面或最後面一排，空服員便於照顧的座位。我記得她坐在最後一排，照理說，應該是從後面舷梯進來的。後艙門是由重松負責，我並未多加注意。不過，當然是菊佃帶她上來的。」

「唔。」

冬木猛點頭。這時，久子再度睜大眼睛繼續道：

「這麼說來，我記得那名無伴幼童好像是菊佃親戚的孩子。希望能搭上菊佃執勤的班機比較安心……」

「原來如此！」

冬木終於露出滿意的神情。久子凝睇他半晌，才嚴肅地問：

「冬木先生，你該不會認爲出去接無伴幼童的菊佃，基於某種理由，帶孩子進入機艙後，自己卻在某處迅速穿戴假髮與藍大衣，僞裝成一般乘客走進機艙吧？」

「沒錯。」

「可是起飛後，聽說那名12C的乘客，在我們提供濕手巾時還坐在位子上。而且，菊佃當時的確穿著制服執行機上服務啊。」

「她是指，提供濕手巾服務時，依稀記得那座位有人嗎？」

「不是。她回憶，遞上濕手巾時，那名乘客還向她道謝。五分鐘後回收手巾時，那名乘客確實仍在座位上。」

「這是誰說的？」

久子挑一下眉毛，彷彿有所領悟。

「是菊佃。分送濕手巾的工作由她和重松一起執行，而包含12C之前的位子由她一人負責。」

兩人相互對看，陷入一陣沉默。

「菊佃現下在機場嗎？」好一會兒，冬木終於開口問道。

「不，菊佃六月底已離職。對她而言，那是最後一次的飛行勤務。」

「妳曉得她住在哪裡嗎？」

「離職沒多久她就結婚了，目前住在橫濱洋光台的新居。她嫁給小久保副機長。」

久子望著冬木，喃喃低語：

「小久保當時也在這架飛機上執勤。這起『怪談』是他最先提起的……」

3

位於橫濱市南端磯子區的洋光台，是個面積廣大的新開發社區。延續根岸線而興建的洋光台車站，坐落在東側的高樓社區與西側的緩坡之間。一整片充滿現代感的新成屋就蓋在這緩坡上，設計風格各異其趣。每棟建築物嶄新的牆面，或白色或乳白色，在盛夏耀眼的晨光照射下益發閃閃發亮，使社區顯得亮白一片。

小久保家位於寬闊的斜坡中段，是其中一棟新建不久的屋舍。雖然只是小巧的平房，可是紅瓦屋圍繞在彷彿聞得到油漆味的白矮籬間，散放出新婚小家庭幸福洋溢的明亮朝氣。

不久前，冬木自機場打電話給小久保敏江。他首先報上姓名及報社名稱，藉口欲採訪退職空服員。他擔心一開始就提出美那子的名字，萬一對方因此拒絕接，將影響後續調查。所幸接電話的敏江，毫不猶豫地接受冬木的請求。或許是丈夫上班，一個人在家無所事事，敏江甚至是以歡迎的語調答應冬木。

冬木摁門鈴後，便傳來敏江低沉富磁性的嗓音。待冬木表明身分，她立刻拉下門鏈。

一頭未燙的咖啡色直髮從腦後傾洩而下，敏江站在門口。小麥色的皮膚、綠褲裙下修長筆直的雙腿，不禁讓人聯想到寶塚劇團（**註**）裡女扮男裝的演員。立體分明的五官像極外國人，和畢業紀念冊上穿水手服的菊佃敏江相較，並沒有太大改變。

冬木被請到玄關旁的客廳。

拿出名片，冬木直言：

「有件事必須先跟妳道歉。電話裡我雖說要採訪，其實是爲了一些私事才來造訪。」

敏江偏著頭，不解地看著冬木，清澄的眼眸帶著疑惑。

「其實我是朝岡美那子的朋友，一直在尋找她的下落。無意間得知妳和美那子是高中同學，特地上門拜訪。」

敏江聽了倒抽口氣，訝異地直瞅著冬木。她屏息等待冬木繼續說下去。

「不過，我並非受朝岡先生請託。這事與他無關，純粹是我個人的因素。希望妳能直截了當告訴我實情。美那子在六月三日離家後，是不是曾來找妳？」

註——位於兵庫縣寶塚市的女性劇團。團員皆爲未婚女性，劇中男角一律由團員扮演。

敏江上下打量冬木許久，才毅然重重點頭：

「是的。當時我還在上班，單獨住在大森的出租公寓。記得是那天晚上八點半左右，美那子忽然打電話說待會兒要來找我。」敏江邊回想邊緩緩述說。

「她待了多久？」

「待到六月二十日。六月八日那天起，美那子曾獨自前往能登半島旅行一週左右，說是想看看日本海。」

「六月二十日，不就是妳職勤的五八五次飛札幌班機上，發生旅客失蹤疑雲的那一天？」

敏江又是心頭一驚，瞠大雙眼，接著眼眸中卻流露一絲調皮的笑意。「是啊，沒錯。」話聲亦透著坦白。

「請告訴我事情的來龍去脈，好嗎？六月三日晚上，美那子來找妳時，是否曾向妳提起離家的原因？」

「嗯。」沒想到敏江眼中笑意盡失。她感慨萬千地垂下目光，望向光禿的庭院。

「她爲什麼離家出走？」

「待產，美那子懷孕了。」

「懷孕？不過，她丈夫……」

「不，不是朝岡的孩子。」敏江視線拉回冬木臉上。「美那子有個情人。剛才見到你，不由得懷疑你是不是對方的朋友……」

冬木只是無言地看著敏江那雙探問的眼眸。敏江則視冬木的眼神為默認。

「聽說對方是個有婦之夫，雖然沒告訴我對方的姓名，不過美那子和他初識於今年三月。交往時間不算長，美那子卻深愛著對方，我很明白她的心情。只是，對方因公出國期間慘遭不測，行蹤不明。」

忽地，冬木彷彿心底燃起火球，情緒愈來愈是激動。

「意外發生時，對方生死未卜，生存希望渺茫。五月底發現他的遺體後，更確定他的死訊。接下來三天，美那子歷經極度的憂傷，終於徹底覺悟，便向她先生提出離婚的要求。」

「這又是為什麼？」

「美那子懷有情人的孩子，無論如何都想生下。她甚至鑽起牛角尖，覺得既然心愛的人已不在人世，除養育孩子外，活著也沒意義。無奈的是，現實不允許她假裝那是朝岡的孩子。因為和對方陷入熱戀後，她便以身體不舒服為由，與丈夫分床睡。」

「……」

「如何才能平安產下腹中的孩子？美那子苦思之餘，認定除離婚一途別無選擇。她並未提出任何明確的理由，只一味要求離婚。因為是懷孕初期，外表無法察覺。可惜……」

可惜，朝岡完全無法接受。他臉色鐵青地窮追狂問，還使勁抓住抵死不開口的美那子，近乎瘋狂邊緣。

美那子第一次感受到平日斯文的丈夫竟是如此駭人。一旦待在朝岡找得到的處所，就不可能順利生下孩子。美那子說什麼也想保住愛人的遺腹子，甚至告訴敏江，這孩子是她活下去的「人生賭注」。

六月三日晚上，美那子留下一封信離家出走，前往投靠她在東京最親密的獨居朋友菊佃敏江。

「但朝岡認識我，當晚馬上接到他的來電。雖然還有兩、三個高中同學住在東京，可是她們都已結婚，朝岡認定美那子最有可能來找我。我當然謊稱美那子不在我這裡，然而之後他又打了好幾通。有一次，朝岡甚至不期然地到我住處，美那子也覺得一直打擾我非長久之計。五天後，也就是六月八日上午，她決定外出旅行一陣子，順便思考未來的人生規畫。」

「她說想看日本海？」

「是啊。由於情人從小住在能登半島的海岸邊，她想眺望大海，安靜思考……」

「她何時回到東京？」

「一週後的十五日晚上。」

「噢……」

冬木忍不住低吟。難道是命運捉弄人？六月十日日本媒體才公開報導冬木生還的消息，澄清五月三十日在越南南部金甌角市發現的屍體並不是他。十一日，冬木便返回日本。其後接連兩、三天，報章媒體都曾大篇幅報導這則消息，遺憾的是，這段期間美那子正好獨自前往日本海岸旅行，想必根本無心注意電視或報紙的後續報導。況且冬木生還的消息，對地方報社而言並非搶版面的頭條新聞，以致美那子始終相信冬木早已離開人世。陰錯陽差下，美那子的命運產生決定性的轉變。

「她一回到東京，就直奔我的住處。美那子的決定沒有改變。不，她反而是帶著更堅定的決心回來。」

敏江低頭看著膝上交握的指尖，慢條斯理地敘述著。

美那子告訴敏江，孩子是她今後生存的意義。萬一朝岡發現美那子懷孕，肯定不會善罷甘休。他勢必拖也要將她拖回家，並強迫她墮胎吧。只要在未來的八個月，想辦法遠離朝岡的魔掌，平安生下孩子，眼前又將是一條康莊大道。就算是朝岡，也不可能殺死已出生的孩子啊。

「於是，我們認眞討論起躲避朝岡的具體作法。美那子外出旅行的這段期間，朝岡三番兩次打電話來我家。鄰居甚至還說，有人趁我不在時，從外面窺看我的公寓。由此可知，美那子長久待在我這裡風險太高。即使住在東京都內的其他朋友家，朝岡也一定會再三前往打探。更何況，其他人都已結婚生子，根本無法長期收留美那子，而美那子又沒有其他親戚……最後美那子表示要外出工作以維持生計。當時因爲只是懷孕初期，外表尙不明顯，害喜不嚴重，身體也還很健康……」

「她打算做什麼工作？」

「關於這一點，我們也討論了許多，結論是只能從事餐飲服務業。女人突然要自力更生，眞的很辛苦。更爲難的是，聽說朝岡每天晚上都前往一些夜總會，挨家挨戶找人。雖然東京都地廣人稠，但難保哪天會不期然碰面。而且美那子旅行回來後，就極度想離開東京。她無法繼續留在這個充滿回憶的東京。」

「最後她考慮回福岡？」

「對。她曾感傷地說，若要離開東京，想回故鄉福岡……即便她在福岡舉目無親，但人遇到挫折，仍會想起土生土長的故鄉。像是無論如何，故鄉都會溫暖地歡迎你，只要回去，凡事皆可迎刃而解……我能夠理解這種感覺。由於我娘家在福岡，或許到時多少能幫助她，所以我贊同她的決定。」

「可想而知，朝岡自然也會最快注意福岡。」

「就是啊。我猜想過沒多久，朝岡一定會告訴我，萬一在東京沒消息，他就要前往福岡徹底搜尋。再怎麼說，福岡不大，根本不用花太多力氣便能找到人。有沒有什麼方法能順利瞞過朝倉？我們苦惱很久，依然想不出辦法。於是我索性與小久保商量，沒想到他竟想出一個好主意。」

「僞裝成前往北海道嗎？」

「是的。」

「能不能請妳說明那則『怪談』的細節？當然我已大致清楚整個過程。美那子和其他乘客一樣，先從第二出境大廳檢查登機證，隨後在通往飛機的通道上轉身失去蹤影。妳則利用接『無伴幼童』的機會，理所當然地離開機艙，而後變裝成美那子，混入登機旅客……」

「你調查得這麼詳細啊。」敏江再度露出促狹的表情。「如同你的推論，我一個月前就得知班表，加上我姊姊一直希望讓她六歲的女兒獨自搭飛機前往札幌的爺爺奶奶家。若能乘坐我職勤的航班是最好的，因此早預定六月二十日的機位……」

當晚，美那子拿著預先以眞名購買的機票，依一般流程辦理登機手續後，從第二出境大廳進入登機口。她尾隨其他旅客，沿長廊走向通往該班次停靠的十二號登機門，在附近消磨相當長的時間後，經過到站入口，消失在熙來攘往的人群中。另一方面，無伴幼童向坂雪子在地勤人員的陪伴下，來到舷梯旁。與此同時，敏江經過重松三千代正在計算人數的後艙門，步下舷梯。由於是依規定行事，三千代並未多加留意。敏江接到向坂雪子後，在公務卡上簽名，地勤隨即轉身離去。

依照往例，敏江應該和孩子一起回到機艙內，將孩子安置在預定的座位後，繼續引導其他旅客就座。但敏江帶雪子到後機艙門外時，停下來跟她耳語：

「妳去坐在最後一排靠右側通道的位子。」曾多次和父母一同搭機的雪子聽完，便獨自走進機艙內。接著，敏江輕聲告訴重松三千代「忘記在卡片上簽名」，立即轉身步向舷梯。由於這段期間其他乘客依舊陸續登機，三千代忙著計算人數，根本分身乏術。加上對方又是比她資深的敏江，因此她完全不以爲意。敏江一下舷梯，便迅速朝旅客行進通道的方向跑去，所幸這段距離僅數公尺遠。她拿出預先藏在陰暗處的隨身行李，穿戴好棗紅假髮、藍大衣和太陽眼鏡，快速完成變裝。當時夜幕低垂，加上通道後側籠罩著黑色陰影，無需擔心變裝的過程曝光。

搖身變成「朝岡美那子」後，敏江立刻加入一般乘客的行列。經由前艙門入口，在田淵久子的面前走進機艙。（即使敏江始終沒折返，三千代也會認爲敏江因故自前艙門回到機艙內。）久子誤認敏江爲乘客，而將她計算在內。敏江順利回到機艙後，暫時先坐在美那子事前告知的12C座位上。由於美那子在開放辦理劃位的當下便到櫃檯，才能順利指定這個位子。

趁機艙內乘客愈來愈多之際，敏江悄然離開座位，走進右斜前方的備膳室，轉身便拉上門簾，摘掉假髮、大衣及太陽眼鏡，然後塞進手提行李，換回空服員制服。

待所有乘客盡皆完成登機，前後艙門隨即關上。約五分鐘後，飛機開始滑行。在起飛前後這段時間，空服員尤其忙碌，因爲必須介紹機組人員和餐點、播報預定航行時間、說明逃生配備的使用方式、分送糖果和報紙雜誌、提供毛毯等。可想而知，田淵久子和重松三千代根本無暇注意到，偌大機艙內僅12C是空位。

起飛後，開始分發濕手巾之際，敏江搶先表示要負責分發包括12C座位之前的乘客。因而在後續發展上，她得以說明12C的女乘客在分送濕手巾時，確實坐在位子上。同時，執行回收紙杯的工作時，敏江也沒忘記悄悄將一個盛過果汁的紙杯放在座椅下方。

「這就是完整的經過，聽著滿簡單的吧？」

敏江始終帶著開朗且些微興奮的表情敘述，看來敏江似乎對捏造機內乘客失蹤一事樂在其中。冬木也察覺到，敏江壓根不擔心美那子之後的生活。

「我明白了。」冬木神情嚴肅地點點頭。「但我想不透，美那子和妳聯手設計這一切的目的爲何？」

「爲了加深朝岡對美那子飛往北海道的印象，而不是反方向的福岡。如此一來，朝岡的注意力便會轉離福岡。」

「說的也是。不過這麼一來，就有必要讓朝岡獲知美那子搭上當晚飛往札幌的班機。這點妳們怎麼辦到的？」

「噢，我忘了說明這件事。我們還有兩、三名高中時期的好友住在東京都內，其中一名叫川口悅子的同學婚後搬到機場附近。我們刻意讓她成爲目擊者。」

「目擊者？」

「對……」

川口悅子早就想把結婚賀禮交給婚期不遠的敏江。其實直接送至敏江住處也行，可惜悅子必須時時照顧年僅兩歲的孩子，加上敏江無論公私事都很忙，經常不在家，使得兩人遲遲無法相約碰面。於是敏江便向悅子提議，她在六月二十日晚上有空，請悅子直接將賀禮帶到機場來，並約定八點半到四十分間在國內線第二出境大廳會面。

當天悅子準時赴約，在第二大廳等候敏江。這時，美那子佯裝快步趕搭飛機似地撞上悅子，還刻意回頭向悅子直說抱歉。待悅子發覺對方是美那子時，美那子倏然轉身，逃也似地奔向登機處……

當晚美那子提早來到機場，劃位手續一開始，立刻前往櫃檯劃到12C的座位，卻故意在登機時間結束前一刻才跑向登機口。在起飛時刻迫在眉睫的情況下，就算被川口悅子追上，也能藉口擺脫她。

此外，美那子和敏江討論後，基於兩個理由選擇悅子擔任「目擊者」的角色。首先，悅子似乎經常接到朝岡詢問的電話。在這種情形下，一旦發現美那子的行蹤，她一定會主動轉告朝岡。再者，悅子性情溫呑，靈機應變的能力不足。看見美那子奔向登機口，肯定無法立時反應並追上來，更別提趕至旅客服務中心，要求聯絡尚未起飛的班機，請美那子下機。加上悅子不論走到哪裡，總是帶著她那才兩歲的女兒。牽著兩歲的孩子，就算有心攔阻美那子，也力有未逮。

另一方面，敏江曾事先拜託資淺的空服員，待五八五次往札幌班機起飛後，便向仍在第二大廳等候的川口悅子傳話「菊佃敏江臨時有班，今晚無法赴約」。

「川口的行動幾乎和我們所預期的一樣。後來我打電話向川口致歉，她主動說，那天晚上她請先生代爲照顧女兒，獨自到第二大廳等我，卻意外撞見美那子，當場愕然良久，只能眼睜睜看著美那子跑進登機口。不一會兒，受我之託的空服員轉告完川口，她隨即利用附近的公共電話聯絡朝岡，可惜無人接聽。雖然當晚她並未聯絡上朝岡，但次日上午川口直接去電朝岡工作的地點，告知見到美那子的經過。朝岡感激萬分地向她致謝，還表示要盡快打探北海道的線索。」

「朝岡是這麼回答的嗎？」

「是的。」

「這樣啊……」

冬木憶起第一次和田淵久子碰面得知有關「怪談」的經過後，在夕陽西照的社區與朝岡談話的情景。那時朝岡清楚告訴冬木，美那子音訊全無，更沒提及北海道……

「我懂了。只是，我還有個疑問。」

「什麼？」

「美那子希望誤導朝岡以爲她前往北海道，所以故意讓川口悅子目擊自己趕往機登口，並藉此讓川口主動聯繫朝岡。到此爲止，我都能明白。可是，我不了解的是，美那子爲什麼不乾脆確實到北海道一趟，反倒設計出這麼複雜的圈套，並將妳也捲進這件事？」

敏江自在地笑看冬木。

「不，設計這個圈套是有原因的。首先，川口極可能在第二大廳登機口撞見美那子後，隨即聯絡朝岡。如此一來，朝岡或許會在五八五次班機抵達札幌前，拜託當地警察至千歲機場攔截美那子。可想而知，她若眞搭上班機，反而猶如甕中鱉，更加危險。相反地，沒看見美那子下飛機，朝岡則會認爲是警方錯失良機。」

「噢。不過，她大可從第二大廳進登機口後再找機會離開，根本不用特地佯裝搭上飛機啊。」

「要是這樣，實際搭乘的旅客總數就會比報到櫃檯統計的少一名。人數不符的話，班機當然還是會起飛。然而，料想得到，爲了核對清查等作業必定會延誤起飛時間。另一方面，倘使川口立刻與朝岡聯絡，萬一朝岡馬上通知機場，謊稱搭乘五八五次班機的朝岡美那子有自殺意圖，或隨便編造緊急理由，機場就非得找出美那子不可。那麼，美那子走進登機口卻沒搭上飛機的事實便會被拆穿，導致反效果。所以，美那子必須進入登機口，但不上飛機。而且，登機人數也得符合報到人數，班機才能順利起飛。」

「嗯……」

「至於，」敏江再度微笑，「美那子將我捲入這件事，這麼說並不對。因爲這原是小久保的提議。他喜歡惡作劇，而我也即將離職，實在很想冒險一場做爲紀念。於是，趁我和小久保同班機執勤，及姪女單獨搭機等各種條件配合，一併考量美那子的困境後，我們決定執行計畫。還好我僞裝成功，一切順利進行，所以小久保順從我的期望，帶我到澳洲度蜜月。」敏江苦笑道，笑聲卻透露開朗的清爽心情。

「我了解了。」冬木用力點頭，暗忖有關飛機一事已經調查清楚。「那麼，六月二十日晚上，美那子小姐其實是去福岡?」

「是的，她與我聯絡時提到，一個半小時後，她搭乘往福岡的末班飛機。」

「妳說，她後來曾與妳聯絡。請問，機上失蹤事件後，妳和美那子見過面嗎？」
「沒有，我們只通過一次電話。」
「她從福岡打來的？」
「不是。她一回到東京，馬上從機場打電話給我。」
「回東京？」霎時，冬木覺得心跳幾乎停止。「美那子回東京？」
「沒錯。她二十日抵達福岡，期間聽說發生許多意想不到的轉折，迫使她決定先返回東京一趟。」
「她何時從東京機場打電話給妳的？」
「這個嘛，」敏江仰頭回想，「那時我已辭掉工作，在家裡整理打包……對了，七月十日。大概是晚上十一點左右……」
七月十日……冬木憶起當時發生在福岡的一連串事件。七月九日丹野失蹤，後來證實他當天傍晚住進望鄉莊十五號房。丹野從九日到十五日遇害前，一直待在十五號房。可是從丹野六月二十五日租下十五號房，到七月九日搬進去的這段期間，有個謎樣的女人出入十五號房。如今總算真相大白，那女人正是美那子。丹野九日進住後，那女人便消失無蹤。
美那子在望鄉莊留至七月十日，於當晚回到東京。
「那天她打給妳時，說些什麼？」冬木語調不自覺變得急促。
「雖然只是簡短的通話，但聽得出她很安心。」敏江的語氣平靜。

「她和分別八年的朋友重逢，彼此聊了很多，最後決定結婚。考量到肚裡的孩子，她認爲這是最好的決定，不過還是必須先獲得朝岡的同意，辦妥離婚手續才行。她是爲此回東京的。她口氣堅定坦然，只說很清楚這是棘手的問題，即便如此，仍須講明白，以取得丈夫諒解。我頓時鬆口氣，與其逃到天涯海角，不如徹底談談，解決問題較妥當。此後，就沒再接到美那子的聯絡。而我也在五天後結婚，接著馬上出國度蜜月。繞了澳洲和東南亞一趟，最近才安頓下來，期間幾乎沒時間打電話與她聯繫……何況，身爲局外人，我覺得還是避免打擾、刺激她比較好。我相信，就算耗時費日，美那子也會想辦法順利度過這道難關。我倆約定，等她生產時，不論天涯海角，我一定會過去陪她。」

爽直的話語洋溢著友情的溫暖，敏江到底是天生樂觀的人。

「是啊，眞期待這天的到來。」冬木無意識地說著。

原本不再悸動的心，此刻卻伴隨怏怏不快的迴響，劇烈鼓動著。無法扼抑的不祥預感，及企盼能打消這個不祥預感的心情，在冬木胸口不停相互衝撞。

不久，冬木便離開小久保住所。

4

朝岡美那子的心路歷程及行蹤，如今皆深刻呈現在冬木眼前。

五月三十日，當媒體報導冬木的死訊時，美那子已懷有冬木的孩子。

由於美那子一心想生下孩子，便在六月三日晚上留下一封信後離家出走，投靠住在大森的菊佃敏江。四天後，她獨自外出旅行一星期。這段時間，她一直待在冬木生長的故鄉能登半島上眺望日本海。

然後，她在六月十五日返回東京。

六月二十日，她佯裝前往北海道，卻搭上當天的末班飛機回到故鄉福岡。

返回故鄉福岡的美那子，首先至平尾墓園祭拜雙親，大概想問問父母今後的路該怎麼走吧。無奈女人欲獨立生活，恐怕只能選擇到歡場工作。

前往東中洲找工作的美那子，見到酒店「COSMOPOLITAN」門外張貼誠徵女侍的廣告，當下決定在此工作。因爲這家酒店備有宿舍。

而事後從其他女侍的描述中可知，美那子是多麼不適合吃這行飯。她可能僅僅待兩、三天就失去自信，想到未來的日子，心情必定黯然慘澹。

這時，美那子與八年不見的丹野靖久重逢。美那子和醉客起衝突時，碰巧坐在鄰桌的丹野聽見，便過來解圍。或許他發現是美那子才出面相救。無論如何，一切可說是命運的邂逅。

那天夜裡和美那子獨處時，丹野想必追問了美那子的近況。雖不清楚美那子到底透露多少，但推測得出，她一定曾向丹野表明婚姻生活出現危機，逼不得已只好離家出走。

丹野當晚便要求美那子離職，並於六月二十五日租下望鄉莊十五號房供美那子居住。過去屏棄丹野的熱情追求而離去的女人，如今陷入孤苦無依的深淵。而今身爲一方之霸的丹野，當然願意庇護照顧她——九州男人丹野也許正沉浸在一股莫名的優越感中。

身心俱疲又懷有身孕的美那子，可能也有意投入丹野的懷抱吧。

幾天後，美那子接受丹野的求婚。她是否向丹野坦承自己有孕在身？抑或丹野知情，依舊欣然接受？還是美那子根本不知道丹野不孕的事實，打算到時再謊稱生下丹野的孩子？由於冬木和丹野沒有直接面對面，無法判斷眞實情況。至少對美那子而言，唯有和丹野結婚，才能確保順利生下冬木的骨肉。

七月十日，美那子爲再次與朝岡協議離婚而回到東京。晚上十一點，她自機場打電話給菊佃敏江。到此爲止，一切事證皆相當明確。可是，美那子後來的下落呢？若是要和朝岡協議離婚，她必然會直接返家。敏江也認爲，當時美那子的意思即是先回東京的家。豈料，從離開望鄉莊到八月九日的今天，將近一個月裡，美那子音訊全無。接著浮現的畫面，令冬木忍不住想閉上眼睛。原本黑暗的不祥預感逐漸化成絕望的恐懼，緊緊掐住冬木的咽喉。身處白天的鎌倉大道上，冬木重新踩下油門加速朝東馳騁而去。他有必要見川口悅子一面。

川口悅子的描述和敏江的說法幾乎一致。她在東京機場的出境大廳見到美那子後，翌日，也就是六月二十一日早上，她打電話到朝岡上班的光陽銀行告知前晚的事。由於這是好長一段日子以來，朝岡首次接獲美那子的消息，語氣顯得相當興奮，當下表示將立即著手調查。半個月後，朝岡主動打電話向悅子報告「我已盡力找遍北海道，卻毫無線索」。根據他當時的口氣，似乎只因是川口提供的情報，禮貌上必須通知她後續發展而已。此後，朝岡便沒再聯絡，悅子也完全不清楚美那子日後的行蹤。

美那子佯裝到北海道，爲的是瞞騙朝岡。如今證實美那子確實達到目的。在冬木察覺到美那子的北海道之行是刻意偽裝的行程時，最先印入他腦海的就是朝岡的名字，以致在社區街道上遇到朝岡時，禁不住攔下他，試圖當面問清楚。豈料朝岡帶著否定的神情回應，並表示美那子不可能前往北海道。他爲何要隱瞞？理由很簡單，他沒必要向沒什麼交情的冬木交待相關細節。

不過……七月十日晚上十一點，從東京機場打電話給敏江後，美那子發生什麼事？這個疑問不停誘使冬木陷入無法迴避的負面思緒。

美那子決心和丹野結婚才回到東京。那麼，當務之急便是和朝岡辦妥離婚手續。美那子跟敏江通話時的語氣平穩，由此可知，她的決心依然沒變。

美那子一定是直接回家了。倘使晚上十一點搭計程車離開機場，回到駒澤住處也才過十一點半。由於是深夜時分，無人目睹美那子走進屋裡。更費解的是，此後再也沒有任何人在美那子住家附近見到她，這意味著什麼？而七月十日以後，朝岡依舊拿著美那子的照片四處尋找，又暗示什麼？

走出川口悅子位於機場附近的住所，冬木忽地在灼熱的柏油路上停下腳步。

此時，一架噴射機轟然音爆，倏然消失在光耀刺眼的夏空中。冬木抬頭仰望，猝地感到一陣劇烈的暈眩。

一定要活著！冬木聽見自己內心高聲的吶喊。

一定要活著。只要美那子平安無事，不論千辛萬苦也要跟她結婚。一如在北越的野戰醫院裡，冬木心中的誓言。而後，要讓美那子平安生下她朝思暮想的孩子。是的，美那子眞心期盼生下冬木的孩子。她捨棄安穩的家庭生活，不得已投身歡場，甚至企圖利用丹野靖久單純的感情，爲的只是想生下「死去」冬木的遺腹子。

從七月九日至今已過一個月。要是美那子還活著，此時此刻，她究竟在何方？

愈是熱烈期盼，那股莫名的恐懼愈是強烈。冬木氣喘吁吁地趕往停車之處。

然而，坐進蒸籠般的駕駛座時，冬木在滿是矛盾的情緒中，猛地產生另一個疑問。有關美那子的一連串推理中，他是否忽視了至關緊要的盲點？

美那子該如何面對獨生子小勉？爲生下肚裡的孩子，難道美那子忍心拋棄小勉嗎？

小勉是美那子親生的孩子，對照兩人的面孔便一目瞭然。她不是深愛著小勉嗎？冬木見識過美那子爲保護小勉，隻身挺向野狗的情景。也聽說爲治療小勉的眼疾，她甚至願意捐贈自己的眼睛。爲保住腹中胎兒，美那子會不惜捨棄小勉？她眞能夠全然割捨過往一切，只愛冬木一人？冬木和美那子都不年輕了。

這些疑問暫且讓冬木漸漸冷靜下來。

假如，就當是假如，朝岡殺害美那子，爲避免遭到懷疑和搜查，他當然可能除掉丹野靖久，進而出手殺害倉橋。總之，冬木決定向玉川警署的白井說明事情的原委，並請他追查七月十日深夜，是否有計程車載送美那子返回朝岡住處。同時，前往朝岡就職的光陽銀行總行尋找線索，調查丹野和倉橋遇害之際，朝岡是否有不在場證明。

下定決心後，冬木搖下車窗，讓風恣意吹進車內。

12 CHAPTER 第十二章

斷垣殘壁

1

冬木在第二天就獲知丹野靖久和倉橋滿男遇害時，朝岡隆人的行蹤。他打聽到《日本日報》文化部某記者的妹妹，其摯友在光陽銀行總行祕書課工作，於是拜託對方幫忙調查。

七月十五日丹野遇害的那晚，朝岡沒有明確的不在場證明。這一天，朝岡一早就前往大阪分行出差，下午三點左右離開分行，但並未回總行。第二天，七月十六日是星期六，早上六點，請假的朝岡帶著小勉，和另外兩名同事及其家人，在住所附近會合，分乘兩輛車前往三浦半島的油壺海水浴場。換言之，沒人清楚朝岡從十五日下午三點到十六日清早的行蹤。因此，朝岡極可能在離開大阪分行後，直接飛往福岡殺害丹野，再連夜搭機返回東京。其間，他或許編造某些理由要求小勉獨自看家。

丹野的屍體被發現後，冬木在社區偶遇朝岡，愼重起見，冬木問過他的不在場證明。可是，當時警方誤判丹野是七月十六日遇害，以致當天清早六點就和同事前往海水浴場的朝岡，看似有非常完美的不在場證明。由於倉橋與高見由理枝共謀故布疑陣，僞造丹野的死亡時間，朝岡因而逃過一劫。

不過，得知倉橋滿男遇害之際朝岡所處的地點時，一股強烈的震撼和質疑襲向冬木。

八月七、八日兩天，朝岡正値出差。這陣子，外匯市場變動劇烈，與分行聯絡的必須事項倍增，身爲外匯部課長的朝岡出差頻率相對增加。

自七日起預定三天的出差行程，他首先到大阪分行，然後依序前往九州北部的大分、熊谷及佐賀三家分行，最後於九日晚間回到東京。主要的目是與各分行商討外匯債券的買回條件。

八月七日早上，朝岡先到總行處理兩、三項公務後，便協同一名年輕下屬搭中午的新幹線西行。處理完大阪分行的事務後，按預定行程必須前往大分分行，於是兩人乘坐十九點七分自大阪站發車的下行列車別府三號。讓冬木驚愕不已的，正是這個巧合。

八月八日上午八點七分，朝岡和下屬藤丸在終點的大分站下車。不用說，就在同一天清晨四點五十三分到五點之間，倉橋滿男從白山號的車廂玄關跌落關門隧道，慘遭輾斃。因此兩人在大分站下車時，慘劇已在前一刻發生。

幸好那名祕書課的女職員與同行的藤丸交情不錯，有關這次出差的細節才能順利打聽到。

得知這些消息後，冬木再次拜託文化部的記者，請祕書課的女職員居中協調，他想直接與藤丸見面。冬木很清楚，銀行行員的行事作風向來謹慎，若貿然造訪，對方可能會三緘其口，根本不願回答。

待一切談妥之後，冬木致電對方，約好下午六點在銀座巷內的酒吧「雪村」見面。「雪村」是冬木從前在社會部時便經常光顧的酒吧，店裡氣氛相對清靜，就算在此談論公事也不顯突兀。

根據電話裡的印象，藤丸是個性格認眞的年輕人。

比約定時間提早十五分抵達「雪村」的冬木，坐在吧檯前的高腳椅上等候，藤丸則於六點整準時赴約。由於冬木很注意客人西裝上是否別著銀行的徽章，因此很快認出藤丸。他身材壯碩，一張孩子般的圓臉，年紀大約二十五、六歲，和冬木原先想像的差不多。

見到他，冬木立刻起身自我介紹，並引領藤丸走到最後面的包廂。等前來點餐的女侍回到吧檯後，冬木拿出名片，未料對方卻一臉嚴肅地簡短回答「我是藤丸」，連名片也沒遞過來。眼鏡後方的小眼睛帶著警戒直瞅著冬木。

冬木見狀，索性直接告訴對方，今天不是採訪，而是為了私事。

「理由暫時無可奉告，但我保證不會給你帶來任何麻煩。可否請你詳述八月七日與朝岡先生一同出差時的經過？」

「這……」只見藤丸依舊滿腹狐疑地看著冬木。

「我不是指工作內容，只是想了解像在列車上的情況之類的事。」

「……」

此時，女侍送上加冰塊的威士忌。冬木使個眼色，女侍便識趣地迅速離去。冬木向藤丸敬酒後，自己先喝一口。而原本遲疑不決的藤丸，也接著啜飲一口。沒想到，這一口就使得他那張圓臉泛紅。

「出差的日程是朝岡訂定的嗎？」

「我不太清楚，」藤丸轉弄著酒杯，勉為其難地回答。「也許是課長和部長商量後才決定的。」

「選派你同行是朝岡的意思嗎？」

「應該是。因爲行程一確定後，課長曾鼓勵我，要多實際到各分行了解情形。」

「原來如此。我想請教一些比較細節的問題，張羅車票並決定八月七日從大阪搭乘別府三號的，也是朝岡先生嗎？」

「對。」藤丸總算露出微笑。「別看課長一臉正經嚴肅，一副除了工作外別無其他嗜好的樣子。其實他是個旅遊達人，尤其是對國鐵相關的旅遊情報特別清楚。例如哪種特急列車上的餐飲好吃，或如何轉車、換車等，簡直是如數家珍。每次公司舉辦員工旅遊時，執行幹事都會請教他呢。」

「噢……」

「上次出差時，正好有一班從大阪出發、直達大分的急行列車，課長當下自行決定九州地區的首站是大分分行，還特地打電話請旅行社代爲購票。」

藤丸自己也覺得好笑，邊說邊拿起酒杯往嘴邊送。看來他的心情似乎因這一席話而漸漸放鬆。

冬木感到很滿意。藤丸的話極具參考價值，至少足以斷定這次出差，不論日期、行程，甚至隨行部屬，都是朝岡個人決定的。

「搭乘別府三號時，你們想必是買臥鋪車票吧？」

「是啊。課長睡下鋪，我睡他正上方的中層鋪。」

「你們在大阪上車後，沒多久便各自就寢嗎？」

「不，我坐在課長的臥鋪旁跟他閒話家常。我們邊喝著車上販售的罐裝啤酒，閒聊很長一段時間。」

「你們還喝啤酒啊。」

一聽冬木反問，藤丸有些訝異，直用力點頭稱「是」。

「那麼，大概幾點鐘就寢？」

「這個嘛……」藤丸略偏著頭回想。

「那列急行車在十九時四十四分抵達神戶站。在此之前，你們就分別鑽進臥鋪裡休息了吧？」

冬木按捺不住地加強語氣問道。這是關鍵，倘使朝岡在神戶站悄悄下車，搭計程車沿著高速公路趕往大阪機場，路程只要五十分鐘。如此一來，就能搭上二十一點五十分飛往福岡的班機。

沒想到，藤丸卻滿不在乎地搖頭。「沒有。雖然臥鋪近在眼前，但時候還早，誰睡得著啊。列車駛離神戶後，我們都還醒著。而平常沉默寡言的課長，不愧是旅遊達人，外出時總是一派輕鬆、侃侃而談。我想起來了，列車停靠在神戶下一站時，課長望著車窗外說『噢，到姬路啦』。列車只停靠一、兩分鐘就啓動，隔沒多久，我們也就上床休息。」

「這樣啊，不過你確定那一站是姬路嗎？搞不好朝岡只是隨口講講。」

「不，因爲課長拉開百葉窗，我也順勢往窗外瞧，並看到月臺燈板上的站名，確實是姬路沒錯。然後，課長便說該休息了，我也感到濃濃倦意……我只要喝酒就很容易睡著，一過姬路，便直接鑽進中層臥鋪，進入夢鄉。所以，我是在列車離開姬路十分鐘左右就寢的。」

別府三號離開神戶站後，的確在二十點四十分左右停靠姬路。冬木早已牢牢記住這班列車靠站的時間點。只是，若自姬路發車時，朝岡還待在車內，冬木原先推測朝岡轉搭飛機的犯案方式就無法成立。

冬木頓時感到心灰意冷，但仍打起精神向藤木再次確認。藤木亦斬釘截鐵地表示，列車駛離姬路站前，兩人都待在一起。

「那麼，八日早晨大概幾點醒來？」

「這個啊，也許是睡前的啤酒奏效，我一覺到天亮，直到課長叫我起床。」藤丸說著不禁露出苦笑。看來他已完全放鬆。

「大概在哪一站被叫醒的？」

「剛過下關站的時候。這是我第一次到九州，因此列車穿越關門隧道時，課長特地叫我起來。可是當時才剛過五點，而且關門隧道和一般隧道沒什麼不同，我當下覺得他有些太多此一舉。後來回想起這件事，才漸漸體會到課長不愧爲鐵道迷。」

「你起床時，朝岡看起來如何？」

「看起來如何……他已穿好西裝。」

「嗯，還有呢？」

「沒啦，就這樣。我也趕緊換好衣服。列車八點鐘抵達大分站前，我隨意翻翻雜誌打發時間。在關門隧道裡時，列車慢得不像話，我還以為是鐵道位於海平面以下的緣故，後來看報紙才知道，原來當時上行線發生意外。」

一杯威士忌加冰塊就讓藤丸滿臉通紅，不自覺地發出天眞無邪的笑聲。

藤丸離開後，冬木亦走出「雪村」。下班後進入夜生活前的這段時間，銀座的小巷道內某處又是一陣騷然。冬木逕朝新橋方向邁步。

出差那天，朝岡正巧坐在別府三號上，一定與倉橋的死有關，絕非單純的偶然。從藤丸的描述中可知，除列車行經姬路站時，朝岡還坐在車內，其餘每個過程在在印證冬木的推理。包括朝岡本身是鐵道迷，擬定出差行程與日期，特地挑選不勝酒力的藤丸同行，而且一上車立刻請藤丸喝啤酒。想必這是將藤丸一喝酒便呼呼大睡的體質也計算在內的緣故。此外，朝岡還特地在關門隧道內搖醒熟睡中的藤丸，為的就是要藤丸牢牢記住倉橋發生意外時，他確確實實待在別府三號上。

可惜，不管朝岡多可疑，既然列車從姬路出發時他的確在車上，那麼先前推測他可能偷偷離開別府三號，轉搭飛機前往福岡，再乘上白山號的推理就難以成立。

冬木來到昭和通大道上，走進一棟大樓裡的書店，買一本時刻表後再次走回街道上。四處張望一會兒，總算看到一間光線明亮又相對幽靜的狹長型小酒館。

坐上吧檯一隅，冬木點了一杯威士忌加冰塊後，翻開時刻表仔細研究。

下行列車別府三號於二十點四十二分抵達姬路。停靠一分鐘後，於四十三分發車。因朝岡在列車駛離姬路後還在車上，若想趁藤丸熟睡之際下車，就必須選擇下一站岡山。列車抵達岡山的時間爲二十二點二分。

倘使他在岡山站下車，有沒有可銜接飛往九州的班機？詳細查看編排在最後的航空時刻表，才得知岡山機場只有飛往東京和廣島的航班。

而抵達岡山下一站系崎的時刻爲二十三點三十七分，再下一站是廣島，抵達時間爲零點五十九分。可是廣島和岡山一樣，飛往九州方面的航線根本尙未開通。

別府三號繼續往西行，陸續經過岩國和德山，這些地點也都沒有飛往九州的航班。更遑論二十二點之後，幾乎找不到任何國內航班。

朝岡並未利用飛機犯案，冬木不得已做出這樣的結論。

他到底是利用什麼方法搭上白山號？

搭乘下行列車的人，若要在兩列車交會前殺害乘坐在上行列車上的人，就得轉搭速度比急行列車快的交通工具，才可能順利換乘上行列車。若非搭飛機，朝岡究竟是利用什麼交通工具？

冬木重新審視時刻表上岡山前後的幾個車站。七個月後，山陽新幹線將延長至岡山。即使新幹線目前通到岡山，在這起案件上也無太大意義。因別府三號抵達岡山時，朝岡確實在車上。要是新幹線已延長到博多，情況就大不相同……

冬木欲拿起吧檯上的威士忌酒杯時，腦中一閃，倏地停下手。新幹線帶來新的靈感，冬木頓覺自己太拘泥於飛機。之所以直接聯想到飛機，是先前曾推測丹野怜子在大阪站佯裝搭車，卻下車搭飛機所造成的先入爲主想法吧。倘使一開始並未聚焦在飛機上，或許會及早發現比急行列車快的交通工具不止飛機。

冬木快速瀏覽「東海道本線．山陽本線下行」這一頁。

別府三號於二十二點二分抵達岡山。假如朝岡在岡山下車……下一班則是二十二點七分進站、十二分發車的特急列車彗星號。換言之，晚別府三號二十九分鐘自大阪出發的特急列車彗星號，一出岡山站就會超前別府三號。由此，彗星號將比別府三號提早二十九分鐘抵達下一站廣島。若搭這班特急列車，能否趕在上行列車白山號尚未進入關門隧道前順利換車？

冬木連忙翻頁。下行特急列車彗星號於次日清晨四點六分抵達門司站，接著開到都城（博多站）後，便轉進日豐本線。意即，要轉搭從西鹿兒島沿鹿兒島本線上行的急行列車白山號，只能在門司站換車。而這班上行列車白山號……於四點四十六分抵達門司站，五十三分發車。朝岡轉乘的時間根本綽綽有餘！

朝岡在門司站下彗星號，換搭上行列車白山號，隨後在關門隧道內行凶。出隧道後，立即在下關站下車，回到原本搭乘的別府三號上。

這麼一來，朝岡的不在場證明就完全瓦解了！

別府三號		彗星號	
終點站	大分	終點站	都城
列車號碼	6217	列車號碼	23
新大阪		新大阪停	1928
大阪		大阪停	1933
大阪開	1907	大阪開	1936
姫路停	2042	姫路停	2058
姫路開	2043	姫路開	2059
岡山停	2202	岡山停	2207
岡山開	2207	岡山開	2212
厚狹		厚狹	
下關停	502	柳井停	353
下關開	507	柳井開	357
門司	516		
博多		博多	

冬木總算拿起酒杯往嘴邊送，滋潤燥熱的喉嚨，接著掏出筆記本，與記錄怜子行蹤時一樣，抄寫著時刻表上的數字。這一次，他有預感絕不可能誤判。

根據冬木的推測，朝岡隆人的行蹤如下——

①八月七日，朝岡與藤丸一同搭乘十九點七分大阪出發的下行急行列車別府三號。列車駛離姫路站前，朝岡刻意不停與藤丸閒聊。上了臥鋪後，不勝酒力的藤丸便倒頭大睡。

②二十二點二分，朝岡於岡山站下車。

③二十二點七分，下行特急列車彗星號抵達岡山。朝岡上車。

④八月八日四點六分，朝岡於門司站下車。

⑤四點四十六分，上行急行列車白山號駛進岡山站。朝岡上車。

行經關門隧道時，朝岡自車廂玄關推落倉橋。

⑥五點二分，朝岡於下關站走下白山號。

⑦五點二分，下行急行列車別府三號駛進下關站。朝岡上車。

五點七分，別府三號準備離開下關站。發車後，朝岡立刻叫醒藤丸。

冬木闔上筆記本，走向收銀臺旁的電話，撥打到玉川警署。昨天他拜託白井課長調查，七月十日深夜是否有計程車司機搭載美那子回朝岡住處。他向白井說明，美那子離家後，可能曾在七月十日返家，朝岡卻基於某個理由隱瞞這項事實。可惜，接電話的警員回覆，白井課長不巧外出。

冬木難掩失望地坐回高腳椅，拿起僅剩一半的威士忌，正要送進口時，忽地又把杯子放回吧檯。

說不定，根本不用等到白井的調查結果出爐。冬木按捺不住突襲朝岡的衝動，決定放棄餘下一半的威士忌，立刻行動。

2

晚上十點——

朝岡住處周遭已是一片寂靜。住宅區的夜晚總是較市區來得快，此外，朝岡住所位在社區內較爲僻遠的角落，少有搭載返家的上班族的計程車行經此地。周邊猶如籠罩在厚重的黑色帷幕中。

此時，朝岡住所的窗口還透著些許燈光。不久前才下過午後雷陣雨，透過窗簾流洩出的微弱光線，映射在八角金盤葉面殘留的雨珠上。

冬木穿過狹窄的前庭，在昏暗的玄關門口摁下電鈴。半晌，總算看到大門毛玻璃後方有人影晃動，朝岡低沉的嗓音傳來。冬木報上名字並解釋道：

「這麼晚還來打擾，眞是抱歉。有關美那子的事情，我想再跟你談談。」

冬木盡量說服自己冷靜，語調卻不自覺流露激盪的情緒。

又過了一會兒，門後響起開鎖聲。

身穿浴衣的朝岡站在門口，面容依然乾澀，雙頰看來比上次在外面遇到時更顯塌陷。

「今晚沒出去找美那子嗎？」

「欸，我好像染上夏季傷風，今天還向公司請了病假。」

朝岡露出無力的笑容，伸手撫摸尖瘦的下巴。原來如此，臉上的鬍子沒刮，難怪看上去更顯憔悴。可想而知，得了夏季傷風應該只是個藉口，主要還是剛結束埋藏著重要目的的出差行程，因而感到精疲力竭。

兩人當即陷入尷尬的沉默。「請進。」沒多久，朝岡不自在地請冬木進到屋內。

這是冬木初次拜訪朝岡住處，昏暗潮濕的空氣下瀰漫著腐臭的味道。

小勉已就寢，屋裡悄然無聲，彷彿包覆在冷清寂寥的濃霧中。

這時，冬木心中那股絕望的恐懼再次席捲而來。美那子已不在這個家裡。朝岡每天下午前往幼稚園接小勉回到這個家，兩個人吃著超市買回來的冰冷飯菜。接著，朝岡拖著疲憊的身軀，帶著美那子的照片，穿梭在聲色場所間。有誰會對他起疑？

思及此，瞬間爆發的憤怒壓垮冬木，他再也無法抑制內心的衝動。而正打開客廳電燈的朝岡，此際碰巧回頭望著冬木。冬木跳起來抓住朝岡纖細的頸項，忘我地用力搥打。同時伸出另一隻手扭轉對方右手，猛力推向牆壁。

「你把美那子怎麼了？」

「你想幹嘛！你使用暴力，我要叫人……」朝岡用力喘息，蒼白的臉龐愈來愈紅，瞠大的眼掠過狼狽之色。「請不要使用暴力，小勉、小勉在房裡睡覺。」

「誠實招來我就放手。美那子在哪裡？」

「不、不曉得。」

「胡扯！美那子離家後，七月十日晚上應該回來過，你卻一副毫不知情的樣子，依舊前往各處夜總會找人。爲什麼？」

「這、這種事……」

「你不可能不知道，有人證明美那子七月十日曾回來。丹野靖久、倉橋滿男……就算除掉這兩人，也還有其他證人。」

丹野和倉橋的名字從冬木口中冒出的剎那，朝岡渾身驟然僵硬，端正的面孔劇烈抽搐，好不容易鬆緩後，卻陷入幾近虛脫的絕望中，僅一個勁地閉緊雙唇瞪視冬木。

「其中一個證人是菊佃，不，是小久保敏江。十日晚上，美那子曾自機場打電話給她。另一個則是……把美那子從機場載回這個家的計程車司機。他目前人在警署。」

最後一句話當然是冬木捏造的，不過他直覺事情一定會朝他所期待的方向發展。

朝岡眼裡頓時浮現頑強抵抗的神色，用盡渾身氣力試圖推開冬木。冬木毫不退讓，他竭盡所能地壓制住朝岡。

「想辯駁的話，就到警署。有話在署裡說。」

「休想……」

「那就在這裡說！美那子在哪裡？」

冬木掐著朝倉的手更是用力。朝岡皺著臉，瞪視冬木。一片寂靜中，只聽到兩人急促的呼吸聲及爭吵的話語。

忽地，房裡傳來小勉夢囈般的模糊聲音，似乎喊著「爸爸」，朝岡的表情霎時崩垮。

緊抓冬木手腕的指頭像洩氣般，緩緩垂向榻榻米。

「在那裡。美那子……我殺了她後，將她埋在那裡。」

冬木頓時放開朝岡，靠牆滑坐地上。

「爲什麼殺她？」冬木強忍憤怒問道。

「七月十日半夜，一個多月音訊全無的美那子突然回來。那天晚上，我照例外出找她，很晚才回家。沒料到，開著夜燈以免小勉夜半醒來的家裡，竟出現美那子的身影……」朝岡噙著淚水茫然望向前方，有氣無力地解釋。

「然後呢？」

「我追問離家的理由，美那子居然說要在福岡結婚，所以必須跟我離婚，其他事則一律三緘其口，僅兀自低著頭表示無法再忍受和我與小勉一起生活，要我忘了她。她在出走前也曾要求離婚，那時我根本摸不著頭緒，不過我終於明白她爲何如此著急。因爲她懷有身孕。一旦懷孕，外表就會有所改變。美那子面帶倦容，隱隱浮現黑眼圈。發現這個事實的剎那，我立刻火冒三丈。雖然長久以來一直佯裝不知情，但我很清楚，只要待在這個家一天，她無時無刻都努力克服自身的苦惱。而得知她不但懷上其他男人的孩子，還想拋棄我和小勉時，我實在嚥不下這口氣。於是，我緊抓著她，逼她講出對方的名字。在用力拉扯間，我一時氣不過，便將她推倒在地……回神時，才驚覺已失手勒死她……」

「所以，七月十日深夜，你把剛回來的美那子……」

「是的……」

「丹野發現這件事，你索性也殺了他？」

朝岡閉口不答，僅恍惚望著冬木。

之後，小勉沒再發出任何聲響，似乎又進入夢鄉。靜謐的屋裡，只聽得見彼此的喘息。

冬木認爲必須馬上聯絡玉川署，將朝岡帶回偵訊。一旦局勢驟變，朝岡或許會冷靜地全盤托出犯案過程。

冬木監視著靠坐牆角的朝岡，走到迴廊上。

其實，沒必要打電話。玄關門鈴適時響了三聲，冬木才要上前應門，大門便猛地開啓。兩名眼熟的玉川署搜查課刑警和西福岡署的中川組長，佇立在陰暗的門口。

3

次日清晨，朝岡隆人在玉川警署接受偵訊，除坦承殺害美那子並埋屍在榻榻米下的事實，也全面供出殺害丹野靖久和倉橋滿男的犯案過程。

誠如冬木所猜測，警方已找到七月十日深夜十一點，自東京機場載送美那子返回朝岡住處的計程車司機。中年司機清楚記得美那子的樣貌，和彼此在車上的短暫交談——「這班飛機是從哪起飛的？」「是從福岡起飛的末班飛機。」他當時目送身穿和服的美那子確實走進亮著微弱燈光的房子後，才迴轉駛離。

另一方面，調查倉橋滿男死因的西福岡警署偵查小組，在倉橋住處發現一些與望鄉莊命案相關的重要線索。即丹野靖久針對某件事，委託福岡市某私人徵信社的調查報告影本。他委託徵信社調查住在東京都世田谷區的朝岡隆人與妻子美那子的生活，特別是針對美那子在七月十日返家，之後卻杳無音訊一事，要求徵信社徹底調查美那子的行蹤與朝岡的生活作息。針對這一點，徵信社的調查報告指出，沒有任何跡象顯示美那子曾於七月十日返家，朝岡也依舊每晚帶著妻子的照片，前往特種營業場所四處尋找。

由於搜查總部已根據高見由理枝的供述，清查並證實丹野當時的確有再婚打算，且對象是有夫之婦。同時，他曾讓那名女性暫住望鄉莊。警方藉此認定這名女性和「朝岡美那子」有關，搜查總部立即聯絡朝岡住處的轄區玉川署，中川組長也隨即北上東京。案件調查至此，朝岡隆人總算被列爲望鄉莊命案的重要關係人。

依朝岡的自述，丹野靖久與倉橋滿男慘遭殺害的原委終於水落石出。

七月十日美那子返回東京前，丹野極力慫恿美那子一定要說服朝岡離婚，但也告訴她，萬一朝岡堅持不答應，就暫且不要勉強，先行回到望鄉莊，讓彼此冷靜下來。而美那子七月十日晚上十一點左右回到駒澤的住所時，丹野曾經從福岡打電話聯絡美那子。（此時朝岡尚未返家。）根據這通電話，丹野確認美那子當晚已回到家。（這些是朝岡在望鄉莊殺害丹野前，從他口中得知的。）

不料，美那子再也沒回望鄉莊。不僅沒聯絡，且白天打電話到朝岡住處亦是無人接聽。丹野漸漸感到情況有異，便打了兩次電話到朝岡工作的地點。

先前，朝岡雖無法自美那子嘴裡問出「丹野」這個名字，卻在她手提袋中找到「丹野靖久」的名片，美那子還在背面寫上望鄉莊十五號房的地址與電話號碼。朝岡由此懷疑這個人可能就是美那子再婚的對象。（也因此，冬木悟郎說出丹野的名字時，朝岡耗費極大氣力才壓抑住內心的震撼。）

這時，一名疑似丹野的男人打電話到光陽銀行打探美那子的下落，朝岡當即謊稱她前往福岡後便沒再回來。

幾天後，朝岡逐漸意識到有徵信社的人在他周遭徘徊，直覺認爲是丹野派來的。朝岡日復一日感受到丹野的威脅，終日惶惶不安。丹野究竟了解多少眞相？將來會如何出招？由於不清楚敵人的意圖，朝岡好一段日子坐立難安。

七月十五日，朝岡利用到大阪出差的機會，毅然飛往福岡，並在當晚八點突然造訪望鄉莊。朝岡與丹野碰面，察覺丹野流露一絲懷疑時，就推說美那子自六月三日離家後便沒有消息，要丹野放棄探尋美那子。爲防萬一，朝岡選擇在夜間拜訪，從地圖上得知望鄉莊位置偏遠後，索性在鬧區先行下計程車，徒步登上望鄉莊，小心翼翼、避人耳目地接近十五號房。

令朝岡震驚的是，丹野對事實有相當透徹的了解。他提起曾在七月十日當晚與美那子通電話，還把徵信社的調查結果攤在朝岡面前。「你把美那子藏在哪裡？」從問話中亦可合理判斷，丹野已做最壞的打算。

朝岡因此有所覺悟。縱使丹野十分謹慎，可惜朝岡當下的決定導致兩人的命運走向不同道路。此時，電話鈴聲驟然響起，朝岡趁機一個箭步抓起桌上的青銅菸灰缸，往起身準備接聽的丹野後腦用力捶打。若是面對面的單打獨鬥，體格壯碩的丹野也許有機會壓制住朝岡。遺憾的是，由於朝岡一開始的重擊，丹野當場腦震盪，抵抗能力銳減。五分鐘後，朝岡騎坐在丹野身上，隨手拉下掛在窗框上的日式手巾，勒緊丹野的脖子。

行凶後，一種更爲劇烈的恐懼感席捲朝岡，加上擔心第三者闖入，朝岡連忙掏出手帕，將曾留下指紋的地方擦拭乾淨，隨意拿起徵信社的調查報告塞進口袋，關掉電燈後匆匆逃逸。他走到西里社區，攔下一輛計程車，趕在最後一刻搭上九點五十分起飛的班機，十一點十分抵達東京機場。諷刺的是，這和七月十日美那子返回東京時所搭乘的竟是同一班飛機。

約莫十天後的週日晚上，倉橋滿男赫然出現在朝岡住處門口。這時小勉早已入睡，於是在只有兩人的客廳裡，倉橋告訴朝岡，曾在十五日晚上，看見他跑出望鄉莊十五號房。

朝岡事後回想，斷定倉橋其實是刻意嚇他。不過，命案發生後不久，倉橋曾進入十五號房，並目睹丹野的屍體，卻是不爭的事實。

此時倉橋對丹野與美那子的關係已心裡有數，因早先丹野不經意透露再婚的打算。倉橋直覺認爲，丹野可能由於這個決定引來殺身之禍，便在仔細搜索十五號房，竟在寢室衣櫥內的雜誌堆中，找到美那子的畢業紀念冊和一份夾在內頁的徵信社調查報告影本。他當下隨手帶走這兩樣證物，接著從桌邊抽屜裡取出鑰匙，鎖上房門後離去。（隔天十六日上午，高見由理枝依事前與倉橋的計畫前往十五號房，著手布置現場，致使警方誤判死亡時間。）

倉橋帶著調查報告來找朝岡，在絞殺美那子的房裡送上調查報告，告知目擊朝岡在命案當晚從十五號房倉皇逃走。朝岡驚慌失措，簡直難以招架。犯案當時，朝岡原本也想找出這份報告是否有副本，並一張不留地帶走，可惜實在沒有餘裕查看現場。

倉橋帶著冷酷的笑意直瞅著朝岡，提出一個意外的要求。由於目前警方還不曉得美那子的存在，而今這本紀念冊和調查報告影本都在他手上，那麼放眼全福岡，清楚丹野和美那子關係的恐怕只有他，因此不需擔心循丹野這條線索查到美那子的事。更何況，命案現場經高見由理枝和他設計過，警方堅信行凶時間是在七月十六日中午之前，可想而知，朝岡的不在場證明得以成立。換言之，一旦倉橋保持沉默，朝岡便安全無虞。

令人難以置信的是，沉默的代價竟是將高見由理枝滅口。倉橋威脅朝岡，只要望鄉莊命案未與朝岡有所牽連，縱使由理枝被殺，朝岡也不會有嫌疑。相反地，萬一由理枝遭到逮捕，勢必會波及倉橋，屆時他迫不得以將供出美那子，並向警方控訴朝岡的罪行。

朝岡簡直痛苦難言。他已殺害兩個人，可是不論美那子或丹野靖久，他全是臨時起意。眼前爲隱匿罪行，居然必須謀害一個無冤無仇的陌生人，令他懊悔不已。

警方查出倉橋與由理枝的不尋常關係，並緊盯由理枝的行蹤後，倉橋亦心急地強迫朝岡盡速動手。朝岡很清楚，一旦由理枝遭捕，終究只有他須擔負罪責。因整起案件中，直接行凶的僅朝岡一人。

走投無路的朝岡，腦中乍然想到一個計畫。

只要倉橋不說，由理枝就不可能知道任何與朝岡有關的訊息。且為讓由理枝依原定計畫重整命案現場，倉橋從未向由理枝透露實情。

縱使除掉由理枝，朝岡往後仍得面對最後的敵人倉橋，而倉橋將永遠緊握朝岡的把柄，甚或予取予求。因此朝岡堅信，只有除掉倉橋，唯一清楚丹野與美那子的關係，同時又知曉朝岡行凶內幕的人才會從世上永遠消失。

全盤考慮過後，朝岡答應倉橋的要求。之後，經過電話裡討論，決定於八月七日下手。倉橋向朝岡仔細說明由理枝藏匿的婦產科醫院地點，並要他以「柴田」的名義，引誘由理枝到芥屋大門斷崖上的樹林滅口。倉橋甚至告訴朝岡徒步走到縣道上搭公車，才是最安全的方式。芥屋大門斷崖上方人煙罕至，即使白天也少有人跡。反之，位在對面的芥屋海岸，終日泳客人聲鼎沸，只要坐上從海水浴場駛來的接駁車，就不用擔心被任何人發現。

豈料，朝岡心中早擬好另一項計畫，打算在同一時間除掉倉橋。他詳細詢問倉橋預定行凶日子的前後七天行程安排，藉口萬一失手時需要緊急聯絡，而倉橋不疑有他，翔實相告。

當朝岡得知，倉橋預定搭乘八月八日清晨三點二十五分，由博多站發車的上行急行車白山號前往廣島時，深覺**實在太幸運**，因為他對列車時刻和國鐵路線相當了解。若能善用倉橋搭乘這班夜車的機會，不但能順利除掉他，更可巧妙設計自己的不在場證明，稱得上是一石兩鳥之計。

朝岡盤算一晚，最後導演出一個完美的殺人計畫：連續轉乘上行與下行共三班車，然後在關門隧道內殺害倉橋。至於不在場證明，只要單純的藤丸同行即可。

出發前晚，朝岡致電倉橋，告知七日將如期行動，因自己正好出差，將搭乘八日上行列車白山號前往下關，不如約在關門隧道裡見面。屆時將向他詳細說明行凶過程，也希望倉橋能將美那子的紀念冊和徵信社的調查報告影本一併交給他。倉橋當下答應他的請求，兩人談妥列車離開門司站後，立刻到最後一節B級臥鋪車廂前的玄關短暫會面。

八月七日傍晚，朝岡在藤丸的陪同下，於大阪站搭乘下行列車別府三號，待藤丸睡著，隨即在岡山站下車，轉乘後來居上的特急列車彗星號。他當然預先買好臥艙車票，第二天八日清晨便在門司站下車，轉搭上行列車白山號。來到約定地點的車廂玄關後沒多久，倉橋也走出來。一見面，倉橋就詢問謀殺由理枝的來龍去脈，朝岡謊稱已在樹林間順利勒死由理枝。豈料，朝岡向倉橋索取紀念冊和影本時，倉橋竟回答忘記帶來。見倉橋身上的確沒有紀念冊，朝岡當下明白，他根本連影本都不打算交出。

朝岡無法扼抑心中的怒火，便順勢將倉橋從預先打開的車門推落隧道……

朝岡深信，這樣便再也沒有知曉他罪行的人。只是，他萬萬沒想到七月十日晚上，自福岡返回東京的美那子，曾在機場打電話給菊佃敏江。換句話說，即使丹野和倉橋保持沉默，總有一天敏江也會聯絡原本預定返家卻從此音訊全無的美那子。屆時，朝岡殺害美那子的犯行終將水落石出。因不曉得還有這段插曲，致使朝岡犯下一連串徒然的罪行……

自白之際，朝岡的態度始終相當冷靜，敘述內容亦是條理分明。

朝岡最後只擔心小勉的未來，所幸前晚與遠嫁青森的妹妹在電話裡商量，決定由經營農場的妹妹與妹婿收養小勉，此刻他已了無遺憾。他神情沉重地表示願意接受法律制裁。

終章

涼爽的夏天悄然過去，尚未感到殘暑，秋天就翩然降臨。

夏天過去時，最能反映純粹寂寞感的地方，大概就是海邊了。

午後鵠沼海岸的沙灘上，初秋來得比都市早一步。薄雲下方，一整片看似溫暖而風平浪靜的大海依舊，可是一到九月，海水浴場裡幾乎見不到人影，僅浪花輕拍在海邊蘆葦圍籬外。

冬木悟郎兀自佇立岸邊，眺望著一波波的浪花許久。海邊的空氣裡，竟飄來陣陣撲鼻桂花香。他忽然覺得美那子就在身旁。那天早春冷冽的空氣裡，初吻美那子雙唇的感覺再次被喚醒。

美那子確確實實站在冬木面前。某種意義上，她的形影比從前更鮮明地出現在冬木眼前。

今早，冬木特地前往玉川署和朝岡會面。朝岡自白後當場被羈押，只是警方爲進一步確認自白內容，便申請延長拘留，所以他目前還在署裡。

至於冬木，在朝岡遭逮捕後，由於中美交流與美元變動等外電頭條新聞接連不斷，忙到自顧不暇，根本抽不出空和朝岡見面。不過，他還是趕在拘禁期限的最後一天前來警署。透過白井課長的協調，在一名刑警的監視下，兩人終於在偵訊室裡相見。比起看守所，這裡的氣氛顯得輕鬆許多。

冬木無論如何也想再見朝岡一面，主要是希望能夠解開最後一個疑問。在所有案件均告破案的今天，仍有一個無法消除的謎團盤據在冬木內心深處。

見到朝岡疲憊卻自在平靜的蒼白面孔，冬木忍不住脫口問道：

「在你被帶來玉川警署訊問前，我們曾單獨在你的住所談判。期間你提到，美那子突然返家要求離婚，甚至反覆表示再也不能繼續忍受和你與小勉一起生活……美那子爲什麼連小勉都拋棄？這點我實在難以理解。美那子怎捨得丟下小勉？比起其他母親，她爲孩子犧牲奉獻更甚，鄰居亦不時稱讚她是稱職的好母親，怎麼會……」

朝岡眉頭一皺，眼神複雜地盯著冬木。他壓抑情緒，低聲回答：

「美那子根本不愛小勉。」

「可是……」

「美那子從未愛過我，也從未愛過小勉。或許是把對我的感情投射到小勉身上，也可能是她缺乏與生俱來的母性。她的確把小勉教育得很好，並盡力照顧他。單就這點來說，她是個難能可貴的母親。可是她不曾擁抱小勉，也沒親吻過他的臉頰。」

「怎麼可能……我不信。」

朝岡臉色驟然丕變，輕鄙一笑。不過不像針對冬木。

「你知道，在這個世上有些女人沒陰道嗎？」

當「陰道」這個詞彙倏地自朝岡的薄唇蹦出時，冬木還一時無法會意。

「聽說這種女人會請婦產科醫師幫忙做人工陰道。這是當年美那子生產時，我和醫院裡的醫師閒聊得知的。你相信嗎？」

「這個嘛，我想有可能吧。」

「是啊，所有人都很容易相信肉體上會出現畸形。而同樣地，精神上當然也會有超乎想像的畸形現象。美那子欠缺的，便是與生俱來的母性本能。」

「……」

「不，或許還不到畸形的程度吧。世上有很多殘忍的母親，滿不在意地拋棄孩子，甚而殺害親生骨肉。可笑的是，大眾似乎見怪不怪，大概是社會淪落得愈來愈畸形吧。」

聽到朝岡這番話，冬木不禁聯想起經常發生的「遺棄子女」、「殺害子女」等案件。這陣子甚至傳出年輕的母親因三歲孩子不聽話，便體罰其致死的情況。還有嬰兒被不知去向的父母遺棄在租屋處，瀕臨餓死邊緣。前幾天在大阪才發生貧窮的年輕夫妻，將出生一個月的孩子送給鄰居，收取十萬圓禮金後不見蹤影的事件。《朝日新聞》的專欄「天聲人語」曾爲此發表看法，內容令冬木印象深刻：

一般認爲，親子關係是很難割捨的。因爲我們認定這層關係乃出於本能，而不盡然是基於所謂的權利義務或責任。如今發生這類賣子案例，不免讓人擔憂，親子關係實際上與我們一向的認知大相逕庭……我們不禁懷疑，在這世上，是否有欠缺疼惜子女的天性，以致必須後天學習才能明瞭這道理的父母？去年厚生省發表的白皮書上，曾使用「問題父母」這個詞彙。除了對育兒喪失自信的父母、過度注重教育的父母外，另有一種育兒意識低落，屬於放任型的父母……過去有句話言及「即使失去父母，孩子也能長大」，如今反而演變成「就算有父母，孩子也能長大」的時代。

「不過，美那子究竟是……」

「美那子從小在伯父家成長，接受非常嚴格且傳統的教育。她之所以不具母愛，無法和孩子親密互動，或許和她的生長環境有關。同時，因所受的教育影響，她爲自身的冷漠感到異常可恥與煩惱，始終背負著罪惡感，無法原諒自己，最後將自己逼入絕境，精神上隨之出現問題。如同那些沒有陰道的女人寄望藉高風險的手術獲得陰道，美那子也是不計代價，竭力試圖填補精神上的缺陷吧。」

「……」

「美那子應該是打從心底愛著那個讓她懷孕的男人。」

視線一直停留在冬木胸口的朝岡，忽然直視冬木的眼睛。目光中不帶一絲譴責和憎恨，只有深刻的悽涼哀傷。

原來朝岡早看出那男人不是丹野，而是冬木。

——冬木清楚地意識到。

這麼說，美那子的人生是因認識冬木而有所改變。固然兩人的感情及不幸的天人永隔，都不是冬木個人力量能控制的，但冬木的出現打亂美那子的命運，卻是不爭的事實。往後，冬木恐怕終其一生都必須背負著沉重的十字架，無法解脫……

朝岡的視線自冬木身上移開，眼底浮視放下一切的平和。

「美那子有生以來頭一次愛上男人。或許她認為只要全心全意愛著對方，就能學會如何愛人；或許她覺得生下他的孩子，便能自然萌生母性。美那子決定把希望寄託在未出生的孩子身上，否則她大概會被自己逼到走投無路。直到此刻，我才完全體會她的心情……」

朝岡淡然的口氣隱含激動，慘白的臉頰上淌落淚水。

於是，冬木憶起美那子頰面的淚痕。「我欠缺很重要的東西。」那時撇過頭喃喃自語的美那子，神情痛苦難言。

「不過，」冬木忽而想起妻子告訴他的傳聞。「那麼，有關眼角膜的事不是真的嘍？聽說好幾年前，小勉某隻眼睛差點失明，美那子曾打算捐贈眼角膜……」

「不，確有其事，美那子真心想移植眼角膜給小勉。她希望藉由這種犧牲奉獻的行為，消除內心對我、對小勉，甚至對自己的罪惡感，就好比得到一張赦免狀。」

「赦免狀……」

冬木眼前不禁浮現初次遇見美那子的情景，耳際同時響起妻子說過的話。

幼稚園旁的空地上，美那子挺身迎向攻擊小勉的野狗。不過，其實跌倒在地的小勉和那隻野狗之間，還保持著兩公尺以上的距離。事後冬木問妻子，若是她會有什麼反應？妻子回答，她可能只會沒命地抱起孩子逃離現場，但這樣兩人都會遭殃……或許如她所言，這是愚蠢的行為，卻也是母性最本能的真情表露。然而，美那子完全忽視小勉的恐懼與痛楚，一心只想著必須保護孩子不受野狗攻擊。

可是，冬木當時覺得美那子好美。大概是爲美那子的努力感動，及受包裹著美那子的不可思議透明感深深吸引吧。

如今……冬木獨自聽著微弱的波濤聲，美那子身上的透明感彷彿轉化爲深邃冰冷的哀愁，浸潤在他心底。曾幾何時，與朝岡一同目送的女權運動人士所高喊的「脫離母性」口號，竟帶著萬般悲傷的餘響，在他的耳中兀自迴盪。

（全文完）

原著書名／蒸発——ある愛の終わり・原出版社／光文社・作者／夏樹静子・翻譯／鍾蕙淳・特約編輯／李佑峰・責任編輯／陳盈竹・編輯總監／劉麗眞・總經理／陳逸瑛・榮譽社長／詹宏志・發行人／涂玉雲・出版／獨步文化 城邦文化事業股份有限公司 104台北市中山區民生東路二段 141號 5 樓 電話／(02) 2500-7696 傳眞／(02) 2500-1967・發行／英屬蓋曼群島商家庭傳媒股份有限公司城邦分公司 台北市中山區民生東路二段 141 號 2 樓・讀者服務專線／(02)2500-7718; 2500-7719・服務時間／週一至週五：09：30-12：00、13：30-17：00・24小時傳眞服務／(02)2500-1990; 2500-1991・讀者服務信箱 E-MAIL／SERVICE@READINGCLUB.COM.TW・劃撥帳號／19863813 書虫股份有限公司・香港發行所／城邦（香港）出版集團有限公司 香港灣仔駱克道 193 號東超商業中心 1 樓 電話／(852) 25086231 傳眞／(852) 25789337 E-MAIL／HKCITE@BIZNETVIGATOR.COM・馬新發行所／城邦（馬新）出版集團 CITE (M) SDN. BHD. (458372 U) 11, JALAN 30D/146, DESA TASIK, SUNGAI BESI, 57000 KUALA LUMPUR, MALAYSIA 電話／(603) 9056 3833 傳眞／(603) 9056 2833 E-MAIL／CITECITE@STREAMYX.COM・美術設計／黃暐鵬・印刷／中原造像股份有限公司・排版／浩瀚電腦排版股份有限公司・總經銷／大和書報圖書股份有限公司 電話／(02) 8990-2588; 8990-2568 傳眞／(02) 2290-1658; 2290-1628 2011 年（民 100）1月初版・定價／360 元 ISBN 978-986-6562-79-2
PRINTED IN TAIWAN

蒸發
日本推理大師經典
NATSUKI SHIZUKO

ISBN 978-986-6562-79-2

國家圖書館出版品預行編目資料

蒸發／夏樹静子著；鍾蕙淳譯．初版．-- 臺北市：獨步文化：家庭傳媒城邦分公司發行，2011〔民 100〕
面； 公分.（日本推理大師經典；26）
譯自：蒸発——ある愛の終わり
ISBN 978-986-6562-79-2（平裝）
861.57　99022815

JOHATSU
by NATSUKI Shizuko

Originally published in Japan by Kobunsha Co., Ltd., Tokyo.
Chinese (in complex character only) translation rights arranged with NATSUKI Shizuko c/o Woodbell Co., Ltd., Japan
Through THE SAKAI AGENCY